# ENTRE O CÉU E O SAL

**Diretor-presidente:**
Jorge Yunes
**Gerente editorial:**
Luiza Del Monaco
**Editoras:**
Gabriela Ghetti, Malu Poleti
**Assistentes editoriais:**
Júlia Tourinho, Mariana Silvestre
**Suporte editorial:**
Nádila Sousa
**Estagiária editorial:**
Emily Macedo
**Coordenadora de arte:**
Juliana Ida
**Gerente de marketing:**
Claudia Sá
**Analista de marketing:**
Flávio Lima
**Estagiárias de marketing:**
Carolina Falvo, Mariana Iazzetti
**Direitos autorais:**
Leila Andrade

*Entre o céu e o sal*
Copyright © 2022 por Everton Behenck
© Companhia Editora Nacional, 2022

Todos os direitos reservados. Nenhuma parte desta obra pode ser reproduzida ou transmitida por qualquer forma ou meio eletrônico, inclusive fotocópia, gravação ou sistema de armazenagem e recuperação de informação sem o prévio e expresso consentimento da editora.

1ª edição — São Paulo

**Preparação de texto:**
Alba Milena
**Revisão:**
Augusto Iriarte, João Rodrigues
**Imagem de capa:**
Matteo Ferrari
**Diagramação:**
Vitor Castrillo

---

DADOS INTERNACIONAIS DE CATALOGAÇÃO NA
PUBLICAÇÃO (CIP) DE ACORDO COM ISBD

| | |
|---|---|
| B419e | Behenck, Everton |
| | Entre o céu e o sal / Everton Behenck. - São Paulo, SP : Editora Nacional, 2022. |
| | 224 p. ; 16cm x 23cm. |
| | ISBN: 978-65-5881-139-8 |
| | 1. Literatura brasileira. 2. Ficção. 3. Distopia. 4. Apocalipse. I. Título. |
| | CDD 869.8992 |
| 2022-2577 | CDU 821.134.3(81) |

Elaborado por Odilio Hilario Moreira Junior - CRB-8/9949
Índice para catálogo sistemático:

1. Literatura brasileira : Ficção 869.8992
2. Literatura brasileira : Ficção 821.134.3(81)

NACIONAL

Rua Gomes de Carvalho, 1306 - 11º andar - Vila Olímpia
São Paulo - SP - 04547-005 - Brasil - Tel.: (11) 2799-7799
editoranacional.com.br - atendimento@grupoibep.com.br

# Agradecimentos

*Para Joy, que sempre esteve e sempre estará aqui.*

*Para Rapha Borges pela pós-graduação em Rio de Janeiro.*

*Para Angerson Vieira pelas reflexões sobre diversidade.*

*Para Reginaldo Pujol Filho pela leitura.*

*Para Tarso Soares pelo olhar generoso para a direção de arte.*

*Para Alba. Sem você este livro não estaria aqui.*

# Atravessando o
# deserto da memória

A comandante falou em um português fluente através do microfone e Zias acordou dentro do susto. A vida ajustou desde muito cedo o seu relógio interno. Marcava sempre o mesmo instante de medo. Um medo feito de memória. Uma memória sem forma, cravada em sua pele. A pequena janela do avião travou e Zias precisou forçar para que abrisse. Quando ela cedeu, revelou de uma vez a primeira imagem do país onde ele nasceu. Era difícil acreditar, mas Zias estava no céu do Rio. Até aquele momento, ele julgava saber exatamente o que esperar.

Já tinha visto as fotos das agências de turismo, com as mulheres seminuas em cima do emaranhado de pontes de tábua e palafitas. Já tinha visto os clipes de funk nas ReFavelas e os vídeos dos tiroteios entre os pequenos barcos e jet skis que corriam pelas ruas que jaziam no fundo do mar. Já tinha visto os garotos voando com suas motos e suas câmeras nos capacetes, zunindo pelos corredores dos prédios desfigurados; passando pelas paredes derrubadas que davam vazão às vias expressas que serpenteavam por dentro dos antigos apartamentos. Já tinha visto as torres de barracos que se erguiam sobre as lajes dos edifícios, lançando-se corajosamente aos céus, construídas desordenadamente, multiplicando o espaço e as sombras nas alturas. É claro que ele já tinha visto imagens dos prédios alagados do Velho Leblon. A Velha Ipanema com seus edifícios submersos. Copacabana mergulhada. Cidades engolidas pela água não eram nenhuma novidade.

Acontece que era fim de tarde.

Exatamente na hora do nascer das luzes, quando a Cidade Submersa começava a acender suas fogueiras e suas lamparinas. As lâmpadas oscilantes dos geradores flex faziam os prédios que brotavam das águas dançarem levemente sobre o mar, no que agora era o caminho afogado do trânsito marinho. As luzes, refletidas, moviam-se alheias. A avenida Nossa Senhora de Copacabana não passava de uma santa afogada sob e sobre as águas.

Não importava quanto o mar havia se elevado, engolindo os primeiros andares dos prédios. O quanto o oceano tinha mordido e mastigado a cidade. A subida das águas serviu apenas para dar ao Rio um ar de Veneza do apocalipse. Ninguém ligava para o caos em seus canais. Para os vícios mundanos e divinos. Parecia quase proposital. Parecia quase planejada aquela cidade ancorada. Os apartamentos ocupados, com seus panos coloridos pendurados, paredes pintadas de muitas cores, outras cruas na carne dos tijolos. Dentro dos apartamentos, as senhoras orando, as mãos para cima. Suas fogueiras e velas, o brilho tremulante das luzes de gasolina. Todos os óculos conectados piscando dentro das pequenas salas. Todos ausentes, correndo mundos distantes sem de fato saírem dali. As jangadas iluminadas faziam acender as ruas transmutadas. Os Fazedores voltando para casa depois de passarem o dia em terra seca, sendo as mãos, os pés, os olhos e as bocas de todos que pudessem pagar pelos seus serviços. Faziam o que fosse preciso. Tudo ali gritava que aquele lugar estava vivo. Apesar do clima. Apesar da polícia. Apesar da milícia. Apesar de Deus.

Zias ainda não sabia o quanto viveria ou morreria ali. Mas, no fim das suas pernas, as pontas dos pés batiam nervosamente, gritando em seu idioma sem voz que tudo aquilo era um grande erro. Se fossem os pés a decidir, Zias estaria correndo para o outro lado.

Mas o Brasil era inevitável.

No eterno lembrar e esquecer de Zias, era impossível limpar o Brasil da superfície do pensamento. Sua terra natal estava agarrada à cor da sua pele. Aos cabelos. Ao formato do nariz. À boca. Era o Brasil grudado em seu rosto em qualquer reflexo. Sempre que algum velho português repetia com mais ou menos agressividade: zuca maldito. Ladrão de Coins. Parasita. Todas as vezes que apanhou nas ruas do Intendente, cada ferimento era o Brasil ardendo em sua pele.

A casa da infância era como uma embaixada. Território oficial de um país imaginário. Acordava com a música alta que a mãe colocava aos finais de semana. Zias dançava com ela o samba que dava. E ela sempre terminava todas as canções com o mesmo decreto. Que pena que o Brasil não existe mais.

Mas naquela casa ele existia. Um Brasil particular. A mãe só falava brasilês em casa. Por mais que Portugal tivesse mais brazucas do que portugueses e por mais que o sotaque brasileiro tivesse devolvido aos lusitanos a colonização, deformando o português original a ponto de ficar irreconhecível, ela sempre tinha uma palavra nova. Uma gíria. Uma expressão antiga que não se usava mais, mas que ela ressuscitava para dar a ele de presente. Que foda, ele dizia pra tudo. Tinha uns seis anos e não parava de perguntar. Como é o Brasil? Tinha uma atração absurda por essa palavra que sua mãe, dividida entre o medo e a saudade, não conseguia esquecer.

Brasil.

Sara criou Zias como um brasileiro legítimo, mesmo proibindo que ele sequer pensasse em colocar os pés no país onde nasceu. Eu te conto se você prometer que nunca vai lá. Eu te mostro se jurar pela minha vida que vai ficar aqui. Sua nacionalidade era mais uma ideia do que um lugar. Zias cresceu exilado do Brasil em um Brasil que sua mãe inventou para os dois. Tudo que você precisa do Brasil eu posso te dar, meu filho. O Brasil que vale a pena só existe aqui, entre nós dois. Eu posso te mostrar. Esquece aquela terra. Não vale a pena atravessar o mar pra se decepcionar. Muito menos pra morrer. Olha ao redor. Todos são brasileiros por aqui. Você tem todo Brasil que precisa para viver, meu amor. O teu pai não teve direito nem a um túmulo. Nós nunca mais vamos voltar praquele lugar.

Mas Sara estava morta havia muitos anos e sua voz precisava percorrer mais de uma década para alcançar aquele Zias que olhava hipnotizado pela janela do avião. Tanta coisa que eu fiz que a senhora não ia gostar. Será que essa é a pior, mãe? Pior que roubar? Pior que mentir? Pior que mijar na calça e acordar todo quebrado na cama sem lembrar o que aconteceu? Será que é pior, mãe? O que você diria? Agora, lá estava ele voltando para a terra proibida. Será que vai ser aqui que eu vou morrer, mãe? Passei por tanta coisa. Tudo pra morrer nesse, como é que você dizia? Fim de mundo? Ouviu a voz da mãe ecoando em sua cabeça. Eu não vou deixar o Brasil te matar. Questionou a voz na própria imaginação. Será, mãe? Não teve resposta. Das poucas pessoas que esperavam sua chegada no Brasil, a maioria tinha certeza de que chegava condenado. Nas apostas jogadas fora em papos informais, alguns não davam para ele três meses. Caso seus pés, que batiam nervosos, soubessem disso, concordariam prontamente. Mas eles não sabiam. E já que toda morte é a vida quem carrega pela mão, era hora de viver a primeira e inesquecível lembrança que seus pés teriam do Brasil.

# Quem escreveu
# a profecia?

É difícil afirmar exatamente o que fez com que Zias decidisse entrar naquele avião. Ele mesmo pensou nisso muitas vezes e não soube responder com certeza. A primeira vez que Ananea o encontrou, ele estava muito louco de Limiol. Era fácil perceber pelo comportamento errático do seu avatar CypherPunk vagando pelo mapa da FightBox. Na vida real, a fumaça azulada começava a cobrir seu quarto com tanta densidade que ele não veria um palmo na frente do nariz caso tirasse seus óculos.

No quarto quase vazio, um resumo do que fora sua vida até ali. Nada para comer, a não ser uma barra de proteína ressecada, mordida, sobre a embalagem aberta. No canto, uma pilha de roupas que ele lavaria no banho. Talvez amanhã. O banheiro de uso comum estava quebrado. Assim como sua disposição para tomar um banho gelado em pleno inverno português.

No centro da sala, a lata que, ao puxar de uma argola de metal, liberava uma quantidade tão grande de fumaça que cobria tudo, saindo pelas frestas sob a porta e pelos cantos desencaixados das janelas. A cor era azul para que as pessoas soubessem que não era um incêndio. Era um produto para dedetização que algum viciado, ao se negar a desconectar para fazer a aplicação, acabou descobrindo uma boa droga de baixo custo. A cada respiração, a fumaça entrava mais fundo em seus pulmões e seu corpo ia pesando mais e mais, fazendo o Punk curvar-se perigosamente na Virtua feita sob medida para que todos que se encontrassem ali pudessem expressar a mais pura violência.

Ele caminhava em zigue-zague como um bêbado. Uma cena cômica que não chamava a atenção de ninguém. Todas as Virtuas estavam infestadas de gente chapando tudo que podiam no mundo real para viajar no virtual. Mas, naquele dia, Zias não pôde curtir sua trip em paz. Foi abordado por um grande esqueleto de metal que fazia referência a um antigo filme dos anos noventa do século passado. Fuzil na mão. Os olhos vermelhos se acenderam dentro do crânio metálico que se moveu pesado e decidido. Ele correu até Zias e falou seu nome. A voz era feminina e de uma doçura incompatível com a figura. Não encaixava na aparência assustadora. Zias, é você, não é? O Punk que Zias comandava cambaleando desde o seu quarto esfumaçado, parou.

Quando entendeu de onde vinha a voz, o esqueleto já estava cara a cara com ele. Antes que Zias pudesse responder, Ananea repetiu. Você é o Zias, não é não? Brasileiro. Órfão de pai e de mãe. Eu sei tudo sobre você, meu irmão. Que porra de irmão, garota. Vai querer ler a bíblia pra mim? Que mania que essa gente tem de encher o saco de quem tá quieto. Não sou teu irmão. Não quero conhecer o Jesus brasileiro. Tá maluca? Eu, hein. Hasta la vista, babe.

O soldado androide fez um movimento com as mãos e abriu, na frente de Zias, uma imagem. Um homem com uma garota no colo. Ela devia ter uns dez anos. Esse é o nosso pai. Não tenho pai, cai fora. Rala. Ela mudou a foto. O mesmo homem aparecia de novo. Bem mais jovem. Com a idade próxima aos trinta e três anos de Zias. A semelhança era espantosa. Zias tossiu alto. A visão turva. Sentiu como se estivesse vendo a si mesmo. Começou a rir cada vez mais alto, a droga fazendo efeito, ele se imaginando como um viajante do tempo pego em um registro fotográfico. Riu ainda mais alto. Levou o joelho ao chão. As mãos segurando a barriga. O avatar se contorcendo na mesma posição.

Outra foto.

Zias vendo a si mesmo em outra encarnação. Zias em sua vida passada. Ananea não soube o que fazer para tirá-lo do torpor. Instintivamente, deu um soco direto no queixo do avatar de Zias, que perdeu um pouco de energia e caiu. Perder vida é perder bits. Bits é dinheiro. Que porra é essa, mina? Tá maluca? O que você tá usando, Zias? Zias voltou a rir compulsivamente. Outro soco. Zias tentou reagir, mas o robô se esquivou facilmente e o derrubou com uma rasteira. Caiu. Olha essa foto aqui. Ananea abriu mais uma foto do mesmo homem. Muito mais velho. Apesar de nunca ter visto nenhuma imagem do pai, Zias sabia que ele havia morrido jovem, ainda. Pouco mais de quarenta. O homem naquela imagem tinha pelo menos setenta anos. É ele, Zias. Acredita. É a última foto que a gente tirou dele. É nosso pai e ele precisa de você.

Zias parou de rir e tentou se concentrar. Ele mandou um vídeo pra você. Zias saiu correndo. Ananea disparou atrás dele, mas seu esqueleto de metal, muito pesado, não saltou com a mesma destreza que o Punk de Zias, que passou a escalar e subir prédios em uma velocidade impossível de acompanhar. Ela cogitou atirar. Mas, dependendo da droga que ele estivesse usando, a dor podia ser muito próxima à de um ferimento real. Ela perdeu Zias de vista. Abriu um scanner dentro do mapa. Off-line. Verificou se ele havia salvado alguma das fotos antes de desconectar. Todas.

No seu quarto sujo no bairro do Intendente em Lisboa, Zias tirou os óculos. A fumaça ainda era densa e começava a irritar seus olhos. Saiu pela porta que dava para a rua e respirou profundamente. Colocou os óculos novamente e passou a ver e rever as imagens, uma atrás da outra. Na sua caixa de mensagem, um convite para adicionar um novo contato. Era o esqueleto. Ele aceitou.

Zias estava voltando em direção ao quarto, quando um chute muito forte fez a porta bater em suas costas e o derrubou. Tentou ver o que o atingiu e, antes que pudesse reagir, recebeu um outro chute nas costelas. Caiu novamente, desta vez com a cara no chão. Escutou então a voz do Conde, velha conhecida, falando baixo em seu ouvido.

Saiu da toca, seu rato? Eu sabia que você tava enterrado aqui. Eu vou levar os óculos. Já era. Perdeu. Eu te avisei. Da próxima vez eu te furo de novo e dessa vez você não escapa, desgraça. As mãos de Zias tremiam. Já não sabia se pela abstinência instantânea que vinha com a ideia de não poder se conectar ou pelas imagens que agora estavam trancadas na nuvem. Correu um pouco descoordenado até a esquina. Nem sinal do Conde. Filho da puta. Eu falei que eu ia pagar, porra. Caminhou desanimadamente até o Largo Pina Manique. Sentou-se, pesado, embaixo de uma pequena escada sob a porta abandonada do cortiço. Encostou a cabeça na velha parede e dormiu.

Ao acordar, a noite ia alta e os turistas caminhavam bêbados e felizes. Alguns com seus óculos no pescoço, outros com suas grandes máscaras acesas, cobrindo quase todo o rosto. Zias sentou-se perto do antigo palácio da polícia que hoje abrigava um restaurante que atendia viajantes de todas as partes da Europa. Jovens querendo diversão nas férias escolares. Muito barulho e muita gente. Viu de longe uma garota tateando o ar com um par de óculos Zeena. Coisa fina.

Chegou lentamente atrás dela e abaixou, fingindo amarrar os sapatos. Com um movimento rápido bateu com um dos braços bem na parte de trás dos joelhos da jovem, que desabou sobre ele, caindo de costas no chão. O barulho seco fez muita gente rir. Zias esticou a mão e pegou os óculos que haviam caído com o impacto. Ela esfregou a nuca rápido e com muita força como se quisesse arrancar com as mãos a dor inesperada. Zias esticou o outro braço para que ela se apoiasse para levantar. No meio do movimento, soltou sua mão, fazendo a garota cambalear e cair sobre um grupo de mouros que fumavam em uma roda. Ela os acertou em cheio, fazendo voar copos e garrafas. Quando se deram conta do roubo, Zias já estava longe, desviando das pessoas direto para o vão entre os prédios. Sua velha rota de fuga.

Voltou para casa correndo, trancou-se no quarto e fez o desbloqueio que permitiria deslogar a conta da garota e logar a sua. Barbada. E lá estavam, na sua caixa de mensagem, as passagens para o Brasil e um vídeo do seu pai segurando uma tela. Nela, uma frase foi se acendendo, palavra por palavra.

Se você voltar para casa, meu filho, Deus só pode existir.

Zias não acreditava em milagres.

# A chegada à
# Terra Santa

Andou pelo desembarque. Foi vendo a fila e foi percebendo os gestos e entendendo a cena. É sério isso? Que merda. O medo que começava no chão foi dando lugar à raiva que ele sabia que sentiria ao mergulhar os pés naquilo. Quanto mais pensava, mais tensionava o rosto, que se distorcia como só acontece no gozo ou na dor.

Foi com esse rosto que se dirigiu ao caixa para comprar um par de sapatos de plástico descartável. Lembravam dois pequenos sacos de lixo preto. Levou seus próprios calçados na mão. Tentou buscar alguma compaixão em outros olhos, mas ninguém na fila retribuiu.

Alguns africanos conversavam animadamente já com os pés ensacados enquanto um americano suarento, sentado em um banco, forçava a grande barriga para conseguir ensacar os pezinhos gordos. Expirou farto quando finalmente conseguiu. Ninguém parecia achar um roubo ter que pagar cinquenta créditos para ensacar os pés e mergulhar numa água nojenta e turva. Buscou, como que por instinto, os pés de quem estava na sua frente na fila. Era outro americano. Eram muitos. Americanos de meia-idade, Bíblia de papel na mão. Eles sempre usavam bíblias de papel. Iam e vinham em um trânsito livre e interminável. Zias desceu os olhos até os sapatos descartáveis que se esforçavam para conter os pés que pareciam sufocados, buscando o ar fora do plástico. Na sola, um pedaço de papel higiênico colado. Zias olhou para a meia esfera cheia de água presa ao chão. Olhou para o papel. Olhou para o líquido escuro dentro da esfera. Tentou pisar na ponta do papel que se movia pelo piso como uma cobra preguiçosa. Não conseguiu. Viu o papel higiênico se desmanchar na água turva. Era sua vez.

Mergulhou os pés humilhados dentro dos sapatos falsos, que sumiram no líquido viscoso. As bordas da tigela refletindo a grande luz redonda como se houvesse uma lua no teto do aeroporto. Teve medo de escorregar na superfície lisa e levou a mão com força ao ombro do homem de olhar distante, que bufou bovinamente. Lembrou de sua mãe que sempre repetia que o Brasil se orgulhava de ter o maior rebanho de ovelhas de Deus, mas que no fundo não passavam de gado, deixando arrancarem sua carne, seu couro e seu leite mansamente.

O homem vestia calças cinza de um terno-uniforme e ostentava sobre os ombros um lenço amarrotado que lembrava os mantos usados pelos rabinos em seus ritos e que, agora, Zias amassava mais ainda. Certamente era produzido na China sem Deus, que os brasileiros sentados atrás dele no voo pareciam criticar por diversão. A China havia liderado os embargos climáticos que o Brasil sofria, o que havia deixado um forte ressentimento nos brasileiros. Sob o lenço chinês com ares judeus, um pastor brasileiro, institucionalizado, repetia para Zias seu nome de batismo, em uma cerimônia tão descartável quanto os sapatos falsos. Tocou sua testa dizendo: Bem-vindo à Terra Santa, Isaías. Deus te receba na nação do Nosso Senhor.

Zias, com a raiva subindo pelas canelas como duas serpentes, baixou a cabeça e repetiu o aleluia burocrático. Saiu da água, ridículo como todos que saem da água de sapatos. Gastou os próximos passos tentando fazer uma conta. Quanto será que esses pilantras levantam por dia obrigando as pessoas a comprar essas merdas? Quanto rendia esse batismo furado? Era muita gente pra cada tigela daquelas. Eles não ficam nem vermelhos, pensou Zias, lendo a placa que contava a história por trás do ritual. A poça de alumínio representava o mar vermelho. O sujeito cansado, com o buço brilhando de suor, era Moisés. E aquela era a verdadeira terra prometida. E lá se iam todos, colocando seus sapatos falsos no lixo e sentando para calçar os verdadeiros. O que será que aconteceria se eu não quisesse pagar?

O calor já começava a grudar a camisa em sua pele. Entrou na primeira loja duty free, sem saber bem o que precisava. Vamo, Zias. Você precisa se ligar. Tentou escolher uma camisa leve, à prova de sol, bem comum. Não queria uma placa escrito *gringo* no seu peito. Eu sou brasileiro, não sou? Olha essa cara de brasileiro. Eu posso andar por aí sem chamar atenção. Eu posso. Eu preciso. Vamo, Zias.

Os últimos meses não foram fáceis.

Muita abstinência, muita recaída, muito delírio. Quando pôs os pés para fora do aeroporto achou que fosse desmaiar. Muito pior do que o impacto da temperatura quando saiu do avião para o corredor de desembarque. O estômago vazio sabotava seu equilíbrio. Era como se os pés quisessem gritar. A gente avisou. Olha só a merda que você fez.

O corpo todo entendeu que aquele ar quente era a nova realidade. Uma febre que não estava nele. Se é assim agora, imagina de dia. E esse pensamento logo evaporou no calor da noite carioca.

Quando o ônibus parou, Zias foi em direção à porta com o passo decidido. Estava confiante com sua camisa vermelha e preta nas cores do Flamengo. Um carioca nato. Até pisar no primeiro degrau do ônibus. Encarou o tumulto de risadas, gritos e vapores de vários sabores saindo de muitas bocas. Não havia espaço que não fosse pele ou suor. O motorista gritou alguma coisa que ele não entendeu para um dos passageiros. Foi só o tempo de Zias fingir que tinha esquecido algo. O motorista repetiu a ameaça, agora para Zias, e arrancou. Era um ônibus com motorista. Era um motor a combustão. Zias sentiu medo. Ele, que já foi o terror dos passageiros da linha 342 sentido Praça do Comércio, estava com medo de entrar em um ônibus. O barão da cidade baixa de Lisboa sentou-se paralisado no banco de uma praça em frente ao ponto de táxi. Olhou o subúrbio fervendo ao seu redor. Abriu o mapa em seus óculos. Estava muito longe da fronteira onde a cidade começava a ser tomada pelo mar. As mãos tremendo dentro dos bolsos.

# A primeira revelação

Zias não prestou atenção nos táxis que perdia enquanto buscava organizar seus sentimentos. Era um medo inédito, aquele do Brasil. Um medo que se confundia com o próprio ar. Com o calor. O perigo parecia estar em todo lugar; e estava. O aeroporto do Galeão 2 ficava longe da Cidade Submersa, passando Belford Roxo. Ao redor, nada do glamour da antiga Zona Sul ou do topo dos morros onde a classe alta exibia sua riqueza nas grandes casas do Novo Leblon ou de Nova Ipanema. Ele não tinha ideia de que o mar de barracas vendendo seus óculos coloridos, as roupas antissolar e os lanches fritos na calçada não se comparava em nada ao que iria encontrar quando finalmente chegasse à Cidade Submersa.

Era assustadora a multidão que rugia em todas as direções. Uma certa agressividade no ar, uns amaldiçoando os outros ao menor esbarrão. Você é o diabo é carniça, vai pro inferno, desgraça. Ô, sua maluca, tá amarrado, quer morrer? Quer abraçar o capiroto antes do tempo? Jezebel do caralho. Ao mesmo tempo, perdia-se na natureza imensa que impedia com sua beleza que a cidade mergulhasse de vez no caos.

Pensando no medo e no Rio, Zias não viu o homem de camisa azul e calça de sarja cinza como tantos outros ao redor, que passavam caminhando muito próximo a ele. O caminhar largo quase corrido, parando no meio de um passo. Foi virando o rosto muito lentamente na direção de Zias, buscando seus olhos. Zias, sentado com as mãos nos bolsos da calça como se sentisse frio, estava olhando por sobre o próprio ombro com a atenção perdida no mar de vozes e gritos, engolido pela cacofonia carioca. O homem chegou um pouco mais perto. O pescoço se esticando e o resto do corpo acompanhando lentamente. Lembrava um dançarino em uma coreografia tétrica.

Só quando estava muito perto, Zias percebeu sua presença. Saltou do banco com uma agilidade espantosa para quem havia poucos segundos estava absorto em um mundo letárgico. As mãos no bolso atrapalharam seu movimento. O homem arregalou os olhos e foi abrindo um sorriso lento, mostrando um canino faltando e o outro de ouro. Zias deu mais um passo, recuando. O homem levou as duas mãos para trás do corpo. Os dedos retorcidos como garras. Deu um grito muito alto. A voz gutural, saindo da sua boca como se escapasse de uma caverna.

Isaías!

Zias deu três, quatro, cinco passos para trás e caiu de costas na grama. Quando tentou levantar, o homem transfigurado já estava em cima dele, babando e vociferando. Você veio trazer o teu sangue pra mim beber. Era o diabo em pessoa apertando com força seu pescoço. Chegou com o rosto muito perto de sua boca entreaberta, paralisada pela falta de ar repentina. Voltou a falar com sua voz demoníaca. Essa alma é minha, Isaías. Eu vim buscar. Zias usou toda sua força para erguer o quadril do chão, virando de lado o homem montado sobre ele. Aproveitou para sair correndo, esbarrando nas pessoas pelo caminho. O demônio levantou rapidamente e saiu correndo atrás dele, desviando das barracas que enchiam as calçadas.

Assim que o diabo encarnado atravessou a rua, Zias deu um drible de corpo voltando rapidamente pelo caminho de onde tinha vindo. Passou a vida fugindo de policiais e traficantes, mas nem nos seus delírios mais loucos se imaginou fugindo do diabo em pessoa. O homem, possuído, parecia saber exatamente para onde Zias correria e foi cercando sua vítima como quem cerca uma galinha escolhida para o abate. Em outro movimento rápido, Zias escapou por baixo dos braços do homem que tentava o agarrar. Na hora exata em que a porta de um prédio se abriu e uma senhora desavisada saiu com sua sacola de feira na mão, Zias aproveitou a oportunidade, forçou a entrada atropelando a mulher e desembestou corredor adentro. Que é isso, ô filho do inferno?! Quando tentou se levantar, foi empurrada novamente pelo demônio que quase caiu por cima dela, entrando também no prédio. Ô, mula de Balaão! Polícia!

Zias subiu correndo até o terceiro e último andar. Foi tentando abrir cada uma das seis portas do corredor; todas estavam trancadas. Uma mulher abriu a porta para ver o que estava acontecendo. Deu de cara com o homem suado e com o rosto contorcido pela possessão. Tá amarrado em nome de Jesus, e voltou para dentro do apartamento, trancando a porta. Zias encostou na parede e se preparou para lutar. O homem levou os braços de novo às costas. As mãos em forma de garras. O grito monstruoso reverberou pelo corredor. Zias desistiu da luta.

O demônio veio caminhando decidido em sua direção. Zias quis rezar, mas não fazia ideia de como. Quando o homem estava quase colocando as mãos em seu pescoço, Zias gritou, alongando a palavra até esvaziar totalmente os pulmões.

Saaaaai!!

O diabo voou para trás como se tivesse sido atingido por um forte golpe no peito. Se contorceu no chão. Urrou de dor e desmaiou. Quando Zias se aproximou dele, o homem abriu os olhos como se estivesse acordando de um pesadelo. Olhou para Zias sem saber o que fazer e foi levantando lentamente.

Quem é tu, porra? Que porra de lugar é esse? disse o homem assustado. Zias ainda tentou segurá-lo pelo braço, mas o homem se desvencilhou ameaçando dar um soco e saiu correndo. Alguns moradores que saíram de seus apartamentos durante a cena tentaram se aproximar de Zias. Você está bem, meu filho? Uma outra senhora orava alto com as palmas das mãos voltadas para Zias, que, assustado, saiu correndo também. Correu mais de um quarteirão até que se sentiu seguro para sentar e respirar. Ali ficou.

A quilômetros dali na Cidade Submersa, Az encarava o pequeno ponto azul no mapa, parado na tela que repousava em sua mão. Fazia muito tempo que ele estava parado no mesmo lugar. Desde que Zias abriu a mensagem de Ananea, ainda em Portugal, teve seu perfil infectado, permitindo que eles seguissem de perto todos os seus passos. Az era um homem magro, com os seus sessenta e tantos anos, cabelo grisalho muito curto, a pele morena. Sua boca grande era capaz de um largo sorriso que trazia muito conforto para os fiéis. Mas naquele momento estava muito sério.

Desde que encontraram Zias, todos os momentos eram decisivos. Será que isso aqui tá funcionando direito? Tocou sua tela com os dedos e chamou Uri. Mesmo sendo apenas um garoto de dezessete anos e poucos quilos, era Uri quem liderava o grupo de quatro homens, todos com suas calças cinza de sarja e camisas lisas abotoadas até o pescoço. Por cima da camisa, sempre uma grande cruz brilhante. Alguns ostentavam um peixe ou um Jesus escrito à máquina no cabelo. Misturados aos outros jovens que transitavam pelas ruas, foi fácil cercarem Zias sem que ele percebesse. A chamada soou repetidas vezes até que o garoto atendeu.

E aí, moleque? O que tá acontecendo? Não sei, Az. Como assim não sei, você não tá na cola dele? Tô, carai. Quer dizer, tô, sim, senhor. É que ele tá ali parado. Sentou ali e nada de sair. Já passou uns dez táxi e ele não pegou nenhum. Não chamou nenhum carro. Tá parado olhando pra todos os lados com cara de otário. É esse prego mesmo que vai salvar geral, Az? Cumpre a tua missão, moleque. Ou ninguém vai te salvar. Deus tá vendo tua pouca fé. Acho que o cara teve um treco. Tá parecendo uma estátua. Ele tá conectado? Tá de óculos? Tá, não. Tá olhando pro nada. Vai lá então falar com ele. Mas não era só pra escoltar o cara? Vou dizer o que, Az? Sei lá. Faz uma oração. Os outros tão por aí? Tudo posicionado, Az. Não é melhor pegar ele na marra e levar praí, não? Não. Ele precisa vir sozinho, com as próprias pernas. Ele precisa do milagre. Vocês tão aí na contenção, mas alguém vai ter que ver o que aconteceu com ele. O cara acabou de passar pelo primeiro exorcismo da vida dele, Az. Sei lá. Dá um tempo pro prego se recuperar. Pela cara dele o milagre deu efeito. Só não sei qual. Vou ver o que eu faço pra ele chegar em segurança.

# Um salto no escuro da fé

Zias foi abrindo os olhos e sentindo a cabeça latejar. Onde eu tô? Caralho que dor. Um tambor na cabeça. A vertigem acelerando as paredes como um carrossel raivoso. Onde eu tô? Caralho, que dor. Um tambor. Olhou ao redor e as paredes estavam perto demais. Uma cama apertada e poucos metros livres até a porta. O quarto tinha uma pia no canto, uma privada e uma janela. Só. Parecia uma cela que tentava desesperadamente parecer um quarto.

Ficou em pé apoiando a palma da mão na parede, em dois passos estava na porta. Girou a maçaneta. Trancada. Empurrou com o ombro. Sentiu vontade de vomitar. Abriu a tampa da privada e ela estava seca. Vomitou uma água preta dentro dela. O cheiro era horrível. Mistura de mar e morte. A barriga se contraiu e ele urrou. O estômago totalmente vazio. Sentou na cama, deitou e dormiu.

Quando acordou novamente, alguém dava dois murros na porta e um barulho de pratos e talheres passou tinindo pela fresta. Ele saltou e já estava com o ouvido colado na madeira. Alguns segundos de silêncio depois, quando parecia que nada ia acontecer, o barulho da chave na fechadura. Hora do rango, disse a voz rouca e profunda que entregava a idade e os cigarros fumados. Zias gelou e logo pulou na maçaneta, abriu e havia um prato de comida no chão. Ninguém por perto. No corredor, escrito na parede com uma letra de fôrma mal desenhada, dezesseis a vinte pra um lado e vinte a trinta e cinco do outro. Olhou para si. Estava nu. Fechou a porta e sentou no chão, comeu com a boca direto no prato, como um cão. Caiu de lado e dormiu novamente.

Acordou com a porta abrindo. Uma grande sombra projetou-se sobre a cama. Boa noite, é Isaías, não é mesmo? O que aconteceu? Quem é você? Onde eu tô? Onde você deveria estar, Isaías, na casa de Melquezedeque. Prazer, Melquezedeque falando. É. Mas como eu cheguei aqui? Olha. Eu também não sei, porque você realmente chegou mal, viu? Mais loco que o padre. Que padre? Você ainda não está bem, né, meu amigo? Uri me avisou que você provavelmente ia levar uns dois dias pra curar essa ressaca. Tudo bem. Eu já bebi muito Kasher nessa vida. Eu entendo. Tá tudo bem, viu? Pelo que Uri me disse, você já passou por muita coisa nessa vida. Deus te abençoe, meu filho. Quem é Uri? Como assim, quem é Uri? Uri, da igreja. Seu amigo que trouxe você até aqui. Ele também tava alto, mas nem se compara com você. Você tava no espaço. Deu uma risada firme, contraindo a grande pança e logo emendou uma sequência de tosse, muito seca. Como eu falo com esse Uri? Olha. Não posso passar o contato dele, não. Mas ele disse que voltava. Sua estadia e comida estão pagas. Não se preocupe com nada. Bom. Deixa eu te dar aqui uma garrafa d'água pra matar afogada essa ressaca braba. Você vai ficar trancado, ok? Uri avisou que você não tava bem e podia querer fugir e aqui não é um bom lugar pra você se perder. Tá bom? Espera ele voltar. E saiu trancando a porta.

Zias bebeu a garrafa toda de um gole, abriu a janela e olhou para a rua. O mar batendo bem no meio da parede mergulhada no oceano. Os sacos de lixo, as garrafas plásticas dançando com o mar, se chocando com o prédio. O som contínuo e o cheiro forte, salgado e viscoso. O calor acachapante. Do outro lado da rua alagada, o movimento dentro do prédio era intenso. Via pelas janelas uma fila indiana que ia e outra que vinha. Senhoras e rapazes com suas bíblias na mão. Muita gente andando com seus óculos conectados. Alguns sentados nas sacadas dos prédios, as mãos tateando algo invisível no ar, absortos em algum universo paralelo. Zias voltou para a cama e tentou, com muito esforço, se lembrar de alguma coisa. Lembrava do homem-demônio o perseguindo. Lembrava de derrubar o tal diabo com um grito e de sair atônito para a rua e finalmente sentar para respirar. Lembrava de colocar os óculos para ver de novo o endereço para onde deveria ir.

Meus óculos, gritou para si e saltou buscando sua mochila. Ele estava lá. Vestiu os óculos e se conectou. Buscou sua biblioteca de imagens. Última foto. E lá estava ele abraçado a um garoto. Os dois rindo largamente na selfie. Deve ser o tal Uri. Porra, Zias. Acordar em um lugar estranho, perdido, não era novidade nenhuma. Pelo contrário, era a história da sua vida. Não saberia dizer quantas vezes havia acontecido, acordar machucado sem saber como se feriu, acordar ao lado de uma mulher desconhecida, acordar em algum banheiro sujo de algum inferninho malcheiroso. Acordar na enfermaria com o supercílio sendo costurado e o soro pendurado ao lado da cama. Mas que merda, Zias. Sério? Agora? Porra. Agora não dava. Você precisa se ligar, caralho. E bateu no próprio rosto sem intenção de se machucar.

Tinha duas alternativas. Esperar o tal Uri voltar ou tentar fugir. Fugir pra onde, se eu nem sei que lugar é esse? Pelo menos chegou são e salvo ao endereço certo. Tentava se consolar. Alguém vai vir falar comigo. Voltou a vestir os óculos e procurou o perfil do esqueleto de aço. Ananea. De que filme é esse esqueleto mesmo? Distraiu-se. Estava off-line. Nada. Releu sua última mensagem para ela: Eu vou. A resposta dela: Um coração e um áudio quase chorando, agradecendo o que ele iria fazer.

Nosso pai é que agradece, meu irmão, você está salvando ele e com isso vai salvar todo mundo. Foi para a foto com Uri. Os dois abraçados. Zias com a cabeça jogada para trás, a boca escancarada cheia de dentes. O garoto com Zias pendurado em seu pescoço era um negro pardo com um sorriso muito branco. Os lábios grossos e os olhos muito escuros e brilhantes. Zias não percebeu, mas ele próprio sorria enquanto olhava para a foto, o que era efeito direto do carisma de Uri. Lembrança, mesmo, Zias não tinha nenhuma. Era como se o editor da vida tivesse cortado aquela noite para sempre.

Sempre que isso acontecia, Zias sabia ao menos para quem ligar perguntando o que havia acontecido. Quando era algo muito ruim, acordava com dezenas de mensagens: Você não lembra de ontem, né? Você quer saber o que você fez? Melhor não. Ele sempre respondia. Ressaca moral é coisa de quem tem memória. Como queria ter uma das boas naquele momento. Como queria ter memória desta noite. Daria outro dedo para se lembrar. Passou a mão, por instinto, no dedo mínimo que lhe faltava na mão esquerda. Levou a mão à testa. O olhar apontando para o teto. Zero. Como podia não se lembrar de absolutamente nada? Era demais até mesmo para os seus padrões. Nem uma pista?

Voltou para a foto. O que mais ela dizia? O ângulo estava bem fechado nos dois, mas o lugar estava cheio. Tentou passar os olhos, milímetro por milímetro, buscando cada detalhe que a imagem pudesse contar. Logo atrás do seu ombro, de costas para a foto, um homem de cabelo muito curto, com um aleluia estilizado escrito na nuca. Quem estava na frente desse homem, rindo também, era um outro rapaz, mas seu rosto estava sem definição. Na parede ao fundo, várias prateleiras com muitas garrafas, todas marrom-escuras e sem rótulos. No teto, sobre a cabeça de Zias, um ventilador e uma luz fraca. Era possível ver alguns braços esticados, e as mãos estendidas para o alto davam a impressão de estarem dançando. Ou seria rezando? Passou de novo os olhos sobre o rosto de Uri. O riso largo, o suor cobrindo a testa. Os olhos brilhando não pareciam entorpecidos. Voltou para seu próprio rosto, não dava mesmo para ver os olhos. Só a boca escancarada e o nariz. Deu um zoom para ver mais de perto as narinas que, pelo ângulo do rosto, apareciam inteiras na imagem. Buscou por vestígios de algum pó branco ou verde. Não achou nada. Enfiou o dedo no nariz, depois assoou sobre a palma da mão. Nada. Não tinha cheirado, com certeza. Voltou os olhos novamente para o que aparecia sobre Uri, no canto esquerdo, que ainda faltava investigar. Havia um paredão onde uma frase estava escrita de fora a fora com uma letra feita à mão. Não dava para ler direito. Conseguiu ler só uma palavra. Campeões. Aproximou ao ponto em que o pixel começou a distorcer a cena. Havia alguns homens ao fundo, não dava para discernir os rostos, mas um em especial chamou sua atenção.

Era ele. Caralho.

Um calafrio correu a espinha de Zias. Era o demônio. A cara dele sorrindo. A boca aberta e assustadora. Era ele! Ou será que não era? Aproximou ainda mais a imagem, mas o rosto se distorceu completamente. Voltou atrás. Não era, não. Mas, porra, todo mundo tem a mesma cara nessa caralha de lugar. Todo mundo com a mesma cara. A minha cara. Não tem como saber. Foi obrigado a admitir que não passava de um borrão. Subiu os olhos para a frase, que ficou legível com o zoom. Ai dos que são campeões em beber vinhos e mestres em misturar bebidas. Isaías 5:22.

Que ironia.

# A morte é a arte
# do encontro

O menino, de uns onze anos, espiava o pai do escuro da sala do apartamento, que ficava nos corredores internos do Aeron. Ele deu um passo em direção à luz e tirou da cintura, com todo cuidado, sua arminha de madeira. Fechou um dos olhos, empunhou a arma e alinhou o pequeno prego com a cabeça do pai, que estava de costas para ele, sentado meio dentro e meio fora do apartamento. Pela porta aberta entrava um pouco de luz, vinda do corredor, desenhando a sombra do pai no chão da sala.

A cachaça no copo pra espantar o calor, ele dizia enquanto ria, equilibrando um pigarro espesso na garganta. Tentava disfarçar sua tensão e mostrar que nada abalava sua coragem. Dava pra ouvir, ao longe, alguns sons de tiro, de vez em quando uma granada. Haviam começado logo cedo e pareciam estar cada vez mais perto. O pai não saía da porta desde que acordara. O garoto fechou um dos olhos, puxou o gatilho imaginário e fez um som com a boca. Bouch. E imaginou o desenho que faria na parede se ele explodisse a cabeça de seu pai. Será que apareceria Jesus? Imaginava a imagem de Cristo desenhada com o que, segundos antes, pulsava dentro do crânio paterno. Jesus sorrindo, não o Jesus crucificado, porque esse é triste e um deus triste nunca vai resolver nada. Um Jesus feliz. Mas e se aparecesse mesmo? Era milagre ou era pecado? Porque ele não podia adorar imagens. Nem matar o pai. Tinha uma foto de Cristo escondida pra olhar de vez em quando, nas vezes que sentia muito medo, como nos dias em que o pai chegava em casa ao amanhecer. Era mais fácil orar repousando os olhos na imagem. Mas então, e se acontecesse? Jesus na parede. Se fosse inegável? Uma imagem projetada bem em frente aos seus olhos. Plau. Cristo na parede desenhado em sangue e miolos ferventes.

Como isso não seria um milagre?

O pai se levantou e deu um passo para fora do apê e do campo de visão do filho. Ele escutou o pai gritando com alguém. E você? Quem é? Mão de Deus é o caralho. E um tiro, dois e depois vários de muitos calibres, que deixaram o prédio inteiro ecoando e depois dava pra ouvir portas batendo, fechaduras e correntes fechando, todos se trancando em seus apartamentos.

O garoto congelado, em pé, no escuro da sala. Teve o instinto de sair pela porta e, quando deu o primeiro passo, um homem entrou no apartamento, arma em punho, no momento em que o garoto vinha com sua arma de brinquedo na mão. Sem pensar, o homem atirou, o garoto gritou. Meu braço! Meu braço! E começou a chorar. O homem correu para cima dele e pegou a arma na mão. Percebendo que era de brinquedo, atirou a pistola de madeira na parede e arrastou o menino para fora. De uma janela, ecoou um grito de mulher. É só uma criança! Seus demônio do inferno! Um soldado retrucou. Todo mundo pra dentro, é o novo dono que tá na área, pode filmar escondido e mandar praquele fariseu do caralho do Misael. Ele fugiu que nem um cachorro, mas não tem jeito. Chegou o dia de pagar, Deus veio cobrar. O homem chegou até o grupo com o menino puxado pelo braço que não havia sido atingido. O outro pendendo, sangrando onde o tiro passou raspando. Os homens já estavam mais à frente, no vão central do prédio. Eram mais ou menos dez homens. Eles foram abrindo espaço e uma figura bem-vestida demais para aquele lugar atravessou o corredor de soldados.

O homem de cabelo muito curto, com uma linha cortada à máquina na lateral da cabeça, veio caminhando calmamente na direção dos dois. Tinha pele morena e era fácil deduzir um resquício de ascendência indígena pelos traços do nariz pronunciado e pela boca fina no lábio de cima e mais larga no lábio de baixo. O olhar sereno. Diferente dos outros, ele não tinha uma arma na mão. Abaixou e ficou na altura do menino que chorava segurando o braço, o sangue correndo farto por entre os dedos magros. O meu nome é Kaleb, qual é o seu? O menino, chorando, respondeu. Samuel. Eu vou te perguntar uma coisa e não tem resposta certa, tá, Samuel? Diga o que estiver no seu coração. Ok? O menino, assustado, assentiu com a cabeça. Aquele é o seu pai, não é mesmo? E apontou para o corpo crivado de balas no chão, a alguns metros dos dois. Ele fez que sim com a cabeça novamente. Agora você vai me dizer, do fundo do seu coração. Onde o seu pai tá agora? O menino ficou calado e abaixou a cabeça. Começou a chorar baixinho. Me conta Samuel. Pode falar.

No inferno.

Onde? No inferno, respondeu o menino um pouco mais alto. Agora, então, meu querido Samuel, grita bem alto pra esse povo que tá filmando escondido poder compartilhar. Teu pai foi pra onde? Pro inferno, gritou o garoto com todo o pulmão. Muito bem, Samuel. Ele era um bom cristão? Não, senhor, disse Samuel. Você acha que tava certo o seu pai fazer as coisas que ele fazia? Você acha que era coisa de miliciano de Fé, sujeito cristão? Não, senhor. Muito obrigado, Samuel. E desculpa pelo seu braço. Comandante, cuida do Samuel, que ele agora é nosso. Dá comida, vai cuidar desse ferimento aí. Tá renascido, meu filho. Tá com Deus, tá com a Luz. Vida nova, meu garoto. Ah, Samuel. O garoto voltou-se para ele. Kaleb olhou bem nos olhos do homem que baleou o garoto, levou a mão às costas e puxou a pistola 380. Deu dois passos, parou na frente do homem e atirou em seu braço. O soldado urrou e levou a mão ao ferimento, misturando em seu rosto dor e surpresa. Desculpe mesmo, viu Samuel? O menino sorriu.

Kaleb olhou para o alto, uma centena de janelas subindo pelo fosso interno do prédio. Olhou para cima até ver o sol entrando pela claraboia. Gritou para que o som ecoasse até lá em cima. Eu sei que vocês tão recebendo os vídeo. E eu sei que vocês tão filmando isso aqui. Vai morrer um por um. Quem souber do paradeiro do Misael é melhor abrir o bico. Esse rato tá condenado. Não tem Deus no coração. Não pode dizer que é miliciano de Fé. Perdeu a comunidade. Perdeu o povo, perdeu Deus. Já era. Deixou esse bando de monstro se criar aqui. Deixou a comunidade virar Sodoma e Gomorra? Perdeu. E não foi pra mim, não. Perdeu pro Pai. Eu só tô executando as ordens do Altíssimo. Se ele tá deixando o diabo solto na comunidade, vai pagar indo pro inferno. Pode passar pra frente aí. Quem resistir vai morrer.

Ao longe seguiam os disparos. Mais ao longe, outros. Uma bomba explodiu um pouco mais perto de onde eles estavam. Nós vamo tá fazendo a limpa, entendeu? Pode avisar que a guerra começou e só vai terminar quando Misael tiver no poste.

# O abraço de Deus é aquele que Deus não dá

Zias estava em frente ao espelho quando ouviu o som lento de fechadura abrindo, longe, olhou para seu peito no reflexo e viu uma pequena porta se abrir nele. Olhou para o escuro lá dentro e de repente acendeu uma luz no interior da pequena porta e viu seu coração batendo. A luz foi ficando mais forte até que o cegou com tanta luminosidade. Foi abrindo os olhos muito apertados e viu o sorriso do velho Melquezedeque com um prato na mão e o dedo ainda no interruptor da luz branca demais que inundava o quarto.

Ele sentou na cama, coçou mais uma vez os olhos e tentou sorrir de volta para o velho que entrou no quarto fechando a porta atrás de si e esticou o braço fazendo um carinho paternal em sua cabeça. Hora do rango, meu filho. Como tá hoje? Sem esperar resposta, já emendou sua oração. A voz saltando em um milésimo de segundo para um tom muito agudo. Segurou a cabeça de Zias com força. Guarda, meu Deus, esse jovem! Que nenhuma arma, que nenhuma droga possa desviar ele da sua missão, meu Senhor. Só o Senhor sabe do sofrimento e da dor que ele passou e só o Senhor sabe por que ele está aqui. Ajuda, Senhor, a revelar para o povo a verdade sobre essa terra e sobre essa água. Só o Senhor, meu Pai, pode unir esse povo. Paz, justiça e liberdade. Amém. Aqui, meu filho. Zias esticou o braço e pegou o prato.

Melquezedeque cozinhava bem. Mas era claro para Zias que a comida estava fazendo ele ficar mais lento. Dormindo o tempo inteiro. Se não tem droga nessa comida, onde tá a fissura que eu devia tá sentindo? Não sabia direito há quantos dias estava ali, mas quase não havia se conectado.

Só entrou para ver se Ananea tinha falado alguma coisa. Será que ela existe? Será que inventaram ela só pra me trazer pra cá? Caralho, eu tô fodido. Vão arrancar meu coração, meu rim, vão comer meu cu à força. Que merda. Meteu o garfo na boca sob o olhar afetuoso do velho Melq. Como eu vou deixar de comer com ele me olhando? Levou a mão às costelas num gesto abrupto. Como quem sente uma fisgada. Rolou pro lado sobre a cama. Gemeu alto e o velho se assustou. Correu para cima dele tentando descruzar os braços de Zias. Que dor. Caralho. Dá a água, por favor. Melq se virou para pegar o copo.

Zias virou o prato e urrou abafado. A cabeça e o tronco se erguendo, desenhando no ar a ânsia de vômito encenada. Você não tem nada na barriga, meu filho, não tem nem o que vomitar. Calma. Toma aqui. Toma aqui essa água. Não se preocupa, não. Salomão! Salomão! Sobe aqui com um balde e um pano. E pega na recepção minha caixa de remédio. Por um segundo, Zias olhou para a porta entreaberta e o corpo ficou todo tenso, preparado para a fuga. O velho sentou ao lado de Zias e o abraçou com todo esmero. Calma, filho. Zias começou a chorar copiosamente sem entender por quê. Abraçou Melq com toda força, as mãos amassando a camisa do velho, que orava baixinho. Zias, soluçando alto, não entendia o que ele dizia, mas o choro foi acalmando até que cessou. Respirou fundo, soltou o velho, olhando para baixo, constrangido. Limpou o nariz nas costas das mãos e por um momento não parecia ter mais que dez anos.

Um calor no rosto e no peito. Desculpa, seu Melquezedeque. Que é isso. Melq, meu filho. Me chama de Melq, de tio, do que você quiser. A misericórdia do Senhor mora em todos os nomes. Não precisa ficar com vergonha de chorar, não. Quem não chorou, não viveu. Eu vou fazer um rango novo pra você e vou trazer uma água fresquinha. Pode deixar isso aí que o Salomão limpa. Isso é Deus agindo na sua vida, meu filho, pode ter certeza. Fique bem. Saiu fechando a porta atrás de si. Não a trancou.

Zias bebeu toda a água, se ajoelhou no chão e foi juntando com a mão a comida e colocando no prato muito lentamente. Logo o menino Salomão, nove anos, franzino com seu cabelo de trancinhas bem finas, entrou. Para! Para! Deixa eu limpar, seu Melq me mata se ver você aí. Céloco? Vai pra cama. Tudo de bom pro senhor.

Quando Salomão saiu do quarto, ao abrir a porta, Zias conseguiu ver Melq conversando com um homem. Nunca havia visto um sorriso tão largo. De repente seus olhos e os olhos do homem se cruzaram e o sorriso apagou ali, na frente de Zias. O homem deixou o velho falando sozinho e entrou no quarto muito sério. Mas não era como se estivesse bravo, ficou apenas sério. Como se algo grave estivesse para acontecer. Ele se vestia como a maioria dos homens do lugar. Calça cinza, que às vezes era preta, e uma camisa listrada ou lisa, ele usava lisa, de um azul muito claro, quase transparente. Uma corrente prateada, grossa no pescoço, sobre o colarinho fechado com uma marca de suor que deixava o tecido mais escuro ao redor do pescoço. Sua voz era grave e aveludada, parecendo um desses avatares de esquina que vendem suas bugigangas digitais em qualquer Virtua vagabunda. Era brega, mas era uma voz bonita.

Então é você, Zias. Muito prazer, rapaz. Eu sou o pastor Aznael, mas pode me chamar de Az.

Melquezedeque se moveu na direção da porta, mas Az fechou antes que ele pudesse chegar até ela. Eu quero pedir desculpas para você, Zias. Mas também quero que você entenda. Você, do jeito que vivia, não pode ficar solto por aí. Você é um perigo para você e para os outros. Assim como você também não pode avançar na sua missão. Não pode ir até a igreja e conhecer a todos os outros apóstolos. Porque você está impuro. Você precisa se purificar. Nada de drogas, nada de Virtua. Só você e Deus. Cara a cara. E o meu pai? Cadê? disse Zias secamente. Seu pai ia morrer de tristeza se visse você assim. Acho que ele iria morrer de culpa. Você vai encontrar ele quando estiver limpo e pronto. Pode acreditar que eu quero tirar você daqui o mais rápido possível. Se alimenta, toma bastante água e não coloca aqueles óculos pra nada. Se você conectar vai continuar aqui. Ninguém vai te dar bebida nem porra de droga nenhuma, entendeu? Se você fugir, boa sorte. Logo a gente te acha, vivo ou morto. Se eu fosse você nem pensava nisso. Tem uma guerra lá fora e já foi sorte você ter chegado aqui são e salvo. Não abuse do milagre que até Deus, em sua infinita bondade, tem um limite. Eu vou proteger você. Eu vou preparar você. Eu vou cuidar de você. Mas não abuse da sorte comigo, entendido? Que a ira do Senhor pode cair sobre você em um segundo. Deus não mata, mas castiga. Agora, por favor, fique em pé aqui. Esperou a reação de Zias, que não veio. Vem, rapaz. Não precisa ter medo que eu sou como um tio pra você. Teu pai sempre foi um irmão pra mim.

Zias levantou sem jeito e Az o abraçou por cima dos braços colados ao corpo. Não sentiu vontade de chorar. Sentiu frio. Sentiu como se Az estivesse mais afastado dele naquele abraço do que antes, quando estava

Entre o céu e o sal

no corredor. Ainda assim, sentiu-se seguro. Como se estivesse certo que dali pra frente nada de mau iria acontecer. Bastava ele não ser a porra de um noia do caralho. Mas dava pra evitar? Era deste medo que vinha o frio. Escutaram uma batida muito delicada na porta. Az se afastou e olhou para Zias.

Cuidado com o que você vai dizer para ela, ela tá muito emotiva com a sua chegada. Ela revirou mais Virtuas do que você é capaz de imaginar, só pra te achar. Eu nunca acreditei que ela ia te encontrar. Ela nunca duvidou. Ela tem o espírito do pai de vocês. Az deu as costas para Zias e abriu a porta. Era ela. Morena como Zias, mas ele não via seu rosto no rosto dela. Dava para ver as lágrimas correndo pelo canto dos olhos arredondados. O olhar muito doce e luminoso, o brilho salgado. O cabelo muito longo, preso em um rabo de cavalo. Que bonita, foi a primeira coisa que Zias pensou.

Eu sabia que esse dia ia chegar, meu irmão. Eu sabia. Nosso pai é profeta e você é a profecia. Zias não sabia o que dizer. Tentou forçar um sorriso, mas não fazia ideia se estava conseguindo. Esperou o abraço dela. Não conseguia lembrar de um dia em que tivesse ganhado tantos abraços assim. Como seria o abraço dela? Seria familiar? Zias abriu os braços, inseguro. Mas ela não se moveu. Não vejo a hora de te dar um abraço, meu irmão. Não vejo a hora de conhecer o verdadeiro Isaías. Eu sei que ele está aí em algum lugar dentro de você, Zias. Tudo bem. Eu já esperei tanto. Não custa esperar mais um pouco. Eu sei que o meu irmão está chegando. Fique com Deus. E saiu deixando com ele as lágrimas que trouxe.

# Abrindo o mar
# verde e amarelo

Depois da terceira crise de abstinência em que quebrou as poucas coisas que havia ao seu redor, Zias começava a pensar que nunca sairia daquele quarto. Escutava os tiros e os gritos, quase diariamente. Uma guerra lá fora, outra ali dentro. As ideias se embaralhavam em sua cabeça.

Há muitos anos não tentava ficar limpo. Nenhuma droga? Nada? Nem física, nem virtual? Nem fodendo. A vida sem drogas não vale a pena. Mesmo quando sua mãe ficou doente, ele não parou. Em momentos como este, em que lutava com o impulso avassalador, tentava buscar forças na lembrança dolorida do dia em que sua mãe foi enterrada. Quando Zias acordou era noite e já fazia três dias que o velório havia acontecido. Enterraram ela e eu não dei nem um beijo. Caralho, Zias. Foi sepultada entres os brasileiros sem documentos; uma multidão sem nome. Zias nunca conseguiu encontrar seu túmulo.

Ficou enterrada em sua culpa.

Costumava sair para beber e brigar. Brigava mais para apanhar do que para bater e, ao sentir dor, conseguia fugir de tudo. Da morte da mãe, da culpa, da fissura. Tentar ficar sóbrio sempre foi deixar-se torturar. Chegou a passar dois anos limpo por causa de uma mulher e de uma overdose.

Nunca em toda sua vida foi tão infeliz.

Olhou no armário embaixo da pia procurando algum produto de limpeza. Já era a quinta vez que olhava ali, mas nada havia se materializado dentro do velho móvel. Caminhava de um lado para outro no pequeno quarto, como um felino enjaulado. Parou embaixo da janela minúscula, muito alta para que ele alcançasse sem ajuda. Arrastou a cama pra que ela servisse de escada. Colou a cara na abertura estreita. Queria respirar, mesmo que fosse a maresia suja. Olhou para o bar do outro lado da ponte de madeira. Ficou olhando o movimento, imaginando o gosto da bebida, até que reconheceu um rosto magro. Era Uri, conversando com o homem que servia no balcão. No mesmo momento ouviu a porta sendo aberta e, em um pulo, estava na frente dela, esperando. Melq entrou com a comida, que bagunça, hein, meu filho? Zias recebeu o prato e pediu com frieza. Me deixa sozinho Melq, pelo amor de Deus. Quando ele se virou, Zias pulou em suas costas e passou o antebraço em seu pescoço, pressionando o osso contra o pomo de adão do velho que não conseguiu gritar. Melq era forte e girou como um touro em uma arena. As pernas de Zias bateram nas paredes, e ele usou o peso do próprio corpo para apertar mais forte. O velho foi cedendo. A respiração pesada como a de um buldogue de cento e trinta quilos. Ajoelhou-se. Não tô conseguindo respirar, disse muito baixo. Zias apertou mais forte. Ele deitou, mole. Zias pulou por cima da barriga do velho e saiu caminhando, fingindo uma calma que a camisa e o rosto encharcados de suor desmentiam.

Foi até o fim do corredor, cruzou com alguns hóspedes que iam e vinham, esbarrando os ombros no espaço estreito. Desceu as escadas para o andar que dava para a rua alagada; saiu pela ponte de madeira que levava ao prédio do outro lado da rua. Chegou até a porta do bar, olhou para dentro com muito cuidado. Pra onde foi a porra do Uri? Não faz cinco minutos, caralho, cadê? O bar deveria reunir pelo menos uns dois apartamentos com as paredes totalmente derrubadas e as mesas de lata carcomida pela maresia enchiam o espaço entre as vigas de sustentação. No fundo, o balcão onde Zias tinha visto Uri. No outro canto, à esquerda, duas portas. Devem ser os banheiros. Ficou dividindo sua atenção entre olhar as portas e verificar se não tinha ninguém atrás dele.

Nada ainda.

Uma das portas se abriu. Era Uri. Zias recuou e colou as costas na parede. Na ponta oposta de onde Zias estava, havia uma saída, e foi para lá que Uri se dirigiu. Quando Zias voltou a olhar, ele já tinha saído. Atravessou o bar esbarrando nas pessoas e chamando a atenção do velho de bigode atrás do balcão. Pra fora, filisteu! Pegou um porrete sob o balcão e andou na direção de Zias, balançando a arma no ar. Zias saiu na porta de trás e caiu em um cruzamento de corredores com um fluxo muito grande de pessoas. A forma como, aos poucos, todas as paredes foram sendo derrubadas e reerguidas com tijolos, com madeira ou até mesmo cortinas que serviam para dividir os ambientes transformou o interior dos prédios em um labirinto de corredores imprevisíveis. Às vezes mais estreitos, às vezes mais largos, às vezes desembocando em cruzamentos ou em amplos saguões que pareciam estar no lugar errado.

Uma arquitetura complexa e contraintuitiva que levava de um prédio a outro. Andou até perder-se. Nada do Uri. Caralho e agora? Apertou ainda mais o passo quando ouviu um tiro ao longe, ainda assim perto o bastante para disparar o coração que já vinha batendo forte. Sentiu no corpo inteiro uma intenção de desmaio. De morte. Foi caminhando lentamente até a saída mais próxima, andou até a ponta da ponte de madeira que levava ao outro lado da rua.

Agarrou-se a um dos postes que sustentavam a ponte e ficou ali. Não havia outro lugar para parar. Teve de enfrentar o medo de desmaiar, mergulhar e sentir os pulmões se encherem de água. Fechou os olhos. O corpo todo tremendo, o pânico se espalhando como uma erva daninha. O ar quente dificultando ainda mais a respiração. Cadê o ar? Nunca soube quanto tempo ficou ali. Não entendia como ninguém o encontrou. Será que alguém estava mesmo procurando? Quantos seriam? Ou será que estava no meio de meia dúzia de malucos e eles nunca mais o achariam? Aos poucos foi se dando conta de que o coração que ia explodir não explodiu. Que a vida que ia se esvair não se esvaiu. Estava vivo. Suado, mas vivo. Ofegante, mas vivo. Tremendo, mas vivo. Apavorado e, por isso mesmo, vivo.

Voltou a andar e a cada passo lembrava do que Az havia dito. Tem uma guerra lá fora. Atravessou alguns prédios já sem esperança de encontrar o caminho de volta quando soou a oração das cinco. Nunca entendeu uma palavra do que era dito através do chiado dos velhos alto-falantes, mas acontecia três vezes por dia. À sua frente, no largo corredor, algumas pessoas se ajoelharam e revelaram a imagem milagrosa. Era Uri. Ele estava parado, os olhos fechados em respeito à oração; a boca articulava algumas palavras, sem no entanto emitir som nenhum. Zias se escondeu no marco de uma porta, antes que Uri abrisse os olhos e voltasse a andar. O garoto entrou à direita em um corredor mais largo e mais movimentado. Duas filas indianas vinham, de lados opostos, e as pessoas passavam dando de ombro umas nas outras, tentando subir ou descer o mais rápido que podiam. Era preciso seguir o fluxo ou seria empurrado de um lado para outro ou jogado dentro da primeira porta aberta. Ainda assim era mais fácil segui-lo ali do que nos corredores laterais, mais vazios; ali era mais fácil ver e não ser visto. Manteve-se alguns metros atrás de Uri, que, mesmo que desconfiasse estar sendo vigiado, teria dificuldades em olhar para trás para conferir. Foram subindo até que Uri virou à direita em um terraço e logo entrou em um saguão feito com a derrubada de paredes e pisos.

Andou na direção de uma porta dupla larga, feita de lata com um vidro no centro. A textura do vidro não deixava ver nada lá dentro. Uri entrou e fechou a porta atrás de si. Zias o seguiu até a porta, mas não a abriu. Foi até o canto da parede para ver se, seguindo naquela direção, encontraria algum tipo de janela. Não havia nada. Apenas uma longa parede. Voltou até a porta, tentou ver algo pela fresta larga que se abria na emenda malfeita do batente. Viu as cadeiras brancas de plástico enfileiradas.

Foi então que sentiu um puxão na gola da sua camiseta e caiu sentado, enforcando-se na própria roupa. Era Az puxando forte para que o ar lhe faltasse. O que você fez com Melq, seu moleque? Eu devia te jogar no mar, seu filho de uma... Parou. Agradeça à Ananea. Não sei como eu deixei ela me convencer de que isso era uma boa ideia, só por amor à causa e ao seu pai mesmo. Empurrou a porta e arrastou Zias para dentro. Senta aí, e atirou ele sobre uma das cadeiras amareladas. O que eu vou fazer com você? Me diz? Uri! Você não tava de olho nesse... nesse. Uri veio correndo do fundo da igreja. Todos os dias, Az. O dia inteiro naquele boteco cuidando a porta da pensão e a janelinha do quarto dele. Foi um descuido, uma ida ao banheiro e ele escapou. Az atirou uma cadeira sobre as outras. As veias do pescoço saltando de ira. Eu vou te acorrentar naquela cama, seu moleque. É difícil de acreditar que Pai Zaim tenha tido um filho desses. Seu... Eu vou... Antes que pudesse completar a frase, fechou os olhos. Voltou sua cabeça para o alto e levou a mão direita à testa. Ah, meu Deus. Abriu os olhos e ficou olhando para cima, as mãos espalmadas em oração. De repente, sentou-se prostrado em uma das cadeiras. Levou as mãos ao rosto. Ah, Senhor, eu espero que o Senhor saiba o que está fazendo. Eu sou um servo da tua palavra, meu Deus. Que seja feita a sua vontade, sempre. E perdoai a minha ira, meu Senhor. Zias. Vem aqui, meu filho. Me perdoe. Você é muito importante para todos nós. Foi tão difícil te encontrar, a gente não quer perder você de novo. Você não vai mais voltar para aquele quarto, tá bom? Uri. Arruma as coisas dele e traz pra aqui pra igreja. Ele vai ficar comigo.

# No princípio
# era o Verbo

A voz de Az encheu o pequeno salão da igreja.

Sentados à sua frente não mais do que doze homens de mais idade. Os apóstolos que ainda lembravam da vida no tempo em que Pai Zaim comandava o culto e a comunidade. A maioria ali tinha lutado ao lado dele e de Az na Revolta da Curação. Mesmo depois de passados tantos anos da expulsão de Zaim do morro e do seu exílio no Nordeste, alguns deles, como Seu Matias, ainda contavam histórias daqueles dias para os netos. Eram a cúpula que tomava todas as decisões por ali. Matias era um senhor de barba cinza que escondia a cicatriz na bochecha esquerda. O cabelo crespo quase branco. Os olhos um pouco apagados, mas um sorriso vivo, cheio de memórias e de sonhos que ele ainda tentava transmitir aos mais jovens.

Mas a geração Jez não se deixava seduzir por aquelas ideias que tentaram curar a vida sofrida na Cidade Submersa através de uma revolta popular. Uma igreja que colocava a culpa de todos os males nas próprias congregações nunca teria espaço na cabeça e no coração da juventude naqueles dias. Tirando Uri e Ananea, as pessoas com menos de vinte e cinco anos que frequentavam aquele salão não encheriam duas mãos. Isso quando tinha algum culto especial com música ou com alguma distribuição de barras de hidratação. Um culto normal de quarta-feira era essa tristeza mesmo. Az e seus velhos apóstolos. Reinando sobre o salão vazio. Dias em que Az falava sem microfone e com um tom mais baixo e profundo.

Mas este era um culto especial. Talvez o mais importante desde o dia em que Pai Zaim fez seu último sermão naquela sala, quando já estava jurado de morte pela milícia da Fé.

Era a primeira vez que Zias veria um culto na Assim na Terra.

Deus não quer saber se você tem uma função ou é um inútil. Se vive da renda básica ou se nem renda tem. As máquinas podem fazer tudo, as inteligências artificiais podem saber muito mais do que você. Nada disso importa para Deus. Deus não espera que a gente cumpra uma função na sociedade, como uma máquina. Ele espera que a gente cumpra um papel no plano da criação. Um plano que não inclui sentimentos artificiais. Inclui fé e humanidade. Mas não. Somos monstros. Como pode a gente ter se tornado a maior nação de Deus na Terra, se não para de morrer gente? Nessas pandemias, onde as pessoas morrem como moscas? Nós somos o epicentro do inferno, isso sim, o pastor levantou a voz, agitando os braços incrédulos. Levou as mãos às têmporas como se esperasse pela palavra vinda dos céus.

Silêncio por alguns segundos.

Mas, ainda assim, Deus está aqui. Deus fala comigo todos os dias. Do lado direito do púlpito ficava a porta do escritório de Az, que fazia as vezes de coxia. Ali, sentado em uma cadeira, Zias assistia ao pastor muito de perto e cada vez que ele subia o tom, como fez agora, em uma das suas frases de efeito, Zias saltava na cadeira e sentia arrepiar a nuca e os braços. Az emoldurado pela frase escrita na parede coberta com madeirite. Jesus está sempre voltando. Deve ser bom acreditar em Deus, pensou.

Perguntou-se por que Ananea não estava ali. Ficou quase até a hora do culto no escritório e depois saiu sem que ninguém percebesse. Uri, não. Ficou lá o tempo todo, sentado ao lado de Az sobre o palco. Será que ela saiu só pra não ficar perto de mim?

Uri ajudava Az com tudo que ele precisava. Uma toalha para limpar o suor, um copo de água. Levava o livro de Pai Zaim, marcado na página certa, e era o primeiro a repetir as palavras de ordem. Ele não olhava nenhuma vez para Zias, que não sabia dizer se era por estar concentrado em sua tarefa, ou por mágoa pelo dia da fuga.

Mal chegou e já parecia que todos o odiavam. Era o talento de Zias.

Mas Deus só vem aqui de uma forma. Através dos Pais da nossa igreja. É assim que Ele desce pra Terra pra lutar por justiça. Através dos nossos Pais. Como Deus é bom, né, não? Até aqui, nesse quinto mundo abandonado, alguns foram escolhidos. Cabe a nós encontrar essas pessoas. Destes, sim, vale a pena ser seguidor! Nós podemos voltar a ser donos das nossas vidas! É só ler, só ouvir, só pensar. Mas não. Todo mundo só quer prazer.

Só quer fugir. Só quer fazer de conta que não vive aqui. Fazer de conta que é outra pessoa em outro lugar, com outra cor, com outra pele, com outros olhos, com outra boca, com outra vida. Mas quando vocês tiram essas porcarias desses óculos, onde vocês tão?

Aqui!

Não tem pra onde fugir. Alguns gritos isolados de aleluia ecoavam, mas o silêncio logo os engolia. Os velhos sentados nas cadeiras de plástico não entendiam a energia desproporcional da performance de Az. Eles não sabiam que ele fazia aquele sermão para Zias. E Zias era Zaim.

Como nós fomos virar esse bando de animais? Nós somos pessoas horríveis. Frias, isoladas, rancorosas. Procurando sempre o inimigo e nunca a paz. Tem um poste a menos de trezentos metros daqui, e pessoas são amarradas nele semana sim, semana não! Ninguém mais sabe o que é verdade e o que é mentira. E o pior! Em vez de duvidar de tudo, a-cre-di-tam em tudo! Olhem para essas igrejas. Olhem os espetáculos bizarros destes exorcismos cada vez mais patéticos. Olhem pra esses pastores que ganham as eleições. Como pode, todos os candidatos serem pastores e nenhum ser homem de Deus? Todos eles! Eles são Deus? Equilibrou o silêncio até um ponto crítico e explodiu em convicção atirando o braço direito para o céu. Uri levantou rápido e foi até ele, entregando a pequena toalha para que ele pudesse secar a testa.

Ninguém está cumprindo o seu papel no plano da criação. Os que estão no Poder nos deixam aqui para morrer. Os que estão aqui, arrancam até o último crédito que podem, até do mais pobre. Deus é ação, meus irmãos. Quem não luta por uma vida melhor e mais justa aqui e agora não está lutando por Deus. Nós aqui temos nosso Pai Zaim para lembrar. A intensidade de Az naquela noite tocou os velhos corações. Até mesmo Melq, que era o único que sabia da chegada de Zias, sentiu a fé superar a mágoa pelo ataque que sofreu e levantou-se antes de todos. Salve, Pai Zaim! Aleluia, Senhor! Os outros gritaram em resposta. Chamaram muito a atenção de Zias aqueles rostos e as expressões às vezes sofridas, às vezes iluminadas. A forma como eles escutavam e balançavam a cabeça de olhos fechados. A maneira como os gestos, os braços levantados, a palma das mãos para cima, pareciam receber alguma coisa invisível vinda pelo ar, vinda pela voz do pastor. Eram tão poucos, mas ainda assim Zias teve medo da força de algo tão vivo. Fechou os olhos buscando de novo a voz de Az. Queria saber onde aquela voz o levaria. E é com as palavras de Pai Zaim na minha boca que eu quero fechar o culto de hoje e anunciar o início de uma nova era. Pai Zaim vai voltar. Todos se alvoroçaram e abriram os olhos e começaram a olhar ao redor. Logo vocês verão, meus irmãos, podem ficar tranquilos.

Pensem na sua casa sem rachaduras na parede, sem o sal corroendo o metal das vigas. Pense no seu coração refeito. Reconfortado. Sem o vício corroendo as estruturas da sua vida e da vida dos seus filhos. Pense em você abrindo a janela do seu apê, respirando fundo e não sentindo o cheiro de querosene e diesel queimado. De gasolina caseira. Imagine a liberdade. Nós estamos agindo. Nós vamos renascer dentro da profecia do nosso Pai Zaim. Nós vamos crescer em poder. Poder real. Um poder que vai ter que ser levado em consideração pela milícia e pelo governo. Eles terão que nos ouvir, porque seremos muitos e seremos fortes. Vocês verão, meus irmãos. Vocês verão. A profecia que nós guardamos por tanto tempo vai se cumprir. A força e a sabedoria de Pai Zaim estarão entre nós como há muito tempo não estavam. Vocês reconhecerão essa força quando ela cair sobre nós. Pensem em tudo que deveria mudar no mundo. Depois, no país todo. No nosso estado, depois na nossa cidade. Depois no nosso bairro. Depois, aqui na nossa comunidade. Na ponte de vocês, depois no prédio de vocês. No apê de vocês. No quarto de vocês. Na cama de vocês. No corpo de vocês. No coração de vocês. Nas células do seu corpo. No núcleo. No átomo. Aleluia.

Doem o máximo de créditos que vocês puderem. Arrecadem o máximo que conseguirem, com todo amor. Porque a vida não vai mudar sem o sacrifício de todos nós. Nós vamos ser o milagre que nós queremos ver na nossa vida. Pai Zaim está no meio de nós.

Zias parecia flutuar em sua cadeira. Estava leve. Naquele momento pesava apenas os seus setenta e seis quilos; coisa estranha, a leveza. Usufruiu da sensação o tempo que pôde, mas logo a paz foi se esvaindo e ficando difusa. Logo, quilos e quilos voltaram rastejando pelo chão para escalarem seu corpo e se acomodarem em seu peito à medida que todos foram saindo da igreja. Os apóstolos voltaram para casa e Zias voltou para seus pensamentos.

O som dos tiros quebrou qualquer resquício de paz. Foram ficando cada vez mais próximos e pararam de repente. Um homem gritou lá fora. Onde ele tá? Não sei. Corre aqui, ele me acertou. Onde tá esse filho da puta. Corre aqui, minha perna caralho. Calma, Kaleb. Me ajuda. Eu vou matar esse filho da puta. Aos poucos as vozes foram se afastando e Zias, Uri e Az ficaram estáticos como se esperassem algo acontecer. Escutar aquele nome não era bom sinal. A porta da igreja abriu e era Ananea, andando com dificuldade. A mão ao lado da barriga. O sangue escorrendo pelo rasgo que deixou a bala que passou raspando. Antes que todos na igreja pudessem se mover, viram que ela não estava sozinha. Um homem usando grandes óculos e um capuz muito fechado a ajudava a entrar mas, ao mesmo tempo, apontava uma arma para sua cabeça. Ele pediu para Ananea fechar a porta enquanto apontava a pistola tremulante em todas as direções. Todo mundo no chão. Eu salvei ela e agora vocês vão me salvar. Tirou o capuz e levantou os óculos.

Era Misael.

# A sarça ardente

No barco lento que o levava para fora do morro, rumo ao sítio do Adonai, o pensamento de Zias buscava Ananea o tempo todo. Não importava o quão impressionante fosse a visão dos prédios alagados da Cidade Submersa, quando se passava no meio deles, de barco pelas ruas. O topo dos postes para fora da água em alguns pontos, o tronco morto de uma palmeira muito alta. O trânsito de barcos de todos os tamanhos e todas as velocidades. Os jet skis passando zunindo por eles. O funk gritando orações de duplo sentido em caixas distorcidas ecoando pelas janelas e lajes. O motor com o barulho ritmado, hipnotizante. O olhar se perdendo em cada cruzamento alagado, no vai e vem do trânsito complexo. Os homens nadando com sacos plásticos amarrados às costas, onde guardavam a roupa limpa para o trabalho. Os mesmos homens sendo jogados contra as paredes, desviando dos mais afortunados que desfilavam em seus caiaques. As construções subindo ao céu com seus barracos de tijolo vermelho empilhados em cima dos prédios formavam torres tão altas que as ruas alagadas estavam sempre mergulhadas nas sombras. Zias olhava para cima, se espantava e logo voltava à imagem da irmã.

Ela havia levado um tiro de um homem destituído de todo poder. Um homem condenado. Um homem morto. Ainda assim, havia rogado pela proteção da vida dele, colocando em risco a vida de todos na igreja. E Az aceitou na hora esconder o fugitivo. Se fosse eu? Eu entregava ele na mão do outro lá, na hora. Será que é por isso que ela diz que eu ainda não sou o seu irmão? É isso que é ser bom? Como eu queria ser bom. Voltou-se para Uri, que olhava para a água, mergulhado em seus pensamentos. Chamou seu nome. Uri. Nada. Falou mais alto. Uri! Ele virou o rosto para Zias, lentamente. Me desculpa. Eu não queria ter machucado o Melq. Eu não queria ter deixado o Az puto com você. Eu juro. Eu não vou fazer mais nada disso. Obrigado por tudo, viu? Você me salvou e eu fui um merda com você. Sabe, Zias, quem foi o primeiro a dizer que, se a gente ia mesmo proteger o Misael, antes você tinha que sair de lá correndo? Antes do Az, antes até mesmo da Ananea? Fui eu, Zias. Por que será? Pensa nisso. E voltou a olhar para o mar.

Junto com eles estavam três homens, todos apóstolos da Assim na Terra. Dois aparentavam em torno dos seus cinquenta e tantos anos. Eram Daniel e Emanel. O diácono e o tesoureiro da igreja. Muito sérios com suas camisas fechadas até o pescoço e suas correntes grossas com cruzes brilhantes. Utilizar crucifixos era uma moda transgressora. O outro foi o único a ser apresentado a Zias naquele dia fatídico na igreja. Seu Matias era o nome dele e desde o primeiro momento foi muito simpático com Zias. Mas uma coisa era muito incômoda. Matias o encarava muito, de uma forma estranha. Durante todo o trajeto, Zias sentia-se observado. Quando ia ver, era ele fixo em seu rosto. Às vezes disfarçava, às vezes sorria. Uma hora disse em seu ouvido. Eu sei que você está aí, meu amigo. Nós sentimos a sua falta. Oi? Bem-vindo, meu filho. Você é muito bem-vindo.

Foram algumas horas de viagem até saírem do mar, subindo por um rio para entrar no meio da mata atlântica. Navegaram por mais algumas horas e chegaram até um píer caindo aos pedaços. Amarraram o barco e desceram. Era um lugar muito bonito, com muitas árvores e a presença constante das áreas alagadas. O calor era um pouco mais ameno. Estava dentro da Área Limite. Uma área estabelecida pelo acordo de Wuhan como sendo de preservação internacional. O governo não dava a mínima e os chineses mantinham uma patrulha quase inexistente. O grupo entrou na mata e caminhou mais umas duas horas até sair na outra ponta da reserva.

Zias caminhava muito impressionado pelo verde e pelo som dos pássaros. Muito diferente da aridez salgada da Cidade Submersa onde só havia ratos, cães e gatos, além das gaivotas e urubus. Estava muito cansado. Não se alimentava bem havia muito tempo. Quando sentia que ia desfalecer, parava e respirava fundo. Era muito revigorante o ar dali. Chegava a sentir uma certa vertigem pela abundância de oxigênio puro.

Quando chegou ao limite da reserva, parou. Na sua frente, marcado por uma linha reta, um descampado de grama muito rala. Deu um passo como se atravessasse uma fronteira entre mundos. Depois daquela linha, nenhum arbusto, nenhuma árvore. Nada. Um quase deserto se estendia até chegar na grande montanha seca onde tudo terminava em pedra. No meio do caminho, uma casa com seis quartos. Os banheiros feitos com os mesmos tijolos vermelhos dos barracos sobre os prédios da Cidade Submersa e o resto feito de Madeirite com telhado reciclado. Um grande galpão ao lado e algumas cercas, bandeiras, pneus jogados, algumas carcaças de carros e de barcos espalhadas pelo descampado. Tudo crivado de bala. E uma barraca circular bem no meio do terreiro. Parecia uma tenda indígena, uma oca de lona com uns dois metros de circunferência e um metro e meio de altura. No centro, um pequeno buraco. Sobre a lona, algumas pedras que pesavam sobre a estrutura.

Nada ali parecia muito confortável. Foram chegando e mostraram o quarto de Zias. Você vai ficar aqui, não vai ficar no dormitório. É muito quente lá. Zias olhou com incredulidade enquanto percebia seu rosto e sua camisa molhados de suor. Ainda mais quente? Uri se aproximou, indiferente. Larga as tuas parada aí e vem. Ele largou a mochila e foi até a porta da frente. Quando viu, Uri estava na entrada da barraca. Ele entrou e chamou Zias, que se abaixou e o seguiu com o passo engraçado de quem anda agachado. Todos estavam ali, em um círculo. Zias sentou-se também. Seu Matias sorriu. Aqui é terreno santo, Zias. Para pisar aqui você precisa tá puro. Precisa de purificação. Esse não é um lugar qualquer. Aqui, Pai Zaim chegou ferido de tiro, à beira da morte, e aqui ele orou por três dias para que Deus salvasse ele e com ele a Curação e o nosso povo. Ele desmaiou orando e achou que tinha morrido. Quando acordou, se espantou porque estava vivo. E porque tinha um urubu pousado na guarda da cama. Isso mesmo. Um urubu desses que você viu voando por ali. O bicho feio olhou pra ele bem no olho e pulou em cima da cama. Seu pai ficou congelado, nem piscar, piscava. Tentando entender o que tava acontecendo, Zias buscou Uri com os olhos. Uri balançou a cabeça como que para confirmar o que Matias estava dizendo enquanto servia uma bebida muito escura e viscosa em um copo.

Um atabaque começou a tocar, era Samuel, sentado no círculo, bem na sua frente. Daniel começou a entoar uma melodia sem palavras. Então, meu filho. Matias falou mais alto para chamar a atenção de Zias. A voz grave repousando sobre a melodia, embalada pelo ritmo africano. Ao seu lado o velho homem de barriga inchada e barba rala riscou um fósforo e acendeu um ramo de folhagem seca. Aspirou a fumaça e a soltou muito cuidadosamente, fazendo uma cascata que caía por seu queixo como uma nuvem densa. Zias respirou fundo e tossiu na hora, afogando-se nela. Teve dificuldade de voltar a prestar atenção no que dizia Matias.

Teu pai tava com o urubu bem na cara dele. Tão ferido que mal podia se mexer. O bicho veio e bicou a língua dele, arrancou quase toda num golpe, esticou o pescoço e engoliu. Seu pai, moribundo, gritou de dor e caiu de lado com as mão na boca. O bicho saiu voando e pousou na janela, olhou bem nos olhos dele e caiu no chão, estrebuchando. Teu pai levantou curado da cama e caminhou até o bicho. O bicho estava morto e ele estava vivo. Foi uma troca de vida. Teu pai nunca mais pôde fazer um sermão e foi aí que ele escreveu todas as cartas. Entre elas a sua profecia. Nela, ele morreria quando terminasse a obra, para que a obra dele vivesse em você.

Você voltaria do além-mar na hora certa. Nem antes, nem depois. E com você, ele voltava em carne e osso. Dali pra frente ele escreveu todos os dias pra você, até morrer. Escreveu tudo que ele sabia sobre o mundo. Curado, ele fugiu pro Nordeste, pra casa de um tio dele. De lá, ele mandou pro Az todas as cartas que escrevia para você. E ali, meu filho, estava tudo o que a gente precisava saber pra nunca desistir da luta. Nós preparamos o terreno, a gente aguentou firme, até esse momento em que você voltaria pra reavivar a fé do povo. Teu pai dizia. Pra revolução acontecer o povo precisa do profeta, da profecia realizada e do diabo. Profeta sem profecia ninguém escuta. Profecia sem o diabo não tem serventia. Seu pai foi o profeta e você é a profecia realizada. O diabo tá por todo o lado. Vai ter revolução. Bebe, meu filho. Matias estendeu o copo. Você quer conhecer seu pai? Bebe. Zias pegou o copo da mão dele e levou ao nariz. Sentiu um arrepio que percorreu o corpo todo, quando chegou na mão, quase derrubou tudo no chão. Zias olhou para o copo. Olhou para Uri. Olhou para o copo. Olhou para Matias e atirou o copo no chão. Eu não uso mais nada, obrigado. Disse muito firme.

Uri olhou para ele com um certo orgulho e serviu mais uma vez.

Pode beber.

Bebe, meu filho. Isso não é um teste. É uma prova de fé. É um convite para você conhecer o seu pai. Ele tá vivo, mas tá do outro lado. Bebe pra encontrar com ele, bebe. A gente fica aqui esperando.

# Textos apócrifos

Um som estridente tomou conta de tudo, um som estridente que foi fechando seus olhos e quebrando as paredes do mundo ao redor, tudo desmanchando em cacos, implodindo a realidade, uma escuridão estridente e uma luz ensurdecedora no lugar das paredes reais, as paredes coloridas e caleidoscópicas se levantavam de todos os lados, criando uma espécie de labirinto brilhante e dele veio uma figura, que não era exatamente o homem das fotos, mas era ele, colorido e multifacetado, brilhante e resplandecente em cada fractal que formava seu corpo, seu rosto e seus olhos, ele chegava perto de Zias, ainda bebê, e arrancava seu dedo com os dentes e chorava olhando para cima, não tinha a língua, arrancava seu dedo com o carinho de um beijo; depois, abraçava Zias, balançava como quem embala uma criança que se levanta escondido da mãe e salta a janela para as ruas do Intendente fugindo de dois homens que, assim que conseguem agarrar sua blusa, cobrem sua boca e ele acorda chorando e suas mãos são as de um homem adulto e seu pai sorri para ele, colorido, e logo depois some e logo aparece todo suado, abre a boca e ela está cheia de um sangue incandescente que queima a pele de Zias, que rejuvenesce rápido, e a mãe chorando o pega no colo e o atira para cima e o medo de que ninguém vá pegá-lo no ar faz Zias chorar por um instante e depois rir no momento em que seu pai o segura e gira pelas mãos e, quando para, Zias vomita na rua em Lisboa, as mãos machucadas por uma briga, um tombo bêbado, a roupa suja, a mulher abraçada e ele segurando sua mão e chorando alto, ela está morta, ele acordando em muitos lugares ao mesmo tempo, sua mãe já morreu, não adianta, sua mãe se levanta no caixão, ela levando a mão à barriga e os dois se abraçam e uma criança chora no quarto, sozinha, e é ele lá na frente de casa, a milícia está na porta e o pai tenta ir pra cima do homem que bateu em sua mãe e Zias, sem saber de nada, chora no berço, sozinho, pensando como pensam os bebês que foram deixados sozinhos, e acham que vão morrer naquele momento sem no entanto saber o que é a morte e com fome porque todo bebê tem fome sempre e ele levanta e olha para o dedinho ausente, o sangue correndo e ele vê os outros dedinhos e por que um deles não está? e o cheiro de seu pai, dói tanto a mãe chorando agarrada pelos dois homens que acabaram de chegar, Zaim morto conversando com a mãe enquanto ele, bebê, para de chorar e só observa o amor dos dois que salta como uma luz concreta, que reluz nos óculos que Zias usa para entrar na Virtua e sai correndo e lá na frente um policial quase consegue derrubá-lo na calçada, o avatar que é ele próprio, mas com braços enormes em sua vontade de abraçar, salta da ponte e cai no Rio de Janeiro onde Zaim prega, emocionadamente, para uma praça cheia de gente e de repente a polícia atira a primeira bomba de gás lacrimogêneo e todos saem correndo e orando e uns gritando filho de Deus batendo em filho de Deus em nome de Deus e Zias preferindo ser cortado em pedaços nas Virtuas de dor para captarem todas as nuances do pavor de um garoto para uma melhor experiência do usuário, os dois abraçados e Zias olha para o lado e a mãe está morta em uma cama, o câncer comendo ela por dentro, ela devorada por tudo que não podia dizer e Zias cheio de marcas tentando esconder o medo de que ainda estivesse na Virtua, que nunca tivesse saído da Virtua, que não existisse nada fora da Virtua, inclusive a noite em que seu pai chegou em casa, Zias preso dentro de seu pai que seguia preso dentro de Zias em uma cela sem luz sem água sem nada, a porta fechada no peito, seu pai com Zias preso no meio do mato fugindo de tiro, de cachorro, de drone armado, levando choque num canto sujo de um quarto abandonado escrevendo como dava e guardando na cabeça as cartas para o filho que ele não via fazia tantos anos que já nem sabia como seria o rosto já moço, ele escrevendo cada uma das cartas com o pensamento e levando com ele o papel guardado para Zias que saía de sua casa virando latas de lixo porque tudo já tinha acontecido e agora era só ele no mundo carregando o rosto de seu pai no seu sem saber e era tudo tão pouco e agora o que eu faço? um urubu come sua língua e come a língua de seu pai e come a língua de sua mãe que ainda estava viva naquele dia em que falou que melhor seria que ela morresse logo pra ele poder ir pro Brasil saber quem era, agora está aqui na terra prometida, proibida, terra morta louca, gente por todo o lado, aleluia, o encontro com seu pai que vem de longe para ver, tão morto depois de tantos anos, ele vem caminhando colorido e antes que Ziás abra os olhos e veja o pai quase morto quase vivo que pensa em seu filho no último segundo e sorri, vem sem medo, morrer é azul meu filho, eu te amo.

# De que lado da moeda está a verdade?

A cada dia Az chegava na igreja mais preocupado. Não estava nos planos ter que mandar Zias sozinho com Uri e Matias para o sítio, menos ainda ter Misael escondido no pequeno alçapão que ficava sob o púlpito. Quando fazia o sermão, Az tinha os pés sobre a cabeça de Misael, pendendo como uma espada. Chegou a sonhar que o alçapão se abria e ele caía no inferno. Felizmente, Deus tinha soprado um plano em seu ouvido. Misael sairia do morro mergulhando. No primeiro dia, Az levou para a igreja um pedaço de mangueira enrolado à perna sob a calça. No outro, um rolo de fita no bolso. Depois uma inofensiva garrafa plástica. No quarto dia uma surpresa. Quando chegava à porta, um soldado de Kaleb o interpelou. Era um homem alto, pele escura, aparentando seus quarenta e cinco anos. O fuzil pendurado no pescoço, cano gentilmente apontado para baixo. Parecia estar no comando. Era um miliciano clássico, não fosse o pesado sotaque paulista.

Por favor, pastor. Com a sua licença. Tamo na caçada aí de um rato filisteu que tá entocado em algum lugar. Não queremos perturbar, mas a gente precisava dar uma olhada na igreja. Compreende?

O homem ensaiou um sorriso cortês, mas olhou profundamente nos olhos de Az. Claro, meu amigo, pode entrar. Você acha que demora? É que tem culto logo mais e o povo fica um pouco aflito com essas mudanças, olhou para o fuzil, você sabe como é. É só uma revista de rotina, compreende?

Az pegou a chave, enfiou na fechadura, mas não girou até o fim. Quando puxou a maçaneta ainda trancada, chacoalhou a lata que balançou em um estrondo, sem abrir. Essa fechadura é o satanás. Voltou com a porta lentamente à posição inicial, encaixando o trinco com um cuidado exagerado. Repetiu a manobra mais uma vez lentamente. Desculpe, senhor. Agora vai. Girou a chave enquanto empurrava com o ombro, abrindo a porta de uma vez. Pode entrar. Qual seu nome mesmo? Comandante Elias, ao seu dispor. Pastor Aznael. Na igreja todo mundo me chama de Az, disse abrindo seu mais encantador sorriso. Por sobre o ombro de Az, Comandante Elias viu Ananea, arrumando a primeira cadeira bem em frente ao palco com muito cuidado, fazendo tudo para disfarçar a respiração ofegante e a dor que causava o corte na barriga.

Bom dia, Ananea, disse Az. Comandante Elias vinha logo atrás, colocando seus óculos para escanear o ambiente. Este é o Comandante Elias, ele está procurando o fugitivo Misael. Prazer, comandante, Ananea ao seu dispor. Eu vou seguir aqui fazendo as minhas coisas, se o senhor não se importa. Muito prazer, Ananea. Só peço que a senhorita não se ausente do recinto enquanto eu faço meu trabalho, por favor. Se puder me acompanhar quando eu for revistar os outros aposentos, eu agradeço. Pois não, senhor. Ananea voltou para seus afazeres e Az caminhou muito rápido para o púlpito. Subiu no palco com um salto e logo estava em seu lugar. Visualizava Misael logo abaixo dele, respirando fundo, suando, os olhos arregalados, o rosto marcado por uma pequena fresta de luz. Az pegou uma pilha de papéis e começou a ler em voz baixa, acenando para a plateia ausente, ensaiando e fazendo anotações em seu sermão imaginário. Os pés firmes, plantados sobre a pequena porta do alçapão.

Comandante Elias caminhou pelo corredor central e percebeu as duas portas, uma em cada lado do palco. Bem no fundo, fechada com lâminas de madeira compensada, o que parecia ser uma grande janela. O comandante subiu no palco, primeiro colocando sobre ele o pé direito, firmando a mão sobre o joelho, e só então movendo o corpo pesado para cima do assoalho de madeira. Olhou para Az, que passou o canto dos olhos por ele sem parar seu ensaio. Elias pisou forte com o coturno no chão. Foi até o fundo do palco e bateu com a mão fechada na madeira, que fez um som oco.

Aqui atrás dessa lâmina é a rua, não? É sim, senhor. Elias começou a tamborilar um samba desajeitado na parede. Sabe pastor. Eu acredito que metade de uma busca a gente faz com os olhos, a outra a gente faz com o ouvido. Compreende? Olhou bem nos olhos de Az, descendo até os seus pés. Calmamente, Elias desenlaçou o fuzil do ombro e bateu com a coronha no chão, ouvindo o ruído seco e sólido. Deu mais um passo em direção a Az, sem tirar os olhos dele, e bateu mais uma vez.

O mesmo som.

Mais um passo, mais uma batida. Muito interessante, disse Az enquanto se virava, pegava suas folhas, fingindo indiferença. Mais uma batida. Mais uma. O som cada vez mais próximo de Az. Até que Elias bateu com muita força no chão e Az se virou em um susto já esperado. Ficou frente a frente com o Comandante que o observava com um fio de sorriso no rosto.

O senhor pode dar um passo pro lado por favor, pastor Aznael? Pode me chamar de Az. Então, senhor Az, só para eu terminar a revista aqui no palco? Claro, senhor. Az deu um passo ao lado e girou o corpo, abrindo passagem para o comandante e seu fuzil. Pelo canto dos olhos, viu que Ananea assistia, paralisada, à cena. Ele executaria Misael e os dois ali mesmo? Ou seriam torturados e pendurados no poste para dar o exemplo?

Foi trazido de volta à realidade pelo som oco da coronha do fuzil batendo no chão. O que tem aqui embaixo, senhor Az? Az firmou o olhar no dele. Nada, senhor, só um depósito. Sabe como é, aqui a gente precisa aproveitar bem cada centímetro de espaço. Então o senhor não se importaria de abrir para mim? Preciso ver cada milímetro, compreende? Posso, sim. Enquanto Az abaixava para enfiar os dedos na alça da porta do alçapão, o comandante deu um passo para trás e empunhou o fuzil.

Az torcia para que Misael estivesse a postos dentro do alçapão e saltasse sobre o comandante assim que a luz entrasse. Quem sabe os dois juntos pudessem dominar Elias. Percebeu o corpo do comandante enrijecer, o dedo posicionado no gatilho. Az abriu a porta de uma vez como quem solta um animal selvagem. Os dois olharam para dentro do espaço vazio e voltaram a olhar um para o outro. Nenhum dos dois parecia acreditar. A tensão foi desfeita por Ananea, que interrompeu a cena com um aviso. Desculpe, Comandante, mas nossos fiéis já estão chegando e os seus homens não estão liberando a entrada. Az a interrompeu. O senhor é nosso convidado para assistir o culto e pode ficar à vontade para terminar sua revista assim que acabar a cerimônia. Sabe como é. Queremos evitar boatos sobre a relação da igreja e a nova direção. O povo fala, não é mesmo? O comandante olhou bem fundo nos olhos de Az. Mas fique à vontade, comandante, como eu disse, a casa é sua.

Diga aos homens que liberem os fiéis.

Eu vou passar os dois aposentos laterais em revista e já libero a igreja. O que tem naquela porta ali? É o meu quarto, senhor, disse Ananea. Vou dar uma olhada rápida, então. Não repare a bagunça.

Elias, impassível, passou seu scanner no quarto rapidamente. E do outro lado? É meu escritório, disse Az. Você vai contar, Az? Porque o comandante vai ver. Ver o quê? replicou Elias sem muita paciência. Bom, o senhor vai ver. Quando abriram a porta do escritório, um sofá com lençóis e travesseiros revirados, sobre a mesa um prato sujo com talheres ao lado. Essa bagunça não é minha, não. Né, Az? perguntou, brincando uma zelosa Ananea. Conta pro comandante por que o escritório tá assim? Bom. É que eu. Então, senhor. Acontece que, Ananea chegou bem perto do Comandante e cobriu a boca com a mão como quem conta um segredo. A mulher dele colocou ele pra fora essa semana. Não precisa ficar com vergonha, Az. Todo mundo apronta. Não é mesmo, comandante? Você é pastor, não é santo. As mulheres é que têm que entender a natureza dos homens, defendeu Ananea. Submissão é um mandamento. Errada está ela.

Complicado para um homem de Deus essa situação, rebateu Az, fingindo constrangimento. Ô seu Az. Pastor ou não pastor a carne é fraca. Parece que o único fugitivo entocado aqui é o senhor, não é mesmo? Ananea caiu na gargalhada acompanhada por um Az ainda atônito como um garoto que acaba de sair de uma montanha-russa. Leve ela pra jantar na Terra Seca, peça desculpas. Mulheres foram feitas para amar, para sofrer pelo seu amor e para ser só perdão. Elas sempre perdoam. Compreende? Sob o sofá do escritório uma fina lâmina de madeira compensada. Sob ela o buraco no chão que dava para o quarto alagado no andar de baixo. Lá dentro, um Misael aterrorizado lutava para manter-se vivo usando a respiradeira que havia feito às pressas enquanto o comandante revistava o salão. Àquela hora, a maré cheia batia no teto. Os dedos de Misael sangrando por tentar se firmar, cravando as unhas em uma pequena rachadura sobre sua cabeça. Finalmente mergulhou, atravessou a janela e saiu na rua. Manteve-se mergulhado com muito esforço, deixando apenas a garrafa para fora da água. Ninguém desconfiou de mais uma garrafa jogada em meio ao lixo que se movia para lá e pra cá, boiando na margem da rua.

E o morro trocou de mãos definitivamente.

# Deus deveria
# ser mãe

Dona Maria olhou para as próprias mãos. Viu, no lugar delas, aquelas duas mãos luminosas soltas no ar dentro da Virtua. Mãos fantasmas em um mundo fantasma. Isso não é obra de Jesus Nosso Senhor. Quase cedeu ao impulso de tirar os óculos, mas pensou em Misael. Meu gurizinho, perdido no mal deste mundo. Iria até o inferno para ver seu filho. E foi. Estar ali com aquelas lentes no seu rosto era entregar a alma ao Diabo. Onde tá meu filho? perguntou, perdida, em uma praia onde não havia ninguém. Misael não sabia em que Virtua encontrar a mãe e achou melhor levá-la para um lugar bonito e tranquilo, pagou caro pelo servidor daquela praia deserta. Desde o início da guerra não entrava mais dinheiro. Nenhuma boca trabalhava, nenhuma igreja repassava o dízimo. Estava falido e sozinho. Nenhuma milícia saiu em sua defesa. Ninguém quis se meter com Kaleb para defendê-lo. Misael era um filisteu que faturava com a droga, com o álcool e com coisas muito piores. Kaleb era da milícia mais pura, da dinastia de Rio das Pedras. Miliciano líder comunitário. Se ele teve motivos para invadir o morro de Misael, ninguém ia questionar a sua legitimidade. Muitos iriam, inclusive, agradecer. Mas não Dona Maria. Ela faria de um tudo para salvar seu filho. Pobre menino, não é culpa dele ser assim. Tudo culpa do pai que se matou na frente dele. Pobrezinho do meu filho. Misael? Cadê você? Ela perguntava naquela praia onde ninguém pisava.

Foi do mar que ele veio. O avatar feito sua imagem e semelhança quando tinha dez anos. Quando tudo ainda era amor e confiança entre os dois. Dona Maria viu o filho, menino, saindo da água. Ajoelhou-se. Os joelhos sentindo a dor ao atingir o chão do quarto. O mundo físico mandando lembranças. Via a areia macia, sentia a dor da pedra. Olha aí. É o meu guri. É o meu guri. Ela não parava de repetir. É o meu gurizinho, e chorava cada vez mais alto. Meu gurizinho, que saudade, que saudade, meu guri. E dentro dela, naquele minuto, aquela coisa do Diabo não poderia ser mais divina. Era ele. O meu guri, é o meu guri. Misael a abraçou o mais forte que pôde.

Como eu queria que você pudesse sentir esse abraço de verdade, mãe. Eu tô sentindo, meu filho. Eu tô sentindo. Como você tá? Tô bem, mãe. Tô com saudade. Não importava que a voz, madura e triste, não combinasse com o menino que ela via. Ô, meu guri. O que fizeram com você? Eu sempre vou ser o seu guri, minha mãe. Não importa. O menino soltou-se do abraço dela. Deixa eu te ver, minha mãe. O avatar dela, feito às pressas, não lembrava em nada sua mãe de verdade. Você está linda, minha mãezinha. Tá linda. Tô velha, meu filho. Muito velha. Me perdoa, mãezinha. Eu não queria deixar a senhora triste. Eu não queria te decepcionar. Eu tentei ser um sujeito cristão. Eu fiz tudo que eu podia pra ser bom. Eu sei, meu filho, eu sei. Deixa eu olhar pra você mais um pouco, meu guri. Onde você tá? Vem encontrar sua mãe. Eu tô fora do morro, mãe. Não dá pra voltar. Mas eu vou tirar a senhora daí, eu prometo. Eu vou me reerguer e eu vou matar aquele filho da puta. Não fala assim, meu filho. As palavras duras do homem desfaziam a ilusão do menino. Meu gurizinho.

O quê? disse Misael, intrigado. O quê, meu filho? Eles tão aqui, mãe. Aqui onde, meu filho. Eu vou sair, mãe. Que foi, meu guri? Que tá acontecendo? Eles tão aqui. E o menino voou pro chão como se tivesse sido atingido por um golpe invisível bem na frente de dona Maria. No barraco onde estava Misael fisicamente, ele foi atingido por um chute e voou na parede. Não conseguiu tirar os óculos nem desconectar. Dona Maria escutou o grunhido de dor do filho e as vozes de alguns homens. Toma, filisteu filho da puta. O menino tentando se levantar na beira do mar, saltando no ar, em um contorcionismo dolorido em frente à sua mãe que não sabia como reagir. Tentou alcançá-lo com os braços estendidos. Ele ergueu-se muito rápido, com os braços e pernas pendendo no ar como se flutuasse desfalecido.

Dois homens agarravam Misael por baixo dos braços e o colocavam em pé. A cabeça pendendo. A boca sangrando. Dona Maria olhando o menino suspenso, os braços abertos, crucificado no ar, não sabia o que pensar ou fazer. Deixa meu filho, Satanás! Mãe, disse Misael quase desmaiando. Mãe é o caralho disse o homem que segurava seu rosto com a mão. Dona Maria escutava os homens batendo no filho, xingando. Seu menino se contorcendo no chão. Misael sendo chutado, dentro do barraco, até os óculos saírem voando do seu rosto. Dona Maria vendo o menino cair amontoado e inerte na areia. Ela ajoelhou ao seu lado, tentou pegá-lo no colo como uma pietà improvável. Levantou sua cabeça. Meu gurizinho, Misael. Misael fala com a mãe. Fala com a mãe, meu filho. Dona Maria às lágrimas, os joelhos doloridos. O silêncio. Meu guri? Meu gurizinho! Os óculos do seu filho caídos no canto do barraco, ainda conectados. Misael sendo levado, respirando com dificuldade, todo ensanguentado. Comandante Elias esperando lá fora. Então é aí que você tava, seu rato. Puxou sua tela e fez um vídeo do homem humilhado. Mandou para Kaleb. Tá na mão o rato.

Traz ele pra cá. Esse assunto eu quero resolver pessoalmente. Se ele não chegar vivo aqui a culpa vai ser sua, Elias. Esse filho da puta vai pro poste. Pode trazer.

Na praia, dona Maria não soltava o menino desfalecido em seus braços. Não queria deixar aquele lugar, nunca. Chorou até cansar. Em seu quarto, no morro do Aeron, um dos poucos homens que ainda eram fiéis a Misael segurou seus ombros e foi tirando os óculos do seu rosto com carinho. Vem cá, Dona Maria. Tá tudo bem. A gente vai encontrar ele. Vai dar tudo certo. Ela sabia que era mentira. Não entendia nada desses óculos e desses mundos de fantasia, mas sabia muito sobre a realidade e sobre a vida. Nunca mais ia ver o seu gurizinho vivo. Tinha certeza. Desfaleceu nas mãos do garoto que a ajudou a sentar e foi logo guardando os óculos na mochila. Eu preciso ir, Dona Maria. Preciso sair daqui antes que seja tarde. E foi saindo pela janela para a laje. Dona Maria caiu de joelhos mais uma vez. Estava definitivamente sozinha em seu quarto. Levou as duas mãos ao rosto e tentou com todas as forças lembrar daquela praia e daquele menino saindo da água. O momento mais feliz da sua vida tinha acontecido ali. Naquele lugar do Satanás. Só pra ver meu guri sofrer. Por quê, meu Jesus? Eu não quero questionar os teus desígnios, mas por quê?

Ouviu ao longe o estourar de fogos. Ninguém sabia o que estava acontecendo. Fogos e mais fogos. Eram os homens de Kaleb comemorando a captura de Misael. Alguns garotos já corriam para o poste, para deixar tudo pronto para o tribunal. Dona Maria unindo as mãos sobre o rosto e levantando aos céus. Protege meu guri, senhor Jesus. Só o Senhor pode cuidar dele. Não deixa que nada de mau aconteça pro meu gurizinho. Misael tendo as mãos amarradas. Permita, meu Senhor, que o meu filho não sofra na mão dessa gente. Misael sendo atirado dentro do pequeno barco. Um homem pulando por cima dele e pisando em seu pescoço para que ficasse com a cara grudada no chão. Em tua infinita bondade, meu Jesus Cristíssimo, cuida do meu gurizinho. Outro soldado de Kaleb chutando o ferimento em suas costelas assim que ele tentou erguer o tronco. Deus, o senhor também teve um filho que sofreu nas mãos dos homens, meu Pai, cuida do meu. O barco indo na direção do morro do Aeron. Os joelhos de dona Maria insuportavelmente doloridos pelo tempo em que se mantinha orando. A lancha atracando no morro. Dona Maria deitando no chão, muito devagar, exausta. Orando baixinho, as palavras indecifráveis. Misael sendo arrastado pela ponte. Pelos corredores. Dona Maria fechando os olhos, o rosto encostado no chão. As pernas encolhidas, os joelhos marcados. Misael sendo atirado na porta do escritório de Kaleb. Um soldado abrindo a porta. Kaleb rindo lá de dentro ao ver a cena. Dona Maria dormindo no chão do seu quarto, sonhando com seu menino saindo do mar. Ele mesmo, não aquele do mundo artificial. Seu gurizinho, com sua voz doce de quem ainda não pecou. Te amo, minha mãe. A bênção. Misael sendo atirado aos pés de Kaleb, que limpou a sola do seu coturno em seu rosto.

Deus te abençoe, meu filho.

# Enquanto Deus
# não estava

O som dos fogos de artifício reverberou pelos corredores do morro. As senhoras perguntavam umas às outras por onde Deus andava. Deus sabe o que faz. O som dos fogos foi seguido de tiros e os meninos já cutucavam uns aos outros. Ó, ó, é uma AR-20. Esse é Fal, esse é o Fal. Meu irmão tomou um tiro de AR-20. Arrancou fora o braço dele bem aqui no ombro. Ó, os grito! Tão entrando no prédio. Bora lá pra praça lá, vê o que vai rolar?

Os gritos batiam de porta em porta e todos iam saindo de seus apartamentos para acompanhar o evento. É hoje, hein. Hoje é dia de purificação, vamo se ligar, comunidade. Hoje o Aeron vai voltar pra mão de Deus! Anda, Satanás. Comandante Elias puxava Misael pelos cabelos, um dos olhos muito inchado, a boca sangrando. Ele segurava o punho de Elias com as duas mãos, tentando aliviar a dor no couro cabeludo, dava dois, três passos, andando meio de costas e logo caía. Um dos soldados já chutava suas pernas para que voltasse a andar. Logo atrás, entre os gritos dos soldados e gemidos de Misael, vinha Kaleb. Sério e pomposo, não fosse a perna que ele era obrigado a arrastar em função do ferimento causado pelo inimigo que agora jazia aos seus pés. Kaleb nunca o perdoaria por ter estragado sua entrada triunfal com um passo manco que dava a ele um inevitável ar cômico. Alguns sorrisos nervosos e alguns urros satisfeitos delatavam o prazer em ver sofrer aquele que tanto sofrimento causou ao morro. Todos tinham medo de Kaleb e sua fama, mas não deixavam de estar agradecidos. Misael foi péssimo para o morro e para a imagem da milícia. Deixava a droga correr solta, protegeu estupradores e pedófilos, ganhou dinheiro acobertando e alimentando as perversões dos amigos e extorquindo as igrejas que não fechavam com ele. Misael era uma vergonha para a milícia Cristã e Kaleb ia usá-lo como exemplo para todos os outros. Acabou a palhaçada. Aqueles passos iriam mudar a história do Rio de Janeiro para sempre.

O povo foi descendo dos andares mais altos, lotando os corredores e criando uma longa fila atrás de Kaleb e seus homens. Quando saíram no grande vão onde ficava o poste, todas as janelas e entradas das escadas estavam cheias de gente, formando a arquibancada de um coliseu inusitado. Não haveria luta ali. Só a pesada mão de Deus fazendo sua obra.

Elias arrastou Misael até o poste e o amarrou. O rosto pendendo, respirando muito fundo. A exaustão pesando em seu olhar. Pensou em sua mãe. Será que ela estaria ali vendo tudo? Não teve coragem de levantar a cabeça e procurá-la.

Eu não fico feliz com essa cena, meus irmãos. Nem um pouco. Isso aqui não é uma vitória. Quando um miliciano da fé mata outro miliciano da fé, a mão que está agindo é sempre a de Satanás. E eu não gosto de ver o diabo usando o peso da minha mão para fazer o seu jogo. Mas, às vezes, as obras de Deus e do Diabo ficam assim. Parede com parede. Não gosto de matar. Mato, mas não gosto. Deus não gosta de matar. Mata, mas não gosta.

Elias puxou sua tela do bolso e começou a ler todos os crimes de que Misael era acusado. Nós, a voz do povo, te condenamos em nome do Senhor nosso Deus. Pelo crime de vender e deixar vender drogas do sexo altamente viciantes e pecaminosas. Por deixar a comunidade à mercê de traficante que não é de Cristo. Por forçar meninas a cederem à luxúria. Isso não é milícia, isso é Satanás.

Isso é coisa de comunista.

O povo escutava, sério. Um menino, pés descalços, barriga redonda e braços finos, abraçado ao carrinho que Misael deu a ele no dia das crianças, quis falar. Era o único brinquedo que ele tinha. Dormia abraçado nele todas as noites. Mas dizer o quê? Chorou. Sua mãe o pegou logo no colo e tirou dali. Filho da puta é mato. Vida que segue.

Eu não vou pedir pra vocês atirarem a primeira pedra porque não trouxemos pedra nenhuma. Quero que essa seja a última vez que alguém acaba nesse poste. Isso acaba hoje. Amanhã, quando levarem esse lixo comunista daqui, o poste vai também. Esse local vai ser o marco zero da nova cidade alagada. A Cidade Submersa em crime, morte, vício e lágrimas acaba aqui. Tá proibido andar chapado. Tá proibido vender droga e bebida. Tá proibido ficar conectado na rua. Se eu vir ou ficar sabendo eu mando pra dentro d'água. Quem tiver um negócio, qualquer coisa que não for boteco, não precisa pagar taxa de gasolina, nem conexão. É o meu incentivo pra economia da comunidade. Se eu vir bebum pela rua vai pra água o bebum e o dono do boteco que tava vendendo a bebida.

Algumas pessoas riram, outras bateram palmas. Os mais velhos se cutucavam. Até que enfim ordem nessa porra. O Aeron foi escolhido pra ser uma comunidade modelo. E eu tô com o Pastor Deputado Edir me apoiando diretamente. E no senado, Pastor Senador Salmo também tá com a gente. Na hora, todas as telas e óculos receberam o mesmo vídeo. Pastor Senador Salmo, ao lado de Kaleb, mandando um recado. Um novo tempo meus irmãos. Uma nova milícia da Fé. Só para quem tem fé. Milagre é pra quem merece milagre. Demônio bom é demônio morto. Estou junto com o Irmão Kaleb nessa missão pra fazer renascer o propósito da milícia. Os valores que fizeram a gente ser reconhecido pelo Estado, com louvor!

Mais um ano de eleição se iniciava e todos os pastores corriam para buscar a massa de votos represados na Cidade Submersa. O poder não deixa vácuo e logo as lideranças do Aeron estavam se achegando e pousando ao lado do novo dono. Os homens de Kaleb foram trazendo, um a um, os pastores do morro. Vejo aqui os pastores das nossas igrejas. Estão todos aqui? Eram seis homens de várias congregações. Uns mais apavorados do que outros. Entre eles estava Az.

Para encerrar, vamos falar de fé, que é pela fé que estamos aqui. Os homens de Kaleb agarraram todos os pastores por trás e encostaram o cano de suas pistolas em suas nucas. Um burburinho ecoou pelo saguão. Quem transforma a igreja em biqueira não tem fé. Dois dos soldados conduziram seus reféns até a janela e os atiraram no mar. Outros três soldados começaram a atirar até que a água avermelhou. Um dos pastores que restou começou a chorar e desfalecer. Era muito gordo e teve que sentar no chão para não desmaiar. Az seguiu impassível. Quem não colaborou com a nossa transição pacífica não tem fé. Az olhou para Kaleb e percebeu algo pressionando suas costas. Sentiu o esbarrão em seu ombro e viu Pastor Gael passar por ele, com os olhos muito arregalados e o cabelo liso todo molhado de suor, colado na testa. Foi atirado ao mar. Os tiros na sequência. Quem leva o sexo para dentro da sua igreja e se entrega à promiscuidade não tem fé. Mais um foi atirado na água e logo fuzilado.

Um pastor muito magro chamado Jonas, que morreu de braços abertos dentro da água. Alguns fiéis de sua igreja diriam que era Deus mostrando que ele era inocente. Restaram Az e o gordo chamado Cipriano que chorava como uma criança. Felizmente, existem pessoas de fé e bom senso para levar o nosso povo até Deus. Gente limpa, com visão de futuro. Obrigado, senhores. Vocês são homens de fé. Leais a Deus e ao nosso povo. Eu conto com vocês para trazer a paz do Senhor. Az deu um aperto de mão firme em Kaleb e, assim que pôde, saiu, forçando sua passagem entre as pessoas. Suas mãos tremiam. Alguns dos velhos apóstolos de Zaim que estavam por ali ficaram divididos. Alguns foram atrás dele, outros ficaram para ver onde tudo aquilo terminaria.

Então, agora que tudo está alinhado entre os planos de Deus e os planos dos homens, vamos encerrar este dia histórico com o momento mais esperado da noite. O livramento da comunidade do Aeron de um demônio daqueles brabos. Kaleb foi até Misael, que estava desmaiado no poste. Um dos soldados atirou um balde de água salgada em sua cara. Ele levantou o rosto em câmera lenta. Kaleb tirou do bolso uma pedra azulada de MetaMDMA quase do tamanho de uma bola de pingue-pongue. Elias puxou forte a cabeça de Misael pelos cabelos, obrigando sua boca a abrir. Kaleb enfiou a droga dentro dela e bateu em seu queixo para que mastigasse. O rosto de Misael se contorceu pelo amargo da droga. Elias segurou seu queixo e tampou seu nariz e boca até que engolisse. Kaleb olhou ao redor. Todos em silêncio. Mal para quem pratica o mal. Paz para quem pratica a paz. Amanhã é o primeiro dia da nossa história. Um grande futuro nos espera! Grandes planos nos esperam! Um futuro como vocês nunca sonharam! Aleluia, irmãos.

A maioria do povo aplaudiu com força e fé renovadas. Outros disfarçavam o medo, pelas relações que tinham com a antiga administração. Kaleb acenou para todos e foi saindo, seguido pelo seu batalhão e por um bando de crianças que corriam excitadas por tudo que viram e ouviram. Misael ficou lá, amarrado, os olhos tentando sair das órbitas, a espuma azul colorindo o canto da boca, o coração explodindo em um ataque cardíaco fulminante.

# Se eu quiser
# falar com Deus

Naquele dia, eu nunca vou esquecer. Eu sabia que uma missão tava pra vir, mas a gente não sabia o que era. Você se colocava à disposição e a missão podia chegar a qualquer momento. Quando chegou, eu vou te dizer que eu tremi na base. Aqui, ó. Essa peça você encaixa aqui, Zias. Se você encaixar errado, a arma não dispara. Tá, tá, mas e aí, seu Matias? Então. Ah, quando eu vi a missão eu fiquei todo cagado, mas ao mesmo tempo feliz, porque era coisa grande e de confiança. A gente ia sequestrar o pastor oficial dos Estados Unidos no Brasil, o nome dele era Charles. Sério, seu Matias? Ô, se é sério. Ele fazia parte da missão para evangelização da América do Sul e trabalhava aqui há uns trinta anos, já. Teve o dedo dele em muita coisa no tempo da Virada da Fé. Não teria aquela conversão toda em tão poucas décadas sem um empurrãozinho dos nossos queridos irmãos do norte. O tal Charles comandava essa parte, eles vinham aqui dar treinamento pras igrejas. Tudo que os pastores brasileiros sabem sobre conquistar os sete montes da sociedade, aprenderam com eles. Como você pode ver, aprenderam muito bem. Ó, ouviu esse barulho? É a mola. Desmonta de novo. Calma, seu Matias. Pera. Deu, ó. Pronto. Agora sim. E aí? Seu Matias! Não para, carai. Olha essa boca. Faz isso direito, então, pôxa.

Então. A gente fazia parte da Frente Emancipatória Nacional, a FEN. E já tinha feito uns três ataques hackers muito bem-sucedidos pra levantar fundos. Tava cheio de créditos, e Pai Zaim achou que era a hora de uma ação maior. Acabou? Pode desmontar tudo e montar de novo. Tá muito lento.

Então. Teu pai queria uma ação pra fazer barulho, mesmo. A gente era abusado, vou te dizer. O sorriso de Zias se abrindo enquanto desmontava a arma. O Zaim me chamou pessoalmente. Posso te falar que foi a maior honra de toda a minha vida. É mesmo, seu Matias? O velho respirava fundo, e coçava a barba cinza. Você não tem ideia, meu filho. A gente achava que ia mudar o mundo e finalmente levar o Brasil pro Novo Testamento. Matias riu e logo caiu em outra crise de tosse. A gente ia sequestrar esse pastor americano e pedir a libertação de mais de cinquenta pastores e intelectuais que tavam presos desde a última greve pastoral da Cidade Submersa. Não dá pra você imaginar o que era uma greve pastoral. Imagina todo aquele povo sem ter o culto pra ir. Sem ter o pastor pra dizer o que fazer? Sem ter a cesta básica que a família recebia todo mês. Sem ter o sopão pra matar aquela fome da miséria. Pra tirar os menino da droga e do tráfico, receber quando sai da cadeia. Batizar. Aquilo lá virava o inferno na terra. O Poder Divino mandou baixar o cacete em todo mundo. Prendeu muita gente e o teu pai queria soltar tudo. A gente tinha até ateu na nossa lista. Pensa? Uma coisa que não dá nem pra imaginar hoje em dia. Aperta aqui, cacete! E o povo crente do nosso lado. Tinha ateu, macumbeiro, até político tinha. E o povo todo com a gente. Quer dizer, quase todo. Tinha congregação que não queria entrar na greve e a gente tocava as sete pragas neles. Essa guerrinha que você viu aí não era nada perto daquilo. Era guerra com G maiúsculo. Imagina? Era o inferno na terra pro governo e não tinha teologia da prosperidade que pudesse resolver. Faltava tudo e o povo ameaçando invadir a Terra Seca.

Isso! Agora sim. Engatilha. Aponta. Clique. Muito bem. Obrigado, seu Matias, mas e aí? Tá bom, tá bom. Mas você é chato, hein, moleque? Então. A gente queria a liberdade dos companheiros e acabar com a palhaçada da urna eletrônica sem confirmação. A gente queria voto digital auditável. Porra, todo mundo tinha qualquer bobagem registrada na blockchain e o voto tava fora? A gente queria a revolução que eles prometeram que ia acontecer quando a gente virasse maioria. A gente virou a maioria. Todo mundo tava convertido. A gente acabou com os partidos, tudo virou igreja, todo político virou pastor. Tudo isso na moral. No voto! Mas e aí? Nada de revolução. A vida do povo cada vez mais desgraçada na Cidade Alagada. Jesus era um revolucionário, porra. Você ainda não conhece o Brasil. Aqui, eles matariam Cristo em nome de Cristo, assim, ó. Matias estalou os dedos bem na cara de Zias, que segurava o fuzil com a intimidade de quem montava e desmontava uma arma em segundos na Virtua, mas nunca tinha sentido o peso do aço nas mãos. Uma mistura de intimidade e despreparo que poderia ser fatal.

Aqui, ó. Você aponta e segura firme. Se você apertar o gatilho com essa mão mole o cano vai dar lá na tua testa e a bala sabe Deus onde. Quando chegar a hora, ou você mata com essa porra ou essa porra te mata. Mira bem aqui, ó. Segura firme e aperta o gatilho. Clique. Amanhã é pra valer, viu? Agora desmonta mais uma vez. Não vai dar, seu Matias, não vai dar. Tô cansado já. Braço chega tá fraco com o peso dessa coisa. Na Virtua é muito mais simples. E eu juro por tudo que eu sempre atirei muito do bem. Amanhã a gente volta pro treino. Agora, conta o fim da história, pelo amor de Deus. Tá bom. Tá bom. Mas rápido que já tá tarde e amanhã a gente volta cedo. Eu disse cedo, entendeu? Vamo indo. Bora.

Então. A gente já tava na Terra Seca desde a manhã e sabia que o pastor ia com seu carro, era um daqueles carro elétrico bem antigo, os primeiros sem motorista. Acho que era de coleção. Ele ia pra igreja todo dia e não tinha nenhuma segurança especial. O filho da puta realmente achava que Deus nunca ia deixar nada acontecer com ele. Nem trancar a porta do carro, ele trancava. Ou Deus faltou naquele dia, ou tava do nosso lado. A tosse voltou junto com a farta risada. A gente colocou um carro atravessado na rua estreita, o carro dele parou, a gente cercou e já era. Porra, Zias. Pelo menos segura direito, ou eu não conto mais nada. Desculpa, seu Matias. Agora sim, né? É. Fica esperto, Zias. E vamo andando logo pro quarto que eu preciso dormir.

Então. A gente fechou ele e cercou o carro. Mandou ele descer, meteu um saco na cabeça dele e levou embora pra um apê bem na fronteira seca. Acho que ele nunca tinha ido na beira d'água, deu pra ver a cara dele de espanto com a visão da Cidade Submersa ali tão perto, quando ele conseguiu arrancar o saco e ver onde tava. Logo chegou a lancha e a gente trouxe ele pra cá. Pra cá? Sério? Te disse que esse lugar é sagrado. Passamo a lista dos nomes pra serem libertados e mandamo passar o nosso vídeo em rede nacional. Dois dias e nada de resposta. Aí o Pastor Secretário de Segurança deu uma entrevista dizendo que não ia ceder a fanático terrorista nenhum. A gente mandou um áudio do pastor implorando pela sua vida e convocando o presidente americano a tomar providências. E sabe o que é o mais incrível? O quê, perguntou Zias parecendo uma criança ouvindo sua história preferida antes de ir dormir. O pastor ficou do nosso lado. Como assim, seu Matias!? Passou dois dias conversando com seu pai e se convenceu que a nossa luta era justa e ajudou a gente. Esse era o Zaim. A gente não relou um dedo nele. Teu pai odiava violência. Mas ele podia ser duro, muito duro. Deus do céu. Sabe que depois que a gente soltou ele, ele não reconheceu o seu pai de propósito na delegacia? Sério!? Então ele não morreu? Nada! A gente ligou as telas e tava lá o nosso vídeo. Pensa num homem feliz? Era o teu pai. Era o evangelho dele, ali pra todo mundo ver. Pedindo paz, justiça e liberdade. E eles soltaram os presos? Quase todos. Muitos dos nossos voltaram pra casa. Entre eles tava o Az.

Peraí. Silêncio, Zias. O que foi? Tem alguém aqui. Abaixa. Matias pegou o fuzil da mão de Zias e pulou no chão. Zias fez o mesmo. Matias pegou uma bala do bolso, carregou e engatilhou o fuzil com muito cuidado. Era um som de voz um pouco abafado. Não dava pra entender o que dizia. Foram rastejando pelo campo de treino cheio de carcaças de barcos e carros, de paredes de madeira e de lata espalhadas pelo terreno para criar obstáculos que lembravam a arquitetura caótica da Cidade Submersa. A voz foi ficando mais forte. Não, não, Senhor. Por favor, escute a minha súplica, Senhor Deus. Não pode ser, não. Não pode ser. Não pode. Eles chegaram perto o suficiente para reconhecer a voz. Era Az que tentava falar baixo, mas a intensidade do que dizia não permitia.

O que ele tá fazendo aqui? perguntou Zias, muito baixo. Deve ter chegado há pouco, eu achei que ele só vinha amanhã. Deve ter vindo pra esse canto pra não acordar a gente. Não, meu Deus. Az olhando para cima, as mãos na cabeça, enquanto caminhava de um lado para o outro. Não é possível, meu Deus. Eu preciso de mais tempo, Senhor, para cumprir minha missão. Do que ele tá falando? Não sei, Zias. Cala a boca. Ele não vai conseguir, Senhor. Ele tá falando de mim? Cala a boca, Zias. Ele sempre fez isso? Não. Quando ele voltou do Ceará pra reabrir a igreja, tava assim. Acho que nos últimos anos isso ficou mais forte. Você acha que ele fala com Deus, mesmo? Você tá aqui, não tá? Os dois se olharam por um longo momento. Vem, vamo sair daqui. Não, meu Deus. Tudo vai desmoronar, o Senhor não vê? Não, Senhor, eu não duvido. Não, Senhor, eu não tenho motivos para duvidar da Sua palavra. Perdão, Senhor. Eu sei. Eu sei. Será feita a Vossa vontade, meu Deus. Tende piedade de mim, Senhor. Eu preciso da Sua presença, meu Deus. Eu te rogo, Senhor. Não me abandone agora.

# Se dois ou mais se reunirem em meu nome

Zias sentiu uma pressão em seu braço e despertou assustado.

Antes que pudesse dizer qualquer coisa, uma mão cobriu sua boca. Era Az. Fez sinal para que ele se levantasse e o seguisse. Eles saíram da casa onde ficava o dormitório, atravessaram o pátio do sítio do Adonai e entraram no galpão que era dividido em um grande cômodo com pé--direito alto e quatro cômodos menores nos fundos. Az entrou na última porta da esquerda para direita e ficou parado esperando Zias, que vinha logo atrás coçando os olhos. Lá dentro, Uri empilhava algumas caixas de madeira.

Que foi, Az? Entra aí, Zias, senta. Eu queria te pedir perdão. Pelo quê, Az? Porque a gente mentiu pra você. Eu sei que a gente fez parecer que seu pai estava vivo e que você encontraria ele em carne e osso, mas você também sabe que se a gente não tivesse feito isso você não estaria aqui. A profecia do seu pai não teria se cumprido e ele teria morrido pra sempre no coração do povo. Por que você tá falando isso agora, Az? Porque o grande encontro com o seu pai ainda está por vir. Eu senti ele na cabana. Todas as vezes. E nas cartas. Como se ele estivesse dentro de mim. Eu fiquei em paz com isso, Az. Não se preocupa. Eu aceitei tudo o que aconteceu e eu agradeço muito vocês terem me achado. Eu não vou criar problemas com isso não, Az. Zias olhava ao redor, desconfiado, esperando que algo, não sabia bem o quê, pudesse acontecer. Tinha muito medo de que Az começasse a falar com Deus ali na sua frente. Tinha muito medo.

Dele e de Deus.

É claro que você não tem nenhum problema com isso. Eu sei o tipo de vida miserável que você levava. Mas, ainda assim, eu quero pedir desculpas pela mentira. Ou melhor, por aquela meia-verdade. Tudo bem, Az. Não me interrompa, por favor. Uri, sentado sobre o palco improvisado em sua posição oficial de ajudante de cerimônia, levou a mão à boca para não rir alto. Desculpa, Az. Como eu disse, o grande encontro com seu pai ainda vai acontecer e é para preparar você pra esse momento que nós estamos aqui. Você vai se unir definitivamente ao seu pai quando subir a primeira vez ao púlpito da igreja e falar ao povo em nome dele. Nesse dia, você será seu pai, seu pai será você.

Só então Zias, ainda sonolento, reparou melhor na sala onde estavam. Um espaço amplo em que Silas empilhou caixotes de madeira para que, juntos, formassem um palco improvisado. Um púlpito pregado sobre as caixas e algumas cadeiras velhas de plástico dispostas de forma desordenada na plateia. Az apontou para o púlpito onde um foco de luz tremulante fazia a sombra dançar de um lado para o outro no chão.

Sobe lá. Eu quero ver como você fica. Zias, sem levantar, esfregou as mãos nas pernas, tímido. Vai lá. Lá é o seu lugar, Zias. Você nasceu pra isso. Ele levantou e caminhou cabisbaixo até o púlpito. Levantou os olhos sem levantar a cabeça até seu olhar encontrar o de Az, que se colocou em pé bem em frente ao palco improvisado.

Levanta essa cabeça. Você é Zias, filho de Pai Zaim. Olha direito pra mim. Zias levantou o rosto e a luz tremulando o iluminou. Como vocês são parecidos. É incrível. Quanta saudade, meu amigo, meu irmão Zaim. Fala comigo, Zaim.

Zias ficou congelado sem saber o que fazer. Sentiu-se em lugar nenhum. Buscou algum sinal de Zaim dentro de si. Nada.

Agora fala. Mas falar o que, Az? Sei lá. Fala qualquer coisa. Me diz seu nome e a sua idade. Zias falou muito baixo. Meu nome é Isaías e eu tenho trinta e três anos. O quê? Meu nome é Isaías e eu tenho. Mais alto! Meu nome é Isaías e eu tenho trinta e três anos! Zias quase gritou, a voz tropeçando nas palavras como se fossem pedras. É. Parece que a semelhança fica só na cara mesmo. Az riu na tentativa de deixar Zias mais relaxado, mas só conseguiu deixá-lo mais apreensivo. E se não desse certo? E se ele estragasse tudo? O que iria acontecer? Acorda, Zias. Tá dormindo? Meu nome é Isaías! Tudo bem, tudo bem, pode parar. Faz de conta que eu não tô aqui. Eu vi a sua ficha corrida, Zias. Eu puxei sua capivara todinha.

Todos aqueles golpes, aqueles roubos. Aquilo lá precisa de lábia que eu sei. Zias sentiu o rosto aquecer. Busca aí dentro o lado bom de tanta coisa ruim. Você é capaz. Pai Zaim está aí dentro de você e a gente precisa abrir caminho para ele falar pela sua boca.

Zias não sabia dizer quanto tempo fazia que estava ali repetindo um emaranhado de frases sem sentido. A liberdade de Deus é a liberdade dos homens. Quando muitos homens gritam juntos, Deus grita junto com os homens. Deus não escreve certo por linhas tortas. Deus dá a caneta pra que você escreva o seu destino. Az falava, ele repetia. A força do pai está em mim, para que a força do pai esteja em vocês. Quem me escuta, escuta Deus. Quem vem comigo, vem com Deus.

Az não gostava do que ouvia e fazia Zias repetir tudo do início. De novo e de novo. Não é o que você diz, Zias. É a forma como você diz. Tem que ser pro alto. A palavra de Deus vai pro alto. Você precisa escutar o seu pai, Zias. Não se preocupa com as palavras. No dia você vai ter uma tela bem na sua frente e vai poder ler, se precisar. Mas você precisa dar a entonação certa. Eles vão te reconhecer pela cara e pelo jeito de falar. E por esse dedo aí. Não esquece de levantar as mãos e mostrar bem esse dedo aí. Se você fizer direito, você vai ser Zaim. Você vai ver. É só os apóstolos se convencerem e a profecia vai se espalhar. Eles querem acreditar, Zias. Eles precisam acreditar. Era assim que seu pai falava, ó. Deus não é prisão! Deus é liberdade! Entendeu? Viu como eu coloco o final da frase lá pra cima? Lá no teto? Zias repetiu. De novo, Zias. De novo. Mais uma vez. Mais uma. Mais uma. Zias suando, as veias do pescoço saltando. De novo, Zias. De novo. Não. De novo. Deus é liberdade! A tosse cortando a frase ao meio. A garganta seca. Mais uma vez. Não. Não. Não. De novo. Deus é. A voz virando um sussurro. Az levou a mão à cabeça. Segurou as têmporas com as duas mãos. Zias baixou os olhos em um misto de vergonha e medo. Az saiu da sala. Aonde ele vai? perguntou Zias para Uri. Sei lá. Mas eu não iria atrás, não.

O silêncio pesou sobre ele. Zias andou pé ante pé e tentou ouvir através da porta. Nada. De repente Az abriu a porta com força e Zias caiu sentado. Uri não se conteve e caiu na gargalhada. Az esticou o braço para ele e entregou uma garrafa d'água. Zias se levantou e bebeu quase tudo de um gole.

Achei que você tivesse ido falar com Deus, arriscou Zias, colocando a curiosidade acima do medo. Não acho que Deus tenha nada pra dizer pra você agora. Às vezes, quando Deus se cala, ele é ensurdecedor. Já está quase amanhecendo, Zias. Eu vou enviar para você este texto e vou mandar a minha gravação falando ele bem do jeitinho que o seu pai falaria num sermão importante desses. Você vai estudar até ficar perfeito. No fim da noite a gente volta pra cá. Mas Az. Não tem mas, nem Az. A guerra acabou, o morro tem um novo dono e Deus me deu a graça de poder ajudar ele na hora certa e ganhar um passe livre pra gente. É agora ou nunca, Zias. Acerta esse sermão, faz a sua parte. Deus arrumou tudo pra gente ter essa chance de começar a nossa igreja do zero. É o que Deus quer da gente. É o que Deus quer de você. Az colocou a mão espalmada no rosto de Zias com um carinho repentino. Ou você consegue, ou você não serve. Zias ficou sem saber o que dizer. Tentou balbuciar alguma coisa, mas Az se dirigiu para a porta. Eu sei que você consegue, Zias. Az levou a mão à têmpora e olhou para Zias. Deus me diz isso o tempo inteiro. Vamo, Uri. E saiu.

Zias sentou em uma das cadeiras e ficou ali, pensando. Não sabia rezar. Quando as primeiras luzes da manhã passaram pelas frestas no telhado, decidiu voltar para o seu quarto e tentar dormir um pouco até recomeçar o treinamento. Faltava pouco. Assim que saiu do galpão e entrou no corredor que levaria ao seu quarto, deu de cara com Ananea, que lhe entregou um copo de leite.

Não precisa ter medo dele. Ele não morde. Bom, geralmente. Zias nunca tinha visto ela tão desarmada. O sorriso como uma porta aberta. Ele não quer o seu mal. Pelo contrário. Ela andava mais simpática com ele nas últimas semanas, mas não daquele jeito. Ele quer dar o reino dos céus pra você. Ele só quer o seu bem. Você tava aqui esse tempo todo? Eu já vejo o meu irmão aí dentro. Eu vim te ajudar a arrancar ele daí pelo amor, antes que o Az faça isso pela dor. Zias sorriu. Como você sabe o que aconteceu? Uma mulher não é nada nesse mundo, Zias. Quando você não é nada, você pode saber de tudo. Eu só queria dizer que eu tenho visto como você está se dedicando. Eu vejo. Az não quer que eu demonstre, não quer que a gente se fale. Só quando ele achar que você está pronto. E aí, juntos, nós vamos cumprir a palavra do nosso pai. Bonita a história da nossa família, né? Nosso pai foi um profeta revolucionário que parece de filme. E a gente vai cumprir uma profecia. É tudo maluco demais pra você, né? Mas relaxa. Eu não vou deixar você sozinho nessa. Eu sei que o Az só quer o nosso bem. Vê lá, hein? Tô caindo em pecado aqui pra ficar do teu lado. Não vai me decepcionar.

Um silêncio ganhou forma entre eles.

Mano.

Ela disse baixo, mais para si mesma do que para ele. O cansaço cobrava seu preço e Zias não foi capaz de conter o peso daquela palavra. Foi chorando baixinho, a voz rouca balbuciando algo incompreensível. Foi abaixando, apoiando o cotovelo no joelho direito e cobrindo o rosto com a mão. Ela não o abraçou. Ele se recompôs o mais rápido que pôde. Os olhos vermelhos. Vai dar tudo certo, meu irmão. Você vai ver. Ela disse sorrindo, tentando espantar o peso daquela conversa. Agora... ele não vai sair do seu pé até o sermão ficar perfeito. Mas eu te ajudo. Grava no seu quarto e manda pra mim. Tá? Tá bom. Obrigado, Ananea. Agora vai dormir que logo mais é hora do treinamento começar. Se você não contar pro Az da nossa blasfêmia, eu não conto, disse isso e sorriu. Aquele sorriso transportou Zias para um lugar onde ele nunca esteve.

Um lugar chamado família.

# Fins sagrados,
# meios profanos

O esqueleto de metal vindo direto de um filme antigo de ficção científica avançava pela rua que reproduzia fielmente o Iraque dos anos noventa. Ele caminhava decidido com uma AK-47 nas mãos. Ananea sempre gostou do personagem porque ele viajava no tempo. *Hasta la vista, baby*. Tudo o que Ananea usava na Virtua era antigo. O personagem, a arma clássica do século XX. Sempre construiu na Virtua sua máquina do tempo particular. Sentia-se deslocada na pele em que habitava. Na Virtua, tudo fazia sentido. Podia ser romântica impunemente. Podia ser puta e podia ser santa. Podia viver. Podia ser livre. Podia ser como seu pai.

O esqueleto chutou a porta de um prédio abandonado e atirou uma granada de luz que explodiu, cegando todos lá dentro. O robô viu então, no canto, perdido pela cegueira repentina, apontando sua metralhadora para todos os lados, o soldado que procurava.

Para! Larga a porra da arma! Ordenou a voz feminina que não combinava em nada com o personagem. O soldado, encurralado, parou por um momento e atirou em todas as direções, mas o esqueleto não estava sob a mira cega do seu oponente. A voz feminina seguia, quase doce. Para, Salim. Larga a arma ou eu atiro e não vai ser nesse avatar idiota, vai ser nessa tua carinha gorda safada. Como você sabe o meu nome? Quem tá aí? Deixa eu te dar a real. Aconteça o que acontecer não tira esses óculos, não. Não desconecta daqui porque senão a coisa vai feder pra você. Eu sei quem você é, eu sei onde você tá e eu tenho uma arma de verdade apontada pra tu agorinha mesmo. Se você desconectar, se você tirar a porra desses óculos, meu companheiro atira em você agora mesmo. Vamo explodir essas tuas bochecha, ô, cara de biscoito do caralho. Vai pagar pra ver? Larga a porra da arma e vamo conversar. Sobre a Eloá. Que Eloá? Mas tu é muito safado mesmo. Que é, ô? Te conheço? O soldado apontou a arma, desta vez na direção certa. Ele e Ananea miraram um no rosto do outro.

Que porra é essa? Porra nada, machão. Salim Costa Machado, trinta e oito anos. Pai de duas meninas. Micaela e Eva. Não é? Como você sabe o nome das minhas filhas? Você vai escutar com muita calma e vai responder apenas sim. Porque você não quer morrer e não quer deixar aqueles dois anjos sem pai. Positivo? Você bateu na sua mulher, não bateu? É. Assim. Não é bem assim, entendeu? Sabe por que eu não digo pro meu parceiro dar um tiro no teu joelho agora mesmo? Porque você ia desconectar e ver a cara dele. Aí ele ia ter que te matar de qualquer jeito. Eu tô tentando te ajudar, viu? Eu disse pra você responder o quê? Foi sim, não foi? Então repete comigo. Sim. Sim. Bateu, não bateu? Sim. Você achou que não ia dar nada, né? Sim. Você sabe que tá errado, né? Sim. Você sabe que é pecado, né? Sim. Então, Deus veio te cobrar. Entendeu? Sim. E você não quer deixar nosso Pai irritado, né, não? Sim. Sim? Como assim? Quer morrer, desgraçado? Tá tirando uma onda com a minha cara? Porra, comédia! Quer dizer, não. Não! Quer saber? Chega dessa merda. Eu vou te dizer exatamente o que você vai fazer. Tá certo? Sim.

Você vai passar todos os créditos que você tem, agora, pra essa conta que você recebeu. Olha aí. Você vai abrir sua conta no banco, abre a janela em cima do jogo aqui mesmo. Não desconecta não ou já sabe. E transfere tudo, entendeu? Eu sei quanto tem lá. Não dá uma de esperto, não, machão. Ah, é crédito que você quer, é? Eu sabia. Pois vá se foder. Só porque tá sabendo meia dúzia de coisa da minha vida, acha que vai me roubar? Vá tomar no seu cu, sua puta. Isso, sim. Vai se foder, eu vou desconectar e não vai ter ninguém aqui na minha casa. Sua otária. Eu vou te achar e te quebrar também, tudo um bando de vagabunda. Vou pegar o teu ID e você vai se foder na minha. Salim. No teu quarto tem um quadro. É um sol feio pra caralho. Parece que foi pintado por um macaco bêbado. Você sabe do que eu tô falando? Sim. Bem na frente desse quadro, tá deitado numa poltrona vagabunda um cara chamado Salim. Que mora na rua alagada Pastor Aloíso Bastos trezentos e três. Conjunto quatro. Apê doze. Fortaleza, Ceará. Ele é você, não é? Sim. Agora esse idiota, deitado na frente da porra do quadro de sol feio pra caralho pintado por um macaco bêbado, tá se cagando de medo. Tá, não?

A voz relutante desistiu de fingir coragem.

Sim. Se ele é tão machão por que tá todo suado, tremendo de medo de morrer? Você sabe me dizer? Não. Não precisa ter medo, não. Olha que civilizada eu sou. Você vai pagar com dinheiro. Eu não vou cobrar explodindo essa cabeça oca. Nem atirando nesse peito com as teta maior que as minha. Você vai pagar com grana mesmo. Coin. Crédito. Cash. Bits. E você nunca mais vai encostar um dedo na Eloá nem nas meninas. Beleza? Sim. Você vai transferir a porra dos créditos agora ou não? Sim. Transfere tudo, conta até cem e então pode tirar essa máscara vagabunda e ir no banheiro se limpar. Seu bosta. O avatar de Salim ficou estático enquanto ele transferia seus créditos em outra tela. O esqueleto de aço de Ananea andava de um lado para outro.

Assim que recebeu o depósito, deu um tiro bem na testa do Soldado, que morreu perdendo todos os créditos da partida. Quando foi dar um chute no avatar caído, tudo se apagou. Ela tirou os óculos e olhou ao redor tentando entender o que aconteceu. Tudo estava apagado. Já era madrugada e Ananea saiu do cômodo dentro do galpão com muito cuidado, temendo algum tipo de emboscada. Abriu uma fresta da porta, olhou para fora. Nenhum tiro. Nenhum grito. Caminhou até a porta do galpão, não havia ninguém. Foi entrando na casa e viu Az parado no corredor, olhando para dentro do quarto de Zias. Foi você que desligou a energia? Olha aí, Ananea, o estado. Zias estava sentado no canto do quarto, com a cabeça pendendo de um lado para o outro, óculos tortos na cara. Desliguei o servidor e parece que ele nem percebeu. Na sua mão, um pano rasgado. Ananea entrou no quarto e pegou o pano da mão dele. Que é isso? Um cheiro forte queimou o seu nariz. Ele pegou na oficina. Ananea atirou o pano longe e pediu para que Az os deixasse a sós. Por favor, Az. Eu vou ficar aqui fora, Ananea. Se ele fizer alguma coisa pra você eu mato esse maluco. Ainda bem que o teu pai morreu antes de ver isso.

Ananea tirou os óculos de Zias com cuidado, ele balbuciou alguma coisa sobre ter morrido. Me dá um pouco de água, por favor. O que aconteceu, Zias? Que é isso? Eu não vou conseguir. Eu sou um merda. Desculpa. Tá tudo bem. Não tá, eu não vou conseguir. Eu fiz tudo errado, Ananea. Eu não mereço. Eu sou um... Zias apagou e Ananea tentou fazer com que ele bebesse um pouco de água.

Az olhou para ela como quem espera alguma retratação. Como se a culpa fosse dela. Você devia ter me deixado fazer as coisas do meu jeito. Você foi passar a mão na cabeça dele. Agora me diz. Como isso pode estar no plano de Deus? Ele ainda vai acabar matando a gente. Ananea devolveu para Az um olhar onde se misturavam dor e raiva. Você, entre todo mundo, não tem o direito de duvidar, Az. Você devia estar orando pra ele sair dessa. Isso sim. Ele é a nossa única esperança. Zias voltou à consciência e Ananea fez sinal com a mão para que Az saísse.

Promete pra mim que não vai mais fazer isso, Zias. Eu sou um merda. Eu não vou conseguir. Vocês deviam me expulsar daqui. Eu não mereço chance nenhuma. Eu sou um merda. Zias, olha pra mim. Ele levantou os olhos vermelhos e a encarou. Ninguém aqui tem escolha, Zias. A profecia do nosso pai é maior do que eu, do que Az, do que você e do que os seus vícios. É Deus quem tá no comando dessa história, Zias.

# Cair do céu para voar e o dia do caçador

A paisagem corria pela janela do velho barco e Zias pensava em tudo o que aconteceu durante aquele tempo no sítio do Adonai. Aquele punhado de gente vivendo ano após ano esperando a volta do seu messias particular. Essa é mesmo a minha vida? Será que eu tô preso numa Virtua? Tudo era tão abstrato e ao mesmo tempo tão concreto. Até mesmo Az falando com Deus. É possível existir um lugar onde Deus seja tão real?

Eles não esperavam Jesus vindo dos céus. Esperavam Zaim. Um homem de carne e osso que lutou e morreu ao lado deles. Talvez tudo fosse assim, porque eles se sentiam abandonados tanto pelos homens quanto por Deus. Talvez por isso precisassem tanto do seu próprio messias e da sua profecia. Por isso precisavam desesperadamente que Zaim voltasse. Acontece que Zaim estava morto.

Será?

Desde aquele primeiro dia de delírio na cabana, Zias havia sido invadido por Zaim. Sua história e a história de seu pai se tornaram uma só.

Eu sempre soube que ele tava morto. Eu sempre soube que eles me enganaram. Eu queria ser enganado. Eu precisava ser enganado. Eu sou igual essa gente esperando meu pai voltar. Essa gente é igual a todo mundo que foge pra dentro das Virtuas. Tudo é uma grande mentira.

A vida é feita de ilusão.

Lembrou das palavras da irmã. Você é o único capaz de salvar o nosso pai. Ele tá quase desaparecendo e isso é pior do que morrer. Você vai ser o grande Pai Zias. Aquele pensamento foi atravessado pela lembrança de Az falando com Deus.

Ele não acredita que eu vou conseguir e eu concordo com ele.

Buscou os olhos de Uri, sentado do outro lado do barco, como quem pede uma resposta. Recebeu o mesmo sorriso largo de sempre. É um bom garoto.

O sorriso de Uri se deformou pelo susto com o primeiro tiro que atravessou o teto da lancha, atingindo o ombro direito de Matias vindo de cima em um ângulo muito reto atingindo em cheio seu coração. Ele estava bem ao lado de Zias e agarrou seu braço muito forte com os olhos já sem vida.

Matias, o primeiro com quem Zias falou no culto. Matias do sorriso engraçado que fazia a cicatriz que ele tinha na bochecha sorrir junto com a boca. Aquele que sequestrou o pastor americano com seu pai. Aquele que orava com uma cara engraçada e matava Zias de inveja da fé sincera. Matias que ensinou quem mandava em quem, na terra e na água. A mira ainda perfeita no campo de tiro. Aquele que explicava com toda paciência, aquela mistura confusa de Deus e política na cartas que Zaim deixou. Zias não entendia nada, mas ficava feliz em ter um amigo que não ia roubar suas coisas durante a noite. Matias que tossiu sangue no seu rosto.

O barco manteve a velocidade na rua alagada que dava acesso ao morro e a chuva de tiros furou o motor que faiscou e parou. Como não tinham escutado o som do drone blindado que sobrevoava a ReFavela? Ele passava atirando em tudo que tentava atravessar a Barata Ribeiro. O barco desgovernado bateu em uma janela alagada, logo abaixo do quarto de uma criança que soltou um grito muito estridente. Uri, Zias e Daniel, saíram do barco e pularam na palafita que ficava grudada ao prédio. Correram até poder se esconder embaixo de uma das pontes que permeavam aquele lado da rua. Nada do que tinha aprendido no Sítio do Adonai preparou Zias para aquilo.

Ele foi colocado entre os três, se esgueirando sob a marquise de madeira, enquanto os tiros caíam em uma tempestade de chumbo a poucos quarteirões da entrada do morro. A tomada do Aeron mexeu as peças no tabuleiro dos morros e os traficantes que fugiram dali invadiram um prédio no morro de Copacabana. De repente o silêncio. Quando Uri colocou a cara para fora do espaço seguro, ficou cego pela luz. Ouviu a voz chiada saindo do alto-falante do Caveirão Voador.

Pula na água, vagabundo. Todo mundo pra água.

O jornal daquela noite exibiu uma reportagem sobre os drones da Secretaria de Segurança. Na igreja, Ananea e Az, preocupados com a demora da escolta de Zias, assistiam atônitos à notícia. Três suspeitos foram presos e um, morto. A denúncia que recebemos é a de que os drones blindados estariam atirando a esmo, sem mandado e sem reconhecimento facial. Os moradores alegam que eles atiravam em tudo o que se movia, acertando até mesmo cães e gatos. Na operação desta terça-feira, além dos quatro presos e do suspeito morto, um menino de oito anos foi baleado no peito na janela do seu quarto. Ele tinha acabado de chegar da escola. Apareceu então, na tela, uma senhora negra, cabelo amarrado em um coque no topo da cabeça, chorando copiosamente com o uniforme escolar manchado de sangue nas mãos. Eles mataram o meu filho! Ele tinha chegado da escola. Como pode, gente? A última coisa que o meu filho me disse foi mãe, eles não viram que eu tava de uniforme? A mochila furada pelos tiros e o caderno coberto de sangue foram exibidos pelos moradores durante os protestos que tomaram conta da comunidade. Os moradores usaram gasolina para atear fogo na água, trancando a avenida.

As imagens mostravam as placas fluorescentes penduradas para fora das janelas sinalizando escolas, igrejas e casas com idosos e crianças. Alguns moradores seguravam uma destas faixas com a palavra escola crivada de balas. A polícia argumentava que era impossível haver tanta criança, igreja e escola. Se tivesse tanta escola não precisava de tanta polícia. Disse o sargento com um humor deslocado.

Lamentamos a morte do menino. Nosso maior desejo é que nossas crianças estejam a salvo da violência. Graças a Deus, só ocorreu uma morte civil. O outro morto na operação era um suspeito que, segundo os policiais, abriu fogo contra o drone. Na frente da delegacia, um punhado de manifestantes protestava com seus painéis trocando de cor. Jesus não mata. Todo corpo é de Cristo. Na porta do prédio, saindo assustado pela luz da câmera e pelo tumulto na porta da delegacia, veio Zias. O rosto machucado no supercílio esquerdo, segurando um braço visivelmente dolorido. A repórter com ar cansado veio em sua direção. Seu nome é? Zias. O que aconteceu? A gente estava voltando de uma visita de família e de repente um barco bateu no nosso lado direito. O Drone da polícia já tava tentando parar esses criminosos e, como ele ficou casco a casco com o nosso barco, o drone não conseguiu identificar quem era quem e acabou atirando na gente. Foi um acidente. A vontade de Deus. E esses ferimentos? Perguntou apontando para os braços e pescoço de Zias. Então. Foi o acidente. Esse bandido que morreu então, não estava com vocês? Zias

Entre o céu e o sal

ficou em silêncio. Matias vivo em sua memória. Não, senhora. A gente não conhece a pessoa que morreu. A repórter, entediada, deu-se por satisfeita. As câmeras oficiais da área estavam todas estragadas. Ninguém se importava. A repórter fez questão de salientar o apoio da população aos drones, lembrando que o número de criminosos neutralizados pelo governo crescia mais de seis por cento ao ano durante os últimos sete anos, enquanto o número de policiais abatidos em serviço havia caído quase setenta por cento desde que os drones passaram a ser utilizados ostensivamente. Claro que existem falhas, mas estamos ganhando essa guerra. Ela fez questão de lembrar também como era quase impossível para a polícia fazer incursões na Cidade Submersa. Os drones e os oficiais que os controlam são verdadeiros heróis e isso se reflete nos números da criminalidade nos bairros secos.

Bíblia na mão, bandido no chão.

Era o que se lia no luminoso estrategicamente posicionado em frente ao batalhão. Embaixo da frase, a foto e o nome em letras garrafais. Para Pastor Governador, vote Pastor Abel. Os outros dois sobreviventes ainda estavam assinando suas declarações. Quando descobriram que haviam matado, além de um garoto com uniforme escolar, um ex-militar, cujo único processo era por subversão, por resistir à prisão em um protesto havia mais de trinta anos, acharam melhor fazer um acordo. Ano de eleição, sabe como é? Não houve perguntas sobre as armas encontradas com o grupo. Elas foram confiscadas e eles estavam livres. Hoje foi empate, mas, se um dia a gente se cruzar na água, vai ser outra história. A reportagem terminou com os três entrando em uma lancha da polícia para serem levados de volta. Qual o morro mesmo? Nós somos do morro do Aeron. Então é isso, pessoal. Essa foi a cobertura da operação da polícia contra o tráfico no morro do Aeron.

A operação, na verdade, havia acontecido no morro de Copacabana, mas a resposta de Zias fez a repórter displicente incorrer em um erro grave. Naquele exato momento, no bar em frente à pousada de Melq, Kaleb levava seu copo de Kasher à boca. Quase cuspiu ao ouvir o nome do seu morro na TV. Um morro de traficante? A pior coisa que podia acontecer para os planos de Kaleb era chamar a atenção da mídia e da polícia na TV. Sem falar na vergonha. O meu morro invadido pela polícia? Quem é esse filho da puta mentiroso? Alô, Elias? Você tá vendo TV? Quem é aquele filho da puta?

82

# O tempo é a ironia do céu

Kaleb foi para a reunião preocupado. Ao seu lado, ia Reverendo Brian, um pastor americano muito conhecido em Dry Miami. Ele trabalhava com importação e exportação de artigos religiosos. Era dele a responsabilidade pelo atraso no cronograma. Kaleb fez sua parte. O morro estava limpo e pronto para receber a operação. Só faltava Brian cumprir sua promessa. Fazer chegar na Cidade Submersa a água santa mais poderosa que qualquer fiel já viu em toda a história de Deus.

A primeira vez que Kaleb encontrou o Reverendo, ele estava em uma feira de artigos religiosos no Morro da Barra da Tijuca. Naquela época, Kaleb fazia todas as compras para mais de uma centena de igrejas na Cidade Submersa. O Reverendo trazia as novidades do mundo cristão e Kaleb precisava diversificar os negócios. A receita só caía à medida que as pessoas encontravam mais conforto nas Virtuas do que na palavra de Deus. Pra que esperar o paraíso se podiam colocar seus óculos e viver todos os prazeres agora mesmo? A competição era injusta. As igrejas ainda eram um negócio bilionário, mas a era dos gigantescos templos bíblicos cobertos de mármore estava passando, e rápido. Era preciso cada vez mais criatividade para bater as metas de arrecadação. Vender água do Rio Jordão já não fazia brilhar a fé de ninguém.

Até Brian chegar.

O lançamento daquele ano era a inteligência artificial Personal Jesus. O fiel baixava um aplicativo e tinha Jesus na sua tela e nos seus óculos quando quisesse. Ele escutava seus problemas, dava conselhos baseados na bíblia e fazia lindas orações personalizadas. Kaleb, que sempre teve faro para os negócios, comprou para todas as igrejas. Bum. Mais de cento e cinquenta por cento de aumento nas ofertas para levar seu Jesus para casa e o poder de Kaleb crescendo junto com as vendas.

No outro ano, se encontraram novamente, e no fim do evento saíram para comemorar a Sexta-Feira Santa. Uma semana cheia de bons negócios. Kaleb comentou com o Reverendo sobre o sucesso do Personal Jesus. Em algum momento da noite, os dois já altos de Kasher, Kaleb brincou. É cada coisa que esse povo inventa. Onde isso vai parar? Daqui a pouco não tem mais o que inventar. Sempre ter, retrucou Brian com seu sotaque americano ainda mais carregado pela embriaguez. Depois desse negócio aí, vão inventar o quê? Só falta Deus aparecer em pessoa pra falar com o povo.

Kaleb caiu na gargalhada, mas o Reverendo olhou para ele muito sério. Eu sei como fazer isso. Kaleb quase caiu de rir. Você contrata Deus e eu vendo os ingressos então, meu amigo Brian. Um brinde! Brian não riu. Eu sei como fazer um pessoa ver Deus. Só ter um problema. Ela morrer depois. Os dois se olharam muito sérios por um segundo e explodiram em risos. Morrendo, até eu sei. Se é assim, eu mesmo já fiz alguns irem falar com Deus. Ou com o Diabo, vai saber. Brian tirou sua tela do bolso e digitou alguma coisa. Entregou na mão de Kaleb. Era o vídeo de um médico falando sobre uma droga usada para melhorar a experiência da eutanásia na Noruega. Na entrevista, o médico dizia as palavras que nunca mais sairiam da sua cabeça. A forma mais simples de explicar o efeito de Deo.X seria algo como ver Deus, ou se unir ao universo. Depende da crença do paciente. O efeito que a medicação oferece é o de uma experiência intensa de conforto e transcendência no último momento. Como estamos falando de pessoas que passaram uma vida inteira em profundo estado de sofrimento, garantimos que pelo menos o último momento seja totalmente pacífico. É um grande avanço na nossa luta para acabar com a dor destes pacientes.

Kaleb devolveu a tela para Brian, que sentenciou. Mas ser como eu disse, tomou, morreu. Isso é verdade? Você não acabou de ver a médico falando? Kaleb não disse mais nada. No final da noite, ao se despedir do amigo, sussurrou em seu ouvido. Tem que ter um jeito. A gente vai ficar bilionário. Como é o nome do negócio mesmo? Deo.X. Disse Brian em seu inglês nativo. Dioéx, repetiu Kaleb para nunca mais esquecer.

Desde então, Kaleb usou todo o lucro das igrejas que administrava para financiar a jornada do Reverendo atrás de um Deo.X alterado que pudesse ser vendido na Cidade Submersa. É impossível, dizia Brian. Pra Deus nada é impossível, retrucava Kaleb. Você não vê? Eles já são completamente viciados. Quando não é na Virtua é na bebida. Sempre a mesma história. Se entregavam pro diabo, faziam merda, voltavam pra igreja. Pediam perdão. Pagavam os créditos. Faziam um exorcismo, um retiro. Paravam de beber, ficavam sem se conectar por um tempo. Ganhavam alguns créditos. Economizavam um pouco e voltava tudo de novo. A igreja não ganhava quase nada nesse ciclo. A gente vai mudar isso. Imagina viciar essa gente em Deus? Em ir na igreja? Isso não é vício, é um milagre. Se isso não é a obra do Senhor eu não sei o que é.

Ele mesmo havia sido viciado e precisou de ajuda pra sair. O que salvou Kaleb das Virtuas e da cocaína foi a pajelança do povo Kaiowá. Ele foi até a Amazônia, na pequena reserva que todos chamavam de Pajelândia. Uma espécie de shopping misturado com resort para receber os gringos fascinados pela ideia de ter experiências transcendentais com indígenas de verdade. Mesmo que eles só usassem um figurino na hora do show e depois voltassem para suas telas de alta definição. Eles recebiam pessoas de todo o mundo e mudavam milhões de vidas, como mostravam os vídeos que passavam nos telões da Oca Master aonde chegavam os barcos e os pequenos aviões. Grande negócio, pensou Kaleb. Nunca mais tirou aquilo da cabeça. Ele parou de cheirar e nunca mais ficou mais de duas horas em uma Virtua. Ficou mais calmo e mais focado. Foco no biznes, ele passou a dizer. Pensou até em levar a bebida amarga dos indígenas para vender na cidade. Mas na cidade a medicina era ilegal. Coisa de índio, coisa do diabo. Mas agora era diferente. Esse remédio era Deus em pessoa. Finalmente tinha chegado a sua vez de lucrar pesado.

O carro preto resgatou Kaleb dos seus pensamentos. Hora de trabalhar. Kaleb e Brian entraram no carro do Pastor Prefeito Abel, que passou a rodar em direção à Cidade Alagada. Abel não parecia agitado. A papada gorda estável, o colarinho intacto, sem suor. Parecia um governante de verdade.

Eu respeito muito o seu trabalho, Kaleb. Respeito muito a milícia. Temos feito grandes projetos juntos. Mas é a minha carreira e a sua vida que estão em jogo. Você entende? Não era uma ameaça, eram apenas fatos. Eu investi pesado demais. Estou arriscando tudo aqui. Você sabe o que vai significar a minha eleição para governador, pro futuro da nossa cidade. Pastor Abel. Kaleb usou seu tom mais solene e as palavras mais difíceis que conseguiu lembrar. Dados os termos do nosso acordo, o senhor devia estar ciente que esse primeiro cronograma deveria ser apenas uma projeção. Não mais que isso. Abel se remexeu no banco do carro. Nas prioridades tavam o quê? Menor publicidade possível. Quantas matérias o senhor viu sobre a tomada do Aeron? Quase nenhuma. Abel retrucou. Teve a morte daquele menino lá; me deu uma puta dor de cabeça.

Aquilo não teve nada a ver com a gente. Foi um filho da puta que falou merda praquela cadela daquela repórter. Aquilo aconteceu em Copa e o senhor sabe disso. Desculpe a sinceridade, mas o Poder nunca lidou com uma operação tão profissional. Padrão globalista. Ou você acha que se não fosse top estaria com a gente o maior reverendo americano de alta performance? O gringo aqui é o maior produtor de anticiviantes cristãos da América. O senhor não faz ideia do que o remédio que estamos importando para nossas igrejas vai fazer pela Cidade Submersa. Nós vamos livrar o nosso povo de todos os vícios. Bebida? Virtua, coca? Coisa do passado. E sabe para onde vão todos estes créditos que nós vamos trazer de volta para a igreja? Vão direto pra sua campanha. Vai multiplicar pelo menos dez vezes o seu investimento. O senhor vai acabar sendo Pastor Presidente, isso sim. E só isso já deveria ser o bastante para acalmar os ânimos e dar a paz que a gente precisa pra trabalhar.

Brian concordou com a cabeça, Kaleb continuou firme.

É o Reverendo quem diz o tempo das coisas. É tudo muito complexo, tudo tem que estar no lugar. Ninguém quer correr riscos desnecessários. Eu sei que o senhor tem que encarar as igrejas de oposição, as investigações. O senhor precisa dos recursos, mas aguenta aí. Vai valer a pena. Isso é projeto pra mais de cinco anos, o que a gente tá tentando fazer já é uma loucura.

O Poder não espera meu amigo. As eleições estão aí. Ainda falta tempo, Pastor. Nunca falta tempo. Tudo é pra ontem. Eu preciso do dinheiro pra pagar o Poder Divino lá em Brasília. Preciso de apoio e ainda tenho que fazer a campanha pra bancar os AIs. Vocês sabem quanto custa uma tropa de cem mil desses? Criptografados? É caro pra um caralho, Kaleb. Tem prazo. O tempo ruge. Nós estamos trabalhando, Pastor Abel. Mas de novo. Essa é a fase mais delicada. Técnica. Não pode dar merda. Isso é remédio, Pastor. É coisa séria.

Quando?

Kaleb olhou para Brian e falou alguma coisa em um inglês risível. Abel não entendeu nada. Brian respondeu com seu sotaque carregado. Três meses para fechar o produção. Seis meses para ter tudo rodando. Nove meses pro mina do ouro estar funcionando a todo o vapor. Abel olhou cético.

O Reverendo já está com tudo preparado pra vender o remédio pras lideranças das quatro maiores igrejas. Ele é um mestre. Brian sorriu novamente. Pastor Senador Salustiano Salmo tá com a gente. Tá tudo dominado. O senhor só precisa garantir que a polícia não chegue perto do Aeron. Certo?

Abel olhou para os dois, relutante. A sorte de vocês é que eu faço tudo pelo meu povo. Fiquem tranquilos. Tá amarrado. Mas corre, Kaleb. Corre como se a sua vida dependesse disso. Porque ela depende. Você ainda vai comer na minha mão, filho da puta. O que você disse, Kaleb? Pode ficar tranquilo que nós estamos na luta, senhor.

# Ninguém vai
# ao pai

Uri abriu a porta da igreja, animado pelo encontro com Comandante Elias. Tinha verdadeiro fascínio pelo fuzil reluzente que ele empunhava. Aquilo que é arma de verdade, não essas merda de pistola que a gente imprime em casa com esse plástico vagabundo. Dá até medo de atirar com um negócio desses e explodir a minha mão. E aí, moleque? Como você tá? Tudo bem, Comandante. Uri bateu continência e foi prontamente correspondido. Toma aqui. Fica de guarda ali fora que igreja não é lugar de arma. Uri passou por Kaleb tão animado que mal cumprimentou o dono do morro, que entrava na igreja pela primeira vez. Só quando estava lá fora, posando com o fuzil ao lado dos homens de Kaleb, foi se questionar. O que será que ele tá fazendo aqui?

Az saiu do escritório armado com seu melhor sorriso. Comandante Elias, que prazer rever o senhor. E aí pastor, espero que não teja mais dormindo no sofá. Az levou alguns segundos para lembrar do que ele estava falando e só então respondeu. Não, não. Na verdade, coloquei um fim naquela história. Az achou melhor encerrar a mentira. Nunca foi casado. Há males que vêm pro bem. Com certeza, comandante, com certeza. Bom. Vocês já se conhecem, não é mesmo? Sim, senhor. Como vai, senhor Kaleb? Pode me chamar de Kaleb, depois do serviço exemplar que o pastor prestou à nossa comunidade durante a transição, o senhor tem toda a minha amizade. Que é isso. Não fiz mais que a minha obrigação cristã.

Foi um sucesso a mudança de comando, hein? Foi, sim, senhor Az. Eu também estou preparando a mudança de mãos por aqui, Kaleb.

Preparando meu sobrinho para ficar no meu lugar. Faz bem em aproveitar os tempos de mudança. Nós podemos começar uma nova era de paz e prosperidade. Afinal, se não fosse o senhor, pastor Az, a gente poderia estar em guerra até hoje. Que é isso. Me chame de você, por favor, Kaleb. E saiba que eu nunca deixaria a guerra se prolongar podendo evitar o conflito. Por falar em conflito, aquele safado do Cipriano merecia ter ido pra água com os outros naquele dia. Se ele não tivesse escondido aquele rato do Misael a guerra não tinha se estendido tanto.

Posso fazer uma pergunta, Kaleb? Claro, pastor. Por que ele não morreu naquele dia? Kaleb abriu um leve sorriso, antevendo o impacto de sua resposta. Justamente porque ele tinha certeza de que ia morrer. Cipriano tava chorando daquele jeito ao lado dos outros pastores porque sabia que eu tinha provas de que ele tinha escondido aquele safado na igreja dele. Mas Deus traz em uma mão a justiça e na outra a piedade. Com uns eu fiz justiça, e com o pior traidor de todos eu ofereci a piedade do Senhor. Agora o nosso bom nome vai estar em todos os sermões dele daqui pra frente. Az sorriu com uma admiração sincera.

E eu? posso fazer uma pergunta pro senhor, pastor? Me chame de você, Kaleb, por favor. Como você fez o Cipriano confessar que tava com o safado do Misael? Kaleb nunca saberia a verdade. Primeiro, Misael esteve escondido na igreja de Cipriano. Só ficou sob a proteção de Az depois de invadir a Assim na Terra com Ananea sob sua mira. Também nunca saberia que, para que Cipriano confessasse, Az contou a ele que Misael estava em sua igreja escondido. Uma notícia para você ficar tranquilo, amigo Cipriano. Depois, editou o áudio gravado, deixando apenas a confissão de Cipriano pronta para chegar nas mãos do seu mais recente amigo, Comandante Elias. Az resumiu a história em uma única frase. Eu só deixei o diabo falar.

E ele falou mesmo.

Na hora do calor, o desgraçado disse que o Misael, na verdade, estava aqui, escondido embaixo do seu púlpito. Como pudemos ver aquele dia, ele nunca esteve, não é mesmo, Comandante? Verdade. Quem estava escondido de molho aqui era o senhor, não é pastor? brincou Elias. Que história é essa? perguntou Kaleb. Nada. Eu estava tendo alguns problemas conjugais, se é que o senhor me entende. Ele tava era dormindo no sofá, riu Elias, seguido de Kaleb e Az. Quem nunca? esquivou-se Az.

O clima de camaradagem se desfez como uma nuvem soprada por um vento muito frio. Kaleb ficou sério olhando por sobre o ombro de Az, intrigado. Reconheceu Zias e foi como ver o anticristo.

É você! Os outros dois se voltaram para Zias na mesma hora. Zias se assustou e parou onde estava. Você disse na televisão que aqui era morro de traficante. Az ficou estático, sem reação. Zias foi chegando lentamente, tentando, a cada passo, entender do que ele poderia estar falando. Esse é meu sobrinho, senhor Kaleb. Pois é uma pena que um homem tão honrado tenha um sobrinho desses, que fica falando mentira na TV, difamando a própria comunidade. Por que você falou aquilo, seu... A palavra lhe fugiu. A repórter perguntou de onde a gente era. Só isso. E depois ela disse que a batida da polícia tinha sido aqui. Não pode isso, seu moleque. O que tá acontecendo? interferiu Az. Esse moleque foi falar merda na TV sobre a gente. Desculpa Az, mas não é verdade. Antecipou-se um Zias assustado. Ela perguntou de onde a gente era e eu falei. Só isso. Eu tava meio atordoado, mas eu tenho certeza que foi só isso que eu falei. Zias foi atropelado por todas as lembranças daquele dia. Matias tossindo sangue em seu rosto, ele sendo atirado dentro de uma cela junto com os outros. O delegado rindo da sua cara de medo. Os policiais torturando um homem. Zias vomitando ao ver a cena. O soco nas costelas. A ameaça de fazerem o mesmo com ele. Tá com medo, é? Então me diz uma coisa. Dou choque ou afogo esse filho da puta? Fala, Isaías. Zias sem reação. Tá com pena? Ou você fala ou é ele que vai escolher o que eu faço com você. Quer ver como ele te joga na fogueira rapidinho? Zias falando muito baixo. Choque. Sua mão amarrada na grade de forma que ele não pudesse sentar. A noite toda em pé até o dia amanhecer. Zias passou a mão no pulso marcado para sempre pelo ferimento.

Eles te bateram, é? Zias sendo arrancado dos seus pensamentos pelo sarcasmo de Kaleb. Sim. Pois é Deus testando a sua fé. Pra ter a palavra de Deus em sua boca, não pode falar demais. Eu não fiz nada de errado, senhor Kaleb. Então por que eles te bateram? Não sei. Ninguém apanha de graça. Alguma aprontou. Acho que eles ficaram com medo que eu falasse que o drone atirou na gente por nada. Mas como o senhor mesmo viu na reportagem, eu não falei nada contra a polícia. Tá falando agora, cortou Kaleb, ácido. Sim, mas é que o senhor...

Kaleb não o deixou terminar. Ninguém quer atrapalhar o trabalho da polícia, muito menos trazer ela pra cá. Ninguém aceita traidor aqui, não. Deus odeia Judas mais que tudo nesse mundo. Ele é um bom garoto, senhor Kaleb, disse Az já sem esperança de reverter a situação. Só precisa um elo fraco pra quebrar uma corrente, senhor Az. A intimidade entre os dois, dando um passo para trás.

Bom, senhor Az. Eu só vim aqui agradecer pessoalmente e dizer que contamos com o senhor para a manutenção da paz e da ordem na nossa comunidade. Eu não vou trazer nenhum pastor para tomar conta do Aeron. Acho que é importante a administração ficar separada da igreja. Isso já deu problema demais em muita comunidade e a gente tá precisando voltar a fazer as coisas direito, como antigamente. Tô de olho no safado do Cipriano. Olhou para Zias. Não preciso ficar de olho em vocês também, não é? Imagina, Kaleb, disse Az. Pode contar comigo para tudo que a nova administração precisar. Estamos de braços abertos para esse novo tempo. Que bom, pastor. Que bom. Vamos, Elias. Vamos, sim. Bom. Até mais, pastor. Adeus. Meu nome é Zias, comandante. Adeus, Zias, disse o comandante tentando refazer a naturalidade da conversa.

Talvez tivesse conseguido se Ananea não tivesse entrado sem aviso na igreja, revirando o clima mais uma vez. Não estava particularmente bonita. Nem podia. Era uma cristã comum. Os cabelos ondulados longos e ainda molhados do banho. Uma blusa branca muito fechada, mas incapaz de evitar o volume dos seios, uma saia verde-escura muito longa. Uma jovem crente como milhões de outras espalhadas por este Brasil de Deus. Mas tinha algo na cor dos seus olhos, às vezes azuis, às vezes verdes, que fisgava os olhares masculinos. Kaleb foi acompanhando sua entrada, suspendendo o peso e a direção daquela conversa.

Az ficou olhando para Kaleb, sabendo exatamente o que passava em sua cabeça. Agora, além de proteger um, preciso proteger dois, pensou. Olhou para Zias buscando alguma cumplicidade, só encontrou medo. Esta é Ananea, senhor Kaleb. Minha sobrinha. Muito prazer, Kaleb. Bom dia, senhor Kaleb. Acho que todos na comunidade sabem quem o senhor é. E isso é bom? respondeu Kaleb sorrindo, tentando não transferir para ela sua irritação com Zias. Não sei. Depende do que o senhor vai fazer com isso. Ela não foi agressiva, mas também não sorriu. Apenas disse olhando muito dentro dos olhos dele. Ananea, por favor, pode ir arrumar as coisas pro culto. Vou, sim, Az. Com licença. Ela passou por eles para o fundo da igreja. Bom dia. Um prazer, Ananea, não é? Isso. Até mais, senhor Kaleb. Senhor Elias. Bom. Vamos indo Kaleb? disse Elias. Ele não respondeu. Os olhos fixos nela, que se afastava sem olhar para trás. Essa juventude, disse Kaleb para si mesmo, balançando a cabeça silenciosamente. Boa sorte, Az.

O comandante pegou seu fuzil com Uri, que não percebeu o clima estranho no ar. Elias falou baixo com Kaleb no caminho. Decidiu não falar nada? Desistiu deles? Porra. Maior raiva daquele moleque. Me deu uma puta dor de cabeça com o Pastor Abel. No tal Az eu confio. Ponta firme. Mas esse Zias não dá, não. É fraco. E essa garota aí. Não entendi qual é a dela. Bonita, né? Não tô falando disso, Elias. Foco no biznes. Vamo seguir com o plano sem eles. Pelo menos por enquanto. Talvez seja até melhor deixar o nosso morro fora dessa história. Vai chamar menos a atenção. Vamos ver no que dá. Dá um jeito de ficar de olho neles, Elias. Já sei o que eu vou fazer, Kaleb. Deixa pra mim.

# O caminho para o inferno
# é feito de boas intenções

Em dias como aquele, Zias subia todas as escadas que podia. Subia o morro até ficar exausto ou dar de cara com um beco sem saída que o impedisse de chegar até o topo. Exatamente como sentia sua vida.

A partir do oitavo andar, começavam os barracos construídos de forma selvagem sobre o prédio. Dezenas de escadas, rampas e pontes se trançavam levando de laje em laje. De apê em apê.

Lembravam os antigos morros anteriores ao alagamento, só que mais agudos e verticais. Tinham a beleza assustadora de um castelo feito com a ponta dos dedos, pingando as formas umas sobre as outras. Ali, as vidas se empilhavam e se consumiam. Alguns dias tudo parecia tetricamente deserto. Todos em seus quartos e salas conectados a outra vida qualquer. Ficavam os gritos, falas e sussurros se esgueirando pelos corredores. Zias subia, perseguindo sua própria respiração, sem prestar atenção ao que havia de humano naquele formigueiro. Buscava horizontes para descansar os olhos. Buscava um novo ângulo daquele assombro. Aquela vista era sua Virtua preferida. Sua droga cotidiana. Estava assombrosamente limpo. Talvez por isso o medo fosse asfixiante.

Subiu correndo até o ponto em que só restou pular sobre o terraço desabitado. Ele não sabia, mas era a laje de Dona Maria, mãe de Misael. Era o apartamento mais solitário de toda a Cidade Submersa. Na primeira vez que esteve ali, foi sem querer. Não sabia quem era ela nem quem era seu filho. Apenas saltou sobre a laje vazia do barraco que parecia abandonado. Sentou e olhou o mar. Foi cutucado por algo, olhou para trás e era ela com um cabo de vassoura. O que você quer? ela ameaçou agitando o pedaço de madeira no ar. Zias levantou em um salto e protegeu o rosto com os braços. Calma, calma. O que você quer? Vocês me deixa em paz, me deixa em paz. Desde então, uma parte considerável de suas andanças sem rumo terminava ali. Primeiro pediu licença pra sentar e ver o pôr do sol. Depois, apenas chegava e sentava por ali. Quanto mais confiança Zias foi ganhando de Az e Ananea, mais foi se aventurando por aqueles lados. Um dia, um copo de água. Outro dia, uma conversa sobre o tempo. Sobre o alagamento. Depois sobre o morro, sobre os mais de cinquenta anos que ela vivia ali. Descobriu na figura improvável uma espécie de amiga. Confidente. Ele precisava conversar com alguém fora da igreja, ela não tinha ninguém além do Cristo das suas orações. Com ele aprendeu a amar sem esperar nada em troca. Zias foi aparecendo cada vez mais e aos poucos ela foi desistindo de espantá-lo dali.

Mas hoje não.

Hoje Zias nem tentou disfarçar e foi direto para o apê de Dona Maria. Eu vou ter que fazer o sermão. Az me disse que Deus falou pra ele. Deus revelou o dia. Semana que vem, na quinta, que é dia do aniversário do meu pai. Ele tremia. Meu filho. Você vem aqui toda hora com essa coisa na cabeça. Esse medo. Você me perdoe que eu não gosto de fazer pouco caso da fé de ninguém. Mas não aguento ver um guri bom como você passando essa angústia por causa de maldade dos outro. E Deus lá tem tempo de vir aqui falar com alguém nesse fim de mundo, meu filho? Isso é mentira pra enganar o povo. Essa gente tá te usando, Zias. Para com isso. A língua de Deus é o amor. Onde não tem amor, Deus nem tá. Quanto mais aparecer pra conversa fiada. Você precisa da graça de Jesus, meu filho. Duvido que essa gente fale de Jesus pra você. Essa gente não quer saber do evangelho de Cristo. Essa gente não fala de Jesus. Sabe por quê? Porque a graça é de graça. Não precisa pastor nem igreja. Não precisa dízimo nem sacrifício. Precisa de amor. E perdão. Só. E você pode falar com ele com o seu coração. E ele pode tocar a sua vida e encher ela de graça. Agora isso que você fala que o Pastor Az faz, de falar com Deus? Isso é mentira ou é doença. Por isso eu nunca fui nessa igreja de vocês. Olha, você me perdoe. Dá pra sentir que você é um bom guri, mas aquele Az não é nada disso que você tá pensando, meu filho. Não fala assim, Dona Maria. O Az é um homem bom. Tem aquele jeitão dele, mas no fundo é um homem bom. Ele cuida daquele povo ali com muito sacrifício.

Ele matou o meu filho.

Como assim, matou seu filho, Dona Maria? Seu filho quem matou foi o Kaleb. Que Deus me livre, não descubra que eu venho aqui ver a senhora. Ele já não vai com a minha cara. Todo mundo sabe que foi o Kaleb que matou o Misael e quem acobertou ele foi o Cipriano. Quem entregou ele pro dono foi o Cipriano. O Az foi o único que não se meteu nessa história. Zias viu-se mentindo, já que ele estava na igreja quando Misael exigiu refúgio na Assim na Terra. Então é isso que ele diz pra você? Ele ajudou meu filho a fugir e depois foi ele que entregou meu filho praquele monstro. Zias baixou os olhos como se visse sua mentira escorrer pelo rosto como gotas de suor muito espessas. Essa gente é tudo monstro. E você vai virar monstro também. Foge enquanto é tempo. Você é um bom guri. É a cara do seu pai. Você conheceu meu pai?

Zaim? Mas é claro que eu conheci.

Seu pai era uma boa pessoa. Se preocupava mesmo com aquelas bobagem dele de revolução. O único revolucionário de verdade é Jesus, meu filho. A graça de Jesus é a única revolução que existe. Mas seu pai, ele era um homem de verdade. Ele acreditava mesmo que podia fazer alguma coisa nessa pobreza. Coitado. Política é política. Deus é Deus, meu filho. Não se mistura Deus com nada. Nem com política, nem com arma, nem com droga. Mas esse povo não quer saber de Jesus. Isso você pode saber. Isso tem a ver com tudo menos com Deus. Esse é o Deus que o Diabo gosta, meu filho. Dona Maria percebeu que tinha ultrapassado algum limite, mas estava fazia muito tempo sem dizer o que sentia. Quando caiu em si já havia dito tudo. Zias ficou olhando para ela por um longo minuto.

Ninguém é perfeito, Dona Maria. Eu não sou bobo, não. Eu sei que ninguém é santo. Eu também não sou. Eu também entendo que a senhora não tem mais por que ter fé. Eu, se fosse a senhora, também não tinha, não. Mas e se Deus falar mesmo com o Az? E se a luta do meu pai for coisa de Deus também? Pelo menos ele tentou. Pelo menos, nem ele nem o Az viraram bandidos que nem o seu filho Misael. Vai embora, Zias. E foi pegando a vassoura e varrendo os pés dele. Vocês não sabem nada de Deus e eu não tenho mais idade nem vontade de converter ninguém.

Satanás que tome conta.

Boa sorte pra você, meu filho. Desculpa essa velha amarga linguaruda. Agora sai. Pode sair. Nem é bom pra você se alguém sabe que você teve aqui. Não quero ver mais nenhum guri morto perto de mim. Se fala com Deus, fala com Deus. Pronto. E se é Deus de verdade ele sabe o que faz e você não tem com o que se preocupar.

Zias foi saindo e não olhou para trás. Desceu muito devagar, maldizendo a velha e tratando de calar a parte dele que concordava com ela. Era como se ela tivesse puxado a cortina que separava o palco da coxia e de repente o público tivesse visto todos os atores se preparando para entrar em cena. Como acreditar no teatro depois disso? Velha maldita. Mas então. Fé não é isso? Acreditar no que não faz sentido? No que a gente não vê? No que a gente duvida? No que não tem prova? Afinal, eu tô aqui. A profecia tá acontecendo. Qual a chance? Uma em um milhão? Parou. Fechou os olhos. Nada de Deus.

Não gostou do papo com a velha hoje?

Zias abriu os olhos arregalados tentando ver dentro do susto. Era Uri. Cê achou memo que tava voando livre, leve e solto pela ReFavela, passarinho? Uri deu uma volta ao redor de Zias, batendo os braços magros como se fossem as asas de um pássaro. Que foi que a véia te disse? Eu não consegui escutar. Não disse nada, não. Eu descobri que ela era mãe do Misael e mandei ela pro inferno. Aquele filho da puta quase matou a Ananea, ele que queime no inferno. Ele e a mãe dele. Olha, de onde eu tava parecia que ela é que tava te dando um esporro. Não era esporro. Ela só tava falando. Falando o quê? Que Az não fala com Deus coisa nenhuma. Que Deus não tem nada a ver com política. Umas coisa assim. E você, fez o quê? Eu falei que ela tava errada. Falou, é? Falei. E sentiu o quê? Falar até papagaio fala. Senti vontade de ir embora. De voltar pra casa. Viu só como Deus é bom? Você começou a sair por aí porque queria ficar sozinho. E acabou descobrindo o quê? Que você não tá mais sozinho. Nunca mais. Deve ser bom. O quê, Uri? Ser ungido por Deus assim. Escolhido pra nunca mais se sentir sozinho no mundo. Vai pra dentro que eu vou depois, Zias. Pode deixar que eu não vou contar pro Az que foi só ele te dar um pouco de corda e você já saiu por aí fazendo merda. Obrigado, Uri. Te devo mais essa.

# Quem tiver
# olhos que veja

Uri deixou a roupa da igreja de lado aquele dia. Vestiu-se à moda miliciana. Roupas pretas estilo militar e botas de borracha na expectativa de descer até algum andar alagado. Era onde todo o mal e os piores pecados aconteciam. Quem sabe? Quem sabe? repetia baixo para si. Caminhou até o escritório de Kaleb logo cedo procurando pelo Comandante Elias. Bom dia, comandante. Tô aqui.

Dias antes, Elias tinha cruzado com ele e fez o convite irresistível. Nós precisamos mapear cada canto do Aeron. Nem o Google teve coragem de passar por aqui. A gente precisa conhecer cada canto da comunidade. Você pode ajudar, não pode? Aposto que você conhece cada cantinho desse morro. Conhece, não? Pior que conheço mesmo. Então? Quer ser nosso guia, moleque? Eu deixo você limpar o meu fuzil no fim do dia e se você for bom mesmo deixo até dar uns tiros. Que você acha? Sério? Posso atirar e tudo? Sérião? Pode, sim. Az não vai se importar, né? Vai nada! Então tá combinado.

Todos os dias iam para um canto do morro, sempre partindo do escritório de Kaleb. Elias parecia muito seguro do que estava procurando e em alguns lugares eles marcavam um xis com tinta spray. Alguns apês em cada face do morro. Os mais espaçosos, voltados pro lado da Cidade Seca. Pode marcar, dizia Elias para o soldado. Pra onde, Uri? Tem algum lugar onde a água pega bem no meio da janela desse lado? Uri parava um momento pra pensar. Tem, sim, ó. Vem cá. Mas ali mora o Seu Samuca. Ele é mó bravão. Relaxa, a gente vai conversar com ele. E logo um dos homens vinha e fazia um xis fluorescente na parede. E lugar pra atracar lancha? Onde tem aqui? E lá ia Uri mostrar o caminho para o trapiche mais próximo. E mais um xis era marcado.

Na semana seguinte, pouco se falava no assunto, mas todas aquelas pessoas estavam saindo do morro na calada da noite. Todas? Todinhas, Az. Algumas mais felizes que outras. Az, eles compraram todos os apês. Ninguém foi expulso, não. Imagina a grana? Eu mostrava o que eles tavam procurando, eles marcavam com um xis e aí um, dois dias depois tava todo mundo indo embora. Todo mundo vendeu. Até o velho Samuca. Mas você não viu nenhuma ameaça? Tiro? Nada? Nada. Eu só ajudei eles a encontrar os lugares que eles queriam. E foi isso. E ninguém disse pra que eles queriam todos esses apês? Ninguém falou nada, não. Olha, pelo que eu senti, os soldados nem sabem. Só o comandante sabia o que tava fazendo. Ele escolheu todos ele mesmo, o resto só ficou de guarda. A única coisa que eu consegui pegar no ar foi o Comandante Elias dizendo que tava com pressa, que eles tavam muito atrasados e que não podia passar de segunda. Mas não deu pra entender do que ele tava falando.

No domingo anterior à data marcada, Uri passou o dia por ali, ciscando informações, mas ninguém parecia preocupado. Limpou o fuzil do comandante e quando o entregou para Elias recebeu em troca a informação que tanto esperava. O comandante puxou o rádio. Diz praqueles dois não se atrasarem. Amanhã uma e meia eu quero eles de prontidão na casa do velho. Uma e meia da manhã de um dia bastante particular. O dia em que começava o Horário Invertido de Verão. Eram os meses em que ficava tão quente que era praticamente impossível levar a vida normalmente. Então, por seis meses invertia-se o turno. Todo mundo saía no fim da tarde para trabalhar e voltava ao amanhecer para dormir. A primeira semana deixava todos muito sonolentos, até o organismo se acostumar. Não era uma má ideia para quem queria passar desapercebido a escolha de agir naquele dia confuso.

Para além do horário invertido, era muito difícil espionar na Cidade Submersa. Por mais que as portas de muitos apartamentos ficassem abertas, por mais que a arquitetura intuitiva tivesse criado espaços amplos, alargando os saguões dos prédios ou abrindo improváveis janelas internas, não havia muito espaço para ficar de campana sem chamar a atenção. Dependendo do que você quisesse descobrir, talvez funcionasse tentar ver pela janela de algum prédio vizinho. Utilizar um binóculo, talvez. Mas aí a coisa já começava a pedir uma estrutura que pouca gente tinha por ali. E é claro que em um lugar como aquele muita gente queria saber o que acontecia pelo emaranhado de corredores e escadas. Costumava-se dizer aqui as paredes não têm ouvidos, tem olhos. E não era força de expressão. Era espantosa a quantidade de microfones e pequenas câmeras espalhados por todos os cantos, escadas e corredores. Apontando para todas as direções. Às vezes dez, quinze pequenas câmeras num aglomerado de lentes que lembravam os olhos de um inseto. Caixinhas e mais caixinhas pretas, com as pequenas lentes no centro, coladas com adesivo uma ao lado da outra. Vinham do Paraguai aos milhares e eram vendidas a troco de nada nas banquinhas dos andares do comércio. Às vezes vinha algum homem pego traindo por alguma câmera indiscreta e arrancava todas da parede de uma vez. O tipo de coisa que podia acarretar sérios problemas. Ninguém sabia exatamente quem estava do outro lado daquelas lentes. Quem arrancasse a câmera da pessoa errada poderia facilmente acabar levando uma surra. Ou, pior, ir parar no poste. Era um jogo de esconde-esconde perigoso. Por isso, elas iam se empilhando sem que ninguém fizesse muita questão de interferir.

Quem não deve não teme, era a máxima do morro. Muitas já não funcionavam mais, só que ninguém podia dizer com certeza. Se você conseguisse colar sua câmera sem que ninguém percebesse, missão cumprida. Agora, se alguém pegasse o espião colando alguma delas, certamente iria querer saber o que estava procurando. Uma resposta que ninguém gostava de dar. Era nesse jogo de gato e rato que Uri estava prestes a entrar. Era a única forma que Az e ele encontraram de descobrir para que exatamente serviriam aqueles apês que Elias fez questão de desapropriar com tanta urgência. Se a troca de horário era perfeita para acobertar o início da operação de Kaleb, também poderia ser perfeita para ocultar a missão de Uri. Um pouco antes de todos começarem a se levantar para ir para o trabalho, Uri, que não tinha pregado o olho nem um segundo naquela noite, saiu apressado pelo corredor que levava da igreja para o apartamento de Seu Samuca.

Estava vestindo o uniforme escolar que ainda servia, apesar de um pouco justo, e carregava embaixo do braço sua bola de basquete. Foi pelo corredor fingindo uma animação juvenil que não tinha fazia muitos anos. Jogava a bola de uma mão para outra com alguma habilidade e foi se encaminhando para seu alvo. Aos poucos a Cidade Submersa foi acordando para o primeiro dia em que todos sairiam a partir das oitos horas da noite. Era normal as pessoas tomarem algum tipo de remédio para dormir durante aquele primeiro dia e assim acordar no horário certo, obrigando o corpo a se habituar com a vida noturna. Aos poucos, os corredores começaram a ficar cheios de sonâmbulos, senhoras esfregando os olhos, homens de rosto muito fechado pelo mau humor causado pela mudança drástica e crianças ainda bocejando, tentando fingir alegria pelo dia de escola que começava de forma tão contraintuitiva. Foi no meio deles que Uri caminhou com sua bola na mão, fingindo animada sonolência. A arquitetura caótica ajudou Uri em seu plano. Um corredor aleatório fixou uma parede bem de frente para a janela semialagada de Seu Samuca. Se acertasse o ângulo, teria alguma visão do que passaria por ali. Uri começou a quicar sua bola como quem tenta se animar no caminho moroso até a escola. O barulho ecoou alto no corredor e algumas pessoas olharam para ele com ar de reprovação. Não demorou até alguém se manifestar. Para com essa porra, caralho. Uri prontamente mostrou o dedo do meio e atirou a bola no chão muito forte de forma que ela logo bateu no teto, voltou a quicar no chão e foi quase ao teto novamente. Bem nessa hora, ele saltou junto com a bola, as duas mãos para cima, e colou sua pequena câmera na parede, em um canto protegido pelas sombras. A noite ia alta e o jogo de luz das lamparinas ajudou a ocultar suas reais intenções e movimentos. O homem de cabelo emaranhado e cara amassada que tinha acabado de xingar Uri começou a rir do seu salto desastrado e pegou a bola que Uri não conseguiu alcançar. Devolve a bola aí, ô, arrombado, gritou Uri, em uma reação desproporcional, causando um tumulto no corredor. Que é isso, moleque? Quer morrer? O homem atirou a bola muito forte no peito de Uri, que a agarrou e foi caindo sentado.

Uma senhora, crente até o último fio de cabelo grisalho, reclamou com o homem, que prontamente a mandou tomar no cu. Um jovem que ia para a igreja, bíblia na mão, tomou as dores da senhora enquanto Uri apertava os olhos para tentar conferir pela última vez se realmente tinha conseguido colar a câmera no lugar certo. Na igreja, Az ligava sua tela e via, pela metade, a janela alagada de Seu Samuca, por onde os homens de Kaleb passariam um grande volume de caixas plásticas.

# Os dois lados da mesma oração

Zias não parava de andar de um lado para outro dentro do escritório de Az. Havia passado o dia inteiro na igreja ensaiando seu sermão. O grande dia havia chegado e ele sentia um mar revolto dentro do estômago. Era o dia mais importante de todos. O dia definitivo. O dia em que ele mostraria a todos que Zaim estava de volta, na pele dele. Na voz dele. Suas palavras nas palavras dele. Naquele dia, ele deixaria de ser Zias, rato de laboratório, cobaia de Virtua, ladrão de rua, golpista, drogado sempre prestes a cair em perdição, para renascer Pai Isaías, filho de Pai Zaim. Trazido do outro lado do oceano por um milagre para cumprir a profecia de seu pai e levar o povo da Cidade Submersa para a tão sonhada liberdade. Para um futuro livre do descaso do Poder Divino, dos pastores públicos e de Deus.

Eu estou aqui.

Eram as últimas palavras que deveria dizer.

Eu estou aqui.

Ele dizia para si mesmo sem no entanto acreditar em uma única palavra. Sentiu-se sufocar por aquela frase tão simples. Olhou as horas em sua tela. Sua revelação seria no culto da meia-noite. O horário nobre do turno invertido de verão, quando todos ainda estavam despertos e cheios de energia para participar mais ativamente da cerimônia.

Az vinha fazendo tudo para promover aquele culto. Chamou todos os contatos que a igreja tinha. Juntou as economias para que um DJ viesse colocar música e fez até um vídeo contando sobre a profecia de Zaim e a chegada de Zias. Deixou de fora toda a filosofia Neossocialista e qualquer assunto relacionado ao racismo cristão para evitar problemas com as autoridades, afinal tinha convidado Kaleb, Comandante Elias e seus homens. Também estava decidido a não soar antiquado com essa conversa mofada de luta de classes e de raças. Camuflou seu discurso falando na liberdade das Virtuas e dos vícios. Do ócio e da bebida. Não precisava falar do Poder Divino nem das milícias para falar em libertação. Todos ali tinham muitas amarras que precisavam ser desfeitas para nascer um novo tempo de fé, de trabalho e de futuro. Paz, justiça e liberdade. A imagem de Zaim erguendo o punho em um grande culto. Um dos últimos antes da Revolta da Curação. Zias na frente do telão com seu punho em riste. Igualzinho a ele. Que coisa impressionante, Az falava para si mesmo no último ensaio.

E agora Zias estava ali como um bicho enjaulado caminhando de um lado para outro, sem saída. Abriu a porta do escritório, não havia ninguém. Revistou o púlpito, o alçapão, atravessou o palco, entrou no quarto de Az. Revirou armários e gavetas. Não achou o que procurava. Nada para beber, nada para inalar, nada que pudesse usar para fugir dos próprios pensamentos.

Abriu a porta da frente com um movimento urgente e deu de cara com Uri parado, olhando para ele como se já soubesse que aquilo aconteceria. Eu preciso sair, Uri. Nem fodendo. Volta pra lá. Sério. Eu preciso tomar um ar. É rápido. Não tem nenhuma chance de eu deixar você sair sozinho, Zias. Vem comigo, então. É rápido, eu só quero subir um pouco, respirar. Não tá pronto, Pai Zias? perguntou Uri com aquele sorriso que deixava simpática até a frase mais ácida. Por favor, Uri. Amanhã Pai Zias vai se lembrar dessa ajuda que você deu pra ele. Os dois ficaram se olhando e Uri finalmente deixou-se levar pela pena que sentiu do olhar perdido de Zias. Vamo. E não é por favor nenhum, não. Eu vou chegar aonde eu quero por mim mesmo e por Deus. Não preciso de você, não, valeu? Valeu, Uri. Eu vou te agradecer mesmo assim.

Os dois foram subindo o morro, Zias na frente e Uri logo atrás. Não demorou muito para que Uri entendesse para onde ele estava indo. Você vai ver a velha, não é? Ela é minha amiga. Az te mata. E me mata. Porra, Zias. Hoje não é dia de fazer merda. Eu só quero respirar um pouco. Olhar o mar e falar com ela rapidinho. Olha lá, Zias. Olha lá. Subiram sem parar até chegar na laje de Dona Maria.

Espera aqui, Uri. Eu já volto.

Zias saltou sobre a laje e andou até a beirada do piso de concreto. Sentou-se por um momento e ficou olhando o mar. As luzes da Cidade

Seca cintilando indiferentes a tudo o que aconteceu com ele, com seu pai, com a Cidade Submersa. Cantarolou para si. Não se afobe, não, que nada é pra já. Ouviu os passos de Dona Maria subindo as escadas. E quem sabe então, o Rio será, alguma cidade submersa. Esqueceu o resto da música. Os dois se olharam por um longo momento. Dona Maria fez sinal para que ele entrasse e foi descendo para a sala. Zias a seguiu e ainda pôde ouvir Uri reclamando lá em cima. Porra, Zias.

Que ventos trazem este homem escolhido por Deus? Será que todo mundo aqui vai tirar onda com a minha cara? Pô, Dona Maria. Eu gosto tanto da senhora. Por quê, Zias? Não sei. Porque a senhora lembra a minha mãe. Eu acho. Você não lembra em nada o meu filho. Zias não conseguiu saber se isso era bom ou ruim. Eu tô com muito medo, eu acho que eu não vou ser capaz. Você não precisa ser capaz de nada, Zias. Você é livre, meu filho. É isso que Jesus quer. Jesus não quer ninguém preso, Jesus não quer ninguém seguindo ninguém. Segue Jesus, meu filho. Jesus é o bem. Jesus é o seu coração. Faz uma oração por mim, Dona Maria? Ela fechou os olhos e voltou a palma das mãos na direção de Zias. Jesus, eu te peço com a humildade de mãe que o Senhor filho de Deus ilumine a vida deste outro filho que precisa tanto da Sua graça e do Seu amor. Mostra para este filho a Tua face, Jesus, para que ele deixe de se sentir obrigado a seguir os homens que falam em vão em nome de Deus. Que mentem em Teu nome. Que matam em Teu nome, meu Deus. Eles são tantos e nós, meu Deus, aqueles que sabem do Teu amor puro e gratuito, somos tão poucos.

Lá de fora, Uri, atento, subiu na laje com muito cuidado para escutar mais de perto. Meu Jesus amado, derrama sobre esse guri a luz da Tua sabedoria e permita que ele se encontre, porque ele está preso numa vida que não é dele, meu Deus. Ele está sendo usado, Senhor, pelo propósito desses homens que só querem saber de dinheiro e de poder, meu Deus. Dona Maria, com os olhos muito apertados, orava cada vez mais alto, e suas palavras fizeram o próprio Uri pensar em sua história com Az e a igreja. Eu, hein. Eu não preciso me libertar de nada, não. Eu preciso é subir no púlpito. Um dia vai ser eu quem vai subir lá e falar pro povo. Não permita, meu Deus, que ele vire um joguete na mão dessa gente que nunca teve o Seu amor no coração, meu Pai. Livra esse filho em nome do Pai, do Filho e do Espírito Santo. Amém, Senhor.

Quando Dona Maria abriu os olhos, Zias não estava mais ali.

A porta de madeira que dava para a escada da parte de baixo do barraco estava entreaberta. Zias? Ela foi chamando enquanto andava até a porta. Olhou para fora. Nem sinal dele. Uri estranhou o silêncio e saltou para a escada que descia da laje para a sala. Cadê ele? Dona Maria se assustou. Cadê o Zias? Dona Maria levantou as mãos. Não atira, por favor, eu não fiz nada. Eu não fiz nada. A culpa não é minha, eu não queria que ele fugisse assim. Calma, dona. Eu não vou fazer nada com a senhora, não. Uri saiu correndo pela porta e desceu pelo caminho estreito olhando todos os cantos possíveis. O morro já estava acordado para mais uma noite e os corredores e escadas estavam cada vez mais cheios. Uri correu para todos os lados. Nenhum sinal. Porra, Zias. Porra! Meu Deus do céu. Eu tô muito fodido.

Quando Uri chegou na igreja, encontrou Az em frente à porta. Onde ele tá? Eu, eu não sei, Az. Ele fugiu de mim. Como assim, Uri? Puta que pariu, Uri. Eu devia dar um tiro na tua cara. Desculpa, Az. Ele me enganou. Eu nunca imaginei que ele podia fazer isso.

Az não disse nada. Apenas fez um sinal para que Uri o seguisse. Andou com ele até seu quarto. Tira a roupa. Mas, Az. Não tem mas, nem Az. Tira a roupa. Uri foi tirando peça por peça muito lentamente como se a lentidão dos gestos pudesse evitar o que iria acontecer. Az abriu uma gaveta e tirou um óculos. Toma. Uri colocou as lentes em frente aos olhos com as mãos trêmulas. Quando Az ligou os óculos, Uri se viu mergulhado em um inferno cheio de lava e pedras banhadas em sangue. Uma Virtua muito antiga, de baixa definição. Os gráficos eram risíveis. Mas ainda assim Uri tomou um susto quando o demônio saltou em sua frente. Os olhos muito vermelhos, na boca o braço de um homem que ele havia acabado de esquartejar. Az enfiou os pequenos fones muito dentro dos ouvidos de Uri. Empurrou forte um dentro de cada ouvido até que sumissem, tocando os tímpanos. Uri gritou de dor. Az foi aumentando o volume até que ele mesmo escutasse os gritos de desespero. Os fones internos muito altos, jogando o inferno dentro da cabeça do garoto. Az pegou uma caixa e derramou no chão todo o seu conteúdo. Um mar de tachas de metal se espalhou pelo piso. Az pegou os braços de Uri e o conduziu até que se abaixasse. Foi deitando o garoto sobre elas, ele se debateu um pouco fazendo várias delas se fixarem em suas pernas, nádegas e costas. Uri mordeu o lábio para não gritar.

Uri não podia escutar Az gritando com Deus. Nem viu o momento em que Deus ordenou que Az tirasse suas roupas e deitasse ao lado de Uri.

# A primeira revoada
# dos anjos

O garoto vinha ansioso no barco que atravessava o Jardim de Judá em direção à Avenida Martin. O motor preguiçoso fazia um barulho ritmado que dava sono em muitos que faziam aquele caminho depois de um dia cheio em Terra Firme. Na maioria Fazedores. Gente de todas as idades que atravessava jornadas de mais de trinta e seis horas de trabalho pelas ruas secas atendendo todo tipo de pedido em seus aplicativos. De bicicleta, de monociclo, de patinete ou mesmo a pé. Cada um deles era independente e cada um tinha a liberdade de decidir até onde iria para atender os pedidos de quem morava em terra firme. A elite média tinha muitas necessidades. Eram muitos aqueles que viviam totalmente imersos nas Virtuas, aqueles com medo do sol ou das pandemias, aqueles que escondiam seus desejos inconfessáveis. Não saíam de casa para nada. Nem para comer, nem para transar, nem para pedir remédio, nem para curtir seu barato. Não importava qual fosse. A coisa mais estranha ou repulsiva que alguém pudesse imaginar, certamente aparecia na tela de alguém disposto a atender prontamente. Nunca faltava um Fazedor querendo aumentar os pontos da sua empresa. Os algoritmos não gostavam de quem recusava pedidos e um bom CEO de si mesmo devia estar disposto a fazer todos os sacrifícios para chegar lá. Suas roupas coloridas davam uma certa alegria para as ruas. Quem olhasse dos andares mais altos dos prédios na hora do rush poderia ver o espetáculo das longas filas indianas que os Fazedores pintavam pelas ruas apinhadas. Cada um, a seu modo, dando certo na vida.

Mas, na fileira colorida e sonolenta sentada no barco que voltava para a Cidade Submersa, um garoto se destacava. Camisa branca de botões fechada até em cima. Cabelo muito curto. Um crente dos mais tradicionais de Bíblia no colo e um filete de suor correndo pela têmpora até pingar sobre o livro. Ele limpou a capa em um gesto automático. Era o único ali que não era um Fazedor. Era um Orador. Ficava perambulando pela cidade contando para as pessoas todas as façanhas que conseguiu com apenas uma oração. Ele acreditava mesmo em cada uma delas. Ou na maioria. Por dois bits ele erguia suas mãos aos céus e orava com toda a força da sua alma.

Àquela hora da manhã não era para um orador estar voltando para casa. Normalmente eles levam dias até reunirem créditos o suficiente para retornar para a Cidade Submersa com algum lucro. Mas naquele dia foi diferente. Ele mal tinha descido em Terra Seca e um homem o abordou. Pediu uma oração pela sua saúde, pediu para que ele orasse com as mãos sobre seu estômago e disse que, se ele sentisse a cura acontecendo, iria dar em troca seu maior tesouro. O garoto orador colocou as mãos sobre a barriga avantajada do homem e orou com toda sua fé. Quando terminou, o homem olhou para ele muito sério. Tua fé é linda, meu filho. Você merece o que eu tenho aqui. Deus te testou, meu filho, através de mim, e você passou no teste do Senhor. Eu sinto a cura na minha alma e o nosso Senhor Deus quer te agradecer.

Pessoalmente.

Como assim? O homem enfiou a mão no bolso e entregou o pequeno embrulho na palma da sua mão. Vá pra casa. Engole isso e ora, meu filho. Deus vai vir falar com você. Acredita em mim. O que eu tô te dando é um milagre. Deus escolheu você para ser o primeiro a conhecer a Sua verdadeira face. Você tem fé? É tudo que eu tenho, meu senhor. Então pega o barco e volta agora. Pega tua tela. O homem passou para ele um valor muito maior do que ele ganhava em um mês de trabalho. Vai, meu filho, e confia no milagre.

O garoto contrastava com os outros, não só pela roupa, mas por não conseguir ficar parado. Mexia o corpo para todos os lados no pequeno espaço que lhe cabia no barco. Coçava a cabeça. Abria e fechava a bíblia e levava, constantemente, a mão por cima da perna para apertar o pequeno volume dentro do bolso. Queria ter certeza de que estava lá. É muito importante. A coisa mais importante que ele já fez em toda a sua vida. O momento mais esperado. O mais sonhado. Vai e não olha pra trás. E não esquece de uma coisa. Deixa o sol entrar no seu quarto quando você for ver Deus. Não fecha a janela, não deixa o quarto escuro. Deus quer ver seu rosto na luz.

O barco teve que dar uma grande volta. O mar estava revolto e em algumas ruas as ondas eram grandes demais para atravessar. Finalmente, o garoto orador chegou ao seu morro em Copacabana. Subiu a rampa de madeira e entrou pela janela do prédio. Correu para subir os sete lances de escada até o seu andar. Não falou com ninguém e quase esbarrou na avó ao cruzar com ela no corredor comum. Ô menino avoado, Senhor! Entrou no quarto e bateu a porta atrás de si. Se ajoelhou ao lado da cama.

Enfiou a mão ansiosa no bolso da calça e tirou de lá o pequeno embrulho plástico. Com os dedos em pinça, segurou-o em frente aos olhos. O admirou por um segundo e logo tentou achar alguma ponta solta para que se abrisse em sua mão o tesouro mais esperado. Não conseguia puxar a ponta de plástico com as unhas roídas. Tentou com os dentes. A mão tremeu e o pequeno embrulho caiu rolando sob a cama. Enfiou a cara no pequeno espaço entre a madeira e o chão, esticando o braço até alcançar. Rasgou um pedaço do plástico com os dentes e começou a desembrulhar desordenadamente. Aos poucos, foi surgindo através das camadas de plástico que se desenrolaram. Finalmente ele se mostrou inteiro na palma da sua mão. Um pequeno frasco em forma de cruz com uma cor muito vermelha. Vermelha como o sangue de Cristo. Ele disse baixinho. Ele a segurou delicadamente com a ponta dos dedos das duas mãos como um sacerdote que mostrava aos fiéis o santo sacramento da comunhão. Deixou o sol bater iluminando seu conteúdo. Ergueu com todo o cuidado o pequeno frasco sobre a cabeça, fechou os olhos e derramou sob a língua. O líquido muito amargo pareceu se espalhar pela sua boca, tomando conta de tudo. Ele pensou em cuspir. Pensou em envenenamento. Quase cuspiu, mas decidiu engolir. Eu não tenho nada a perder, meu Pai. Começou a orar com todo o fervor do seu coração. Não levou meia hora para que os olhos começassem a revirar e ele abrisse um sorriso muito largo. Meu Deus, é você, meu Pai. É você, meu Senhor. Eu estou aqui, meu Deus, sou eu, meu Deus. Obrigado, meu senhor, obrigado, meu Pai, eu espero há tanto tempo a tua presença na minha vida, meu Senhor, obrigado. Eu sinto, meu Deus, o teu abraço. Como é lindo, meu Deus. É lindo demais. O garoto começou a chorar copiosamente e as lágrimas molharam seu sorriso, que não se desfez por nenhum segundo. Como é lindo, meu Deus. Como é lindo o teu amor, meu Pai amado. Como você é lindo. Você é lindo. Os braços erguidos para o ar. No morro do Aeron, Kaleb e Elias olhavam a imagem da câmera colada na parede bem em frente ao quarto do Orador. O filho da puta do Reverendo conseguiu. É um gênio.

# Aproxima de mim
# este Cálice

Boa tarde, senhoras pastores, disse o homem enchendo com seu pesado sotaque americano a grande sala de reuniões iluminada pelas luzes acesas nas primeiras horas da noite. O cabelo muito vermelho e o rosto coberto de sardas. O nariz fino, os lábios finos, o queixo fino e os olhos redondos e azuis como só poderia ter alguém que conhece Deus pessoalmente. Reverendo Brian McNey. Direto da Flórida, Dry Miami, Igreja Metamonista do Primeiro Encontro. Brian fez sua apresentação com todo vigor mesmo sabendo que todos ali sabiam quem ele era. Brian era conhecido por dominar o mercado das tecnologias religiosas. Nos últimos quase dez anos era sempre ele quem trazia o grande sucesso de vendas da temporada.

As mãos unidas junto ao peito, o sorriso muito branco de dentes alinhados. Aquele sotaque que encantava os pastores como se tudo que saísse da boca dele fosse divino.

Vocês saber que eu dedicar meu vida a conectar os pessoas com Deus e já devem estar esperando eu apresentar um novo aplicativo, uma nova inteligência, uma nova Virtua. Mas não. Nada disso. Essa não ser uma apresentação comercial. Eu estar aqui com uma missão de Deus de evangelizar sobre algo maior. Muito maior. O maior milagre da história de Deus. A reação dos Pastores denunciava suas personalidades. Albin, da Paz do Senhor, e Levi, da Unidade da Fé, bufaram, entediados. Pastor Senador Salustiano Salmo fingiu interesse e Efraim se mexeu na cadeira, impaciente. Olhou o relógio. Podemos ir direto ao ponto? Efraim não se conteve. Só existir um ponto, pastor. E ser Deus. E sim. É direto para ele que nós ir. A Metamonismo acreditar no fisicalidade. Acreditar que nós precisar de Deus aqui, com nós. Não nas nossos corações, nem nas nossos orações. Acreditamos que seremos capazes de trazer a Senhor para junto de nós. Não no céu, mas no terra, onde Deus é mais necessária. Efraim cochichou no ouvido de Salmo. Para quem ia direto ao ponto, já demorou.

O reverendo se irritou.

A senhor devia ter mais respeito, senhor Efraim. As senhores são poderosos aqui na Brasil. É espantoso mesmo que um país dessa tamanho tenha se convertido totalmente. É uma obra majestosa que as sete montes do sociedade tenham sido plenamente conquistados pelos seus igrejas. É o Terra Prometida. A maior país de Deus. Tudo isso que nós já saber. Mas fazer favor de não esquecer quem trazer o religião para a Brasil. Fomos nós. Nós dar ao mundo e a Brasil a santa doutrina. A avivamento. A verdadeira batismo. A língua dos Anjos. Hajashalabara! Nós mostrar para vocês as sete montes do sociedade que deveriam ser conquistadas para fazer o terra de Deus no mundo. Aqui o monte do religião, do educação, da família, da governo, do economia, dos artes e da entretenimento foram tomados como em nenhum outro lugar do mundo. É verdade. Não à toa as restos do profeta Johnny Enlow vir descansar no réplica do Farol de Alexandria ao lado da templo de Salomão. Eu respeitar e admirar muito isso. Mas me perdoar, Pastor. A senhor não esquecer por favor que sem nós vocês não seria capaz de fazer nada desse milagre. E o que eu vir fazer hoje aqui é muito, mas muito mais importante e poderoso do que tudo isso que eu falar agora.

Vocês brasileiras transformar este país na Terra Prometida do senhor. Eu vir trazer o Senhor, finalmente, para seu Terra Prometido. Eu pedi para Deus. Pai, me deixa falar com a Senhor. Me deixa ver a Senhor. Me deixa revelar o seu face. Eu dediquei meu vida a conectar os pessoas com Deus. Mas eu sentir que fracassei. Que não ser o bastante. Que não ser Deus de verdade. Eu precisar do Deus de verdade. Eu decidi deixar tudo para trás e jejuar. Jejuar e orar para que Deus vir ao minha encontro. Eu orei por doze dias sem comer e sem dormir. Sem água, sem banho, sem nada. Cheguei desmaiar de fome e de fraqueza. E sabem o que aconteceu no fim desses doze dias?

O reverendo ergueu o suspense com as mãos.

Nada.

Uns riram, outros bufaram, decepcionados. Efraim manteve o olhar atento como forma de se desculpar com o pastor por sua ofensa.

Mas no décimo terceiro dia aconteceu. Um pastor peregrino da meu igreja voltou de Europa do Norte e me entrega na mão isso. Ele tira do bolso um pequeno frasco de uns seis centímetros na forma de uma pequena cruz. Claro que não era assim. Essa embalagem e design já fui eu que criei em América. Ele me explicar que isso tinha sido feito por um europeu que era cientista, mas que também era evangélica muito fervorosa. Que ele trabalhar o vida inteira para que Deus desse essa milagre para revelar seu face pra mundo. Ele trabalhou dias e noites ano após ano. E Deus deu para ele o maior revelação desde o vinda de seu Filho, Nosso Senhor, para esse mundo!

O reverendo bradou no ar e as lágrimas brotaram dos seus olhos fartamente. Ele levantou o pequeno frasco no ar, quebrou a parte de cima da cruz e virou de um gole o conteúdo em sua garganta.

Todos deram um salto nas cadeiras.

O reverendo prostrou-se de joelhos. A cabeça e as palmas das mãos voltadas ao céu. Pareceu parar de respirar. Passaram alguns minutos e as veias começaram a saltar da testa e do pescoço. Sua cor mudando de um branco enferrujado para um vermelho incandescente. Tremeu inteiro. Revirou os olhos. Uma expressão de felicidade intensa moveu cada músculo do seu rosto formando um sorriso imenso. Thank you, God! I feel your love, my Lord! I see you, my Lord. Oh how beatiful! Como ser lindo o visão do teu face, senhor Deus. As lágrimas correram fartamente sobre seu rosto, entrando na boca que era incapaz de deixar de sorrir. Ninguém naquela sala saberia dizer quanto tempo ficaram ali hipnotizados por aquela aparição divina.

Os homens ao redor da mesa se entreolharam e ao menor sinal de que iriam falar algo o assistente do reverendo, que até agora observava calmamente encostado na parede, deu um salto. Wait. Ele estar falando com Deus. Vocês esperar. Salmo foi contagiado pela emoção do pastor e começou a orar em voz baixa.

A respiração do Reverendo foi desacelerando aos poucos. O suor tinha mudado a cor de quase todo o peito da sua camisa azul-clara. Respirou fundo. Abriu os olhos e se levantou muito lentamente. O sorriso tomando conta do rosto todo.

Isso que vocês presenciar ser a maior milagre que uma cristão poder ver, disse o assistente de Brian.

Isso é droga, bradou Pastor Albin batendo na mesa. Droga!

Brian se assustou, mas, antes que pudesse responder qualquer coisa, Pastor Salmo tomou a frente e a palavra. Os olhos marejados.

Eu peço desculpa, Reverendo, pela pouca fé desse senhor. Que coisa linda. Dava pra ver no seu rosto, sentir na sua voz. Que visão de fé deslumbrante. E você, Albin. Devia se envergonhar. Homem de fé nenhuma! Pois se Deus fez tudo e tudo a Ele pertence, Ele não fez esse santo cientista? Ele não fez e iluminou o pensamento do homem? Ele não criou todas as substâncias que existem para que o homem as combinasse da forma que mais agrade ao Senhor? Olhe para o calendário, Albin. Olhe em que ano estamos! Você acha que Deus se manifestaria como hoje em dia? Em uma sarça ardente? Nós estamos tendo um privilégio aqui! Um pri-vi-lé-gio!

Albin, ainda inconformado, se virou para Brian. E isso está nas igrejas americanas? Brian deu um passo atrás e olhou para seu assistente. Bem. No realidade, não. Ainda não ter liberação do FDA.

Pois eu sabia! É droga! Isso aí é droga e pronto.

Escutar bem, Pastor Albin. Eu estar aqui porque aqui não ser os Estados Unidos. Aqui ser a Terra Santa de verdade. Lá país ainda estar em guerra. Cheias de democratas comunistas inimigos de Deus e da fé que derrubar as nossas decretos e combater os nossas crenças. Nós um dia vencer lá também e revelar lá também. Mas aqui é o Terra Santa. Deus me disse que eu começar a revelação pela Brasil.

Mas, se é essa a vontade de Deus, por que então ele não falou com um brasileiro?

Ah, meu caro senhor. O Reverendo atirou as mãos aos céus e bradou. Não me fazer repetir tudo o que eu dizer. Deus revelar o doutrina primeiro para nós. Agora ele também se revelar primeiro para nós também. Salmo aproveitou a brecha e pulou na frente. Pois chega de conversa. Eu quero todos, Reverendo. Pronto, Albin. Resolvido o seu problema. Albin perdeu sua convicção e os outros dois iniciaram um empurra-empurra e um falatório simultâneo que impedia que o pastor pudesse entender qualquer palavra.

Calma, calma, senhores. Obrigado, senhor Salmo. Deus fala através da senhor. Mas nós ter o bastante para todos. Salmo voltou à carga. E digo mais. Se este santo remédio se mostrar eficiente eu vou lutar pela regularização do uso no Brasil inteiro! Afinal, se é um remédio revolucionário, precisa estar dentro da lei e acessível pra quem precisa. O Reverendo agradeceu o apoio providencial para afirmar que não era uma droga e sim um remédio que ainda não havia tido um pedido oficial de importação para o Brasil. Essa ser um revelação que precisar chegar a todos. Começando pela Jerusalém da Novo Mundo. O Rio de vocês. Com todos calmos e devidamente sentados, o assistente de Brian começou a falar dos valores. Caro. Muito caro, disse o primeiro. Um roubo. Impossível. Pois eu fico com tudo o que vocês quiserem vender, sentenciou Salmo.

No entanto, bastou que o assistente de Brian mostrasse algumas telas no computador com a projeção de lucro em um ano para que todos os ânimos se acalmassem. Rapidamente os fiéis deixariam de gastar todos os créditos que queimavam nas Virtuas para encontrar o Senhor, curando o terrível vício que afastava todos de Deus. Se era para ter um vício, que fosse encontrar Nosso Senhor. Não é mesmo?

E vocês ter exclusividade. Só os igrejas das senhores ter a milagre para oferecer aos suas fiéis. Preparem-se para quebrar a concorrência, senhores.

Mas. E qual é o nome do milagre? Para Brasil nós estar chamando de Cálice. Simples, curto, direto. E por uma pequena taxa nós dar toda a material de promoção.

# Reconheça o Pai
# como a ti mesmo

O som da fechadura chamou a atenção de Zias, que largou sobre o colchão em que estava sentado seus papéis de estudo. Era Ananea entrando no que antes era o quarto de Az. Desde o dia em que Zias foi encontrado bêbado, dormindo com os óculos conectados em uma sacada abandonada, na ReFavela do Leblon, seu mundo era aquele quarto sem móveis. Uma garrafa de água no canto e algumas roupas empilhadas sobre um banquinho de madeira. Ananea trazia um tecido dobrado.

Eu vi pela câmera que você estava estudando, não queria atrapalhar, mas não aguentei. Ela abriu o tecido e era uma bata com longas listras verticais pretas e vermelhas. Olha como ficou linda. Havia um pequeno buraco na altura do peito, no lado direito. Toda a borda do furo havia sido costurada com uma linha vermelho-brilhante, evidenciando ainda mais o buraco no tecido.

Nós deixamos a marca da bala que acertou nosso pai. Depois daquele tiro e do exílio, ele não subiu mais em um púlpito. Pensa sempre nesse buraco de bala, Zias. Perto de tudo o que o nosso pai passou depois disso, o nosso sacrifício não é nada. Faça o que você tem que fazer. O teu coração sabe, meu irmão. Ou você não estaria mais aqui. Zias segurou a bata com as mãos trêmulas e colocou sobre o peito. Ananea saltou sobre ele em um longo abraço. Você tá igualzinho ele, Zias. Tá igualzinho. Zias apertou forte a irmã contra seu peito. Obrigado por não desistir de mim. Eu nunca ia desistir do nosso pai. Ananea deu dois passos para trás. É hoje, Zias. É hoje, minha irmã.

Durante aqueles segundos, Zias não teve medo e não teve dúvidas. Talvez aquilo fosse um relance da fé que ele tanto buscava e tanto perdia. Eu vou redimir os meus pecados. Az não vai entrar? Não. Achei que ele ia voltar a falar comigo, ao menos hoje. Ele fala sempre de você com Deus. Deve pedir pra Deus me levar, isso sim. Já pediu pra Deus te dar um chute na bunda, pode ter certeza. Ele não consegue te odiar. Você é a cara do nosso pai.

Agora chega de papo, Zias. Vai se arrumar. A tela com o seu texto vai tá bem do lado direito, como sempre. Só vai ter um arranjo de flores na frente pra disfarçar. Você vai ver quanta gente vai vir. No fim, não foi a pior coisa do mundo você ter fugido naquela noite. O povo ficou curioso. No fim foi uma boa propaganda. Ananea foi saindo e Zias ficou ali com a bata na mão. Vestiu. Não tinha nenhum espelho. Realmente parecia com seu pai? Ainda pareceria quando abrisse a boca? Voltava a repassar o texto e as perguntas não paravam de atingir sua cabeça como pedras. Sentou e esperou sem saber por quanto tempo. Começou a ouvir o som fora do quarto que ficava ao lado do púlpito. O burburinho crescendo como um monstro que se aproximava. Até que escutou uma forte microfonia e ouviu a voz de Az.

Ah! Meus irmãos. Que alegria ver a casa do Senhor repleta dos seus. É alegria o que eu sinto e é alegria o que vocês deveriam sentir também. Ou vocês não estão sentindo a profecia que está se realizando bem na frente dos nossos olhos? Veio a tempestade, mas agora chegou a bonança. Az olhou para o Comandante Elias, que havia comparecido com alguns homens. Ele acenou com a cabeça, orgulhoso.

Para nos levar até o Pai, só um pai verdadeiro. Um pai de luz. Com o corpo fechado. Um pai que traz a força de Pai Zaim no seu próprio sangue. Na primeira fila todos os apóstolos sentados, os olhos brilhantes nos velhos rostos marcados pelo tempo e pelas derrotas. Um grupo de mulheres subiu no palco. Uma fila de cada lado. A voz delas transportou Az para os dias em que dividia aquele palco com Zaim. Cobriu os olhos com a toalhinha que levava na mão que segurava o microfone e levantou a outra para o céu. Zias saiu se esgueirando pela porta escondida pela cortina vermelha amarrada por uma corda dourada e ficou agachado atrás da parede que o coral fazia e que o deixava invisível para o público.

*Quem vem a mim, vem ao Pai.*
*Pode entrar*

*E no Pai a gente vai*
*Se abrigar*

*No caminho para o Pai*
*Um Pai pra te levar*

*Filhos vindo ao Pai*
*Um Pai para guiar*

*Quem vem aqui, vai ao Pai*
*Pode entrar*

No fim do hino, as irmãs saíram do palco revelando o homem com sua bata colorida. Ele andou até o microfone. Os fiéis mais antigos já gritavam, é Zaim, é Zaim. De repente parecia que todo mundo era capaz de acreditar.

Só faltava ele.

O silêncio começou a pesar. Mais um pouco e toda aquela emoção se dissiparia. Az sorria e movia os olhos para um lado e para o outro. A tela acesa com o texto, as palavras estáticas esperando Zias. Uma senhora puxou o leque e começou a se abanar. Zias fechou os olhos. O tempo da espera foi se alongando a ponto do desconforto. Quando todos já começavam a buscar os olhos de Az, procurando uma explicação, Zias disse ainda de olhos fechados.

Eu nunca tive um pai.

E eu sei que muitos aqui também não tiveram. Eu vejo como temos poucos homens. Eu já sei que a maioria morreu no crime, foi parar no fundo do mar, foi preso ou morreu na pandemia de BZ. Só com mães, avós e crianças, como saber o que é um pai? As mulheres concordavam com a cabeça. Os jovens e os homens tentavam se mostrar fortes. Todos ali tinham seus mortos para lembrar.

Zias andou até quase a beira do palco. Seus olhos cruzaram com os de Az, que olhava para baixo repetidamente, como quem diz: leia o que está aí. Zias olhou para a tela, olhou para Az e deu meia-volta, fazendo o tecido da bata girar no ar.

Eu sei que todos aqui sabem quem eu sou. Mas eu mesmo não sei. Ontem eu era apenas o Zias. Perdido, sobrevivendo nas ruas da Europa. Hoje eu sou "o" Zias.

De nome Isaías, filho de Zaim. Mas quem é esse Isaías? Eu, sinceramente, não sei. As pessoas começavam a olhar umas para as outras. E então me disseram que eu sou pai de todos vocês. Os mais carentes de conforto gritaram aleluia. Az olhava ansioso pelo fim daquele improviso. Já Ananea tinha no rosto um sorriso de Monalisa. Era impossível saber o que sentia.

Me disseram que eu vou ser o maior Pai da história da vida de vocês. Mas sabe o que eu tenho para dizer?

Eu não vou ser o Grande Pai de ninguém.

A sala explodiu em cochichos e lamúrias. Como assim? O que é isso? Ah, mas tá de brincadeira, né, meu filho? Era só o que me faltava, disse uma das senhoras que entrou entoando o canto minutos atrás. Az fechou os olhos como se tivesse levado um soco.

Ser o Grande Pai que todos esperam significaria ter todo o poder nas minhas mãos. Mas eu não quero ter todo o poder. Eu quero... Zias andou muito rápido até a beira do palco... que vocês! Tenham o poder. O verdadeiro poder é de vocês! Az franziu a testa como se tentasse derrubar Zias com o olhar. A profecia do meu pai está correta. Ele nunca mentiu. Eu vou ser o maior Pai da história dessa igreja. Que conversa confusa é essa, meu filho? cobrou o apóstolo Samuel, impaciente.

Calma, meu povo. Calma. Eu vou ser o maior Pai da história justamente porque não vou ser Pai sozinho. Cada um de vocês vai ser Pai comigo! Eu vou ser seu Pai! Você vai ser Pai dela! Ia apontando para as pessoas, que automaticamente se mexiam desconfortáveis nas cadeiras. Principalmente as mulheres, que eram maioria.

Não importa se você é homem ou mulher. Velho ou criança. Se a gente quiser fazer mais do que apenas sobreviver, nós precisamos ser nós mesmos o Maior Pai de todos. Juntos. Um Pai com tanto amor que o Grande Pai vai finalmente nos ouvir e dar tudo que a gente merece. Paz, justiça e liberdade. Amor. Segurança. Comida. Até terra seca. Por que não?

A sala parecia zumbir.

Qual seu nome? Zias perguntou para uma senhora sentada logo atrás dos apóstolos. É Hannah. O que você tem de melhor dentro de você, Hannah? A senhora ficou completamente desconcertada e enterrou o rosto nas mãos. Para com isso, Hannah. Olha aqui para o seu Pai!

O Pai saiu alto e certeiro. Exatamente como Az ensinou. Exatamente como ele ensaiou tantas e tantas vezes no quarto vazio. O final da palavra acompanhado de um pequeno salto com a ponta dos pés que quase tirou Zias do chão. Olha aqui pra mim! O que você tem de melhor? Minha filha diz que eu sei escutar as pessoas. Pois eu te batizo Hannah, Pai da compreensão. Se vocês estiverem angustiados, podem falar com a Hannah. Ela vai ouvir quem ela puder, vai ajudar e vai me contar tudo depois. Não é, Hannah? Ela sorriu e confirmou com a cabeça cheia de incertezas.

E você? perguntou para um garoto encostado na parede com aparência arredia. O que você tem de melhor?

Minha mãe diz que eu não tenho nada. Que eu só sei brigar. Então você entende de luta. Pois, quando você encontrar alguém que não consegue reagir na vida, você vai ajudar. E eu vou te ensinar a lutar pelas coisas certas. Qual teu nome? Arão. Pois eu te batizo Arão, Pai da contenção. O menino deu um sorriso largo, alguns riram alto, fazendo pouco de Zias. Az olhava sério. Não queria demonstrar que tudo ali havia fugido do controle. Uri parecia um boneco de cera. Nem piscava.

Zias seguia com a convicção de quem finalmente tinha encontrado o seu lugar. A profecia do meu pai me trouxe aqui. Para ser o Pai de vocês nessa nova era. Eu estou aqui! Eu não morri nas ruas da Europa, eu não levei nenhum daqueles tiros no dia em que nosso irmão Matias foi assassinado. Eu não morri torturado naquela delegacia. Eu não morri porque eu tenho um papel no plano de Deus. E, se eu tenho, vocês também têm. Eu sou o escolhido porque vocês são os escolhidos. Se não for assim, não será nada. E nós vamo acabar aqui, enterrados na violência e no vício. Fugindo pras Virtuas até acabar desnutrido, mijado e cagado só para não desconectar. Eu sei que vocês sabem do que eu estou falando. Eu sei que vocês sabem. Pela primeira vez os olhares eram mais cúmplices de Zias do que uns dos outros. Alguns choraram. Algumas mães abraçaram seus filhos. E vou dar a minha vida por vocês, mas só se for assim. Um só é Pai se todos são Pais. Vocês não são inúteis, vocês não são o desemprego e o desalento, não são um peso pro governo; vocês são o Pai! na terra.

Um silêncio reuniu todas as emoções ali presentes. Zias foi olhando nos olhos de um por um. Desceu do púlpito e andou por entre as pessoas repetindo muitas vezes. Você não é inútil. Você é o Pai na terra. Você não é inútil, você é o Pai na terra. Quando terminou, voltou para o púlpito. Eu não vou pedir créditos. Façam o que mandar o coração. Mas eu queria falar com cada um de vocês. E batizar cada um como Pai. Eu vou ali atrás esperar vocês. Zias soltou o microfone que zumbiu agudo e andou até o escritório de Az. Primeiro, ninguém esboçou reação. Aos poucos, uma fila foi se formando. Az ficou parado em seu lugar olhando o púlpito vazio.

# Das profundezas vem a luz.
# E com ela a dúvida

Davi era Fazedor desde sempre. Obcecado por um dia fazer sucesso, ficar rico e dar tudo para a mãe, que o criou sozinha. A senhora vai ser uma rainha, mãe. Ela devolvia, Você já é meu príncipe, meu pretinho. A minha riqueza é você. Na sua busca pela glória não achou outro caminho além de correr atrás dos pedidos do asfalto. E vinha sendo um longo caminho. O pedido mais estranho? Em que categoria? Beirando o crime? Crime? Escatologia? Sexo? Ou inaceitáveis? Os Fazedores sempre falavam nesses pedidos, mas Davi não acreditava nisso. Tinha convicção que nenhum pedido ficava sem atendimento. A não ser que o cliente não tivesse créditos para chegar no preço certo. Já levou uma cabeça cortada para uma mulher. Devia ser do amante. Ela ficou bem triste. Um clássico das cadeias chegando no asfalto. Ela abriu a caixa, olhou lá dentro e atirou no chão. A cabeça do coitado bateu seco no piso fazendo um barulho esquisito.

Teve uma vez em que ele levou um sanduíche feito de merda. Deu pra sentir o cheiro estranho quando pegou a encomenda. Colocou a câmera da tela ligada no bolso do peito do uniforme verde-limão e filmou tudo. Era um homem gordo todo suado. A respiração igual à de um buldogue inglês. Ele não devia sentir cheiros muito bem. Abriu e levou direto pra boca. Vomitou na hora. Aquele vídeo até hoje fazia pingar uns créditos na sua conta. Tá aí uma coisa que nenhuma inteligência artificial conseguia fazer. Um vídeo de um gordo suarento comendo um hambúrguer de merda.

Chupa, inteligência artificial.

Eles nunca sabiam o que levavam. Era o jeito de não irem pra cadeia. A culpa não era dos Fazedores, eles só faziam. Nem das empresas, elas só ligavam os pontos. A responsabilidade era toda de quem fazia o pedido, mas os dados não ficavam registrados em lugar nenhum. Essas empresas vendiam privacidade. E era barato. Chamou, pagou, sumiu. Foi o que salvou o Brasil. Já eram mais de três terços da população sem ter absolutamente nenhum trabalho. Os inempregáveis, dizia o jornal. Então, quase todo mundo era, foi ou vai ser um Fazedor. Pelos menos aqueles que queriam ganhar créditos, sobreviver além da renda básica do governo e quem sabe até prosperar.

Uma outra vez, Davi chegou em uma porta no alto do Novo Leblon. Onde costumava ficar a Rocinha. Quando chegou na porta, uma mulher abriu com um sorriso simpático. Simpático até demais, ele pensou. Loira, cabelo comprido com aqueles implantes perfeitos. Corpo escultural. Suando hormônio, ele pensou. Ela colocou o pacote em cima da mesa e nem abriu. Perguntou se ele queria um copo d'água. Uma Coco-Cola, supersaudável, ela disse, com um sorrisinho sem-vergonha. Abriu a porta da geladeira e abaixou sem dobrar os joelhos para pegar a lata lá de baixo. Xi. Aí tem coisa. O gás fez espirrar o refrigerante branco na blusa dela. Ops. Que atrapalhada que eu sou. Davi começou a se sentir em um vídeo pornô retrô. Aí tem coisa. Olhou ao redor para tentar ver onde estava a câmera. É claro que tinha uma câmera. Sempre tinha. Ela veio tirando a blusa muito lentamente. E Davi foi esquecendo a câmera na mesma velocidade. Acho que respingou no meu shorts também. Pronto. Estava nua. Davi sentiu sob a calça o seu controle esvair-se com o sangue que passava a pulsar abaixo da cintura. Foda-se. Ela se abaixou e abriu a calça dele com muita delicadeza. Relaxa, Davi. Aproveita os seus quinze minutos de fama. Esperava que não fossem apenas dois. O que daria um vídeo piada em vez de pornô. Pior coisa do mundo ser protagonista de vídeo piada pornô. Ela encostou a boca e Davi gemeu alto e estremeceu. Ela começou a chorar, o rosto pintado pela Coco-Cola de um precoce Davi. Davi se desesperou e tentou acalmá-la. Desculpa, moça. Eu limpo tudo. Ela se virou muito rápido e foi em direção à mesa onde estava o pacote. Rasgou o embrulho com raiva. Era uma arma. Caralho, moça. Meu Deus. Ela apontou a arma para ele sem parar de chorar. A arma tremeu um pouco, ela de olhos fechados, chorando. Davi decidiu atirar-se sobre ela e a arma. Não deu tempo. Ela levou a arma até a boca e atirou. Ele saiu correndo do apartamento, morrendo de medo de que alguém tivesse escutado o disparo ou visto ele entrar. Nunca foi procurado por ninguém sobre esse dia e nunca viu o vídeo em lugar nenhum. Nunca recebeu a mensagem fatal. É você nesse vídeo? Então, vida que segue. Eram tantos pedidos uns sobre os outros, tão estranhos, que depois de um tempo todos ficaram comuns. Banais, até. Sexo. Uma dança. Uma hora de conversa. Ouvir uma história infantil e fingir que dormia. Colocar um velho, vestido de bebê, na cama. Gemer enquanto cantava o hino nacional para um homem vestido de militar, apenas com a parte de cima do uniforme. A lista era infinita. Teve até um canal na Virtua onde contava essas histórias.

No fim o que ele sentia mesmo era orgulho. Esses jobs eram os degraus que o levaram ao sucesso. Pedidos como esses davam mais créditos. Melhoravam sua posição no ranking da Reppenin. Um bom Fazedor tem que ter mais estômago do que cérebro, dizia. Tá vendo essa moto? Foi meu estômago que me deu, repetia um Davi feliz entre os amigos, curtindo a noite na Cidade Submersa.

Por isso, não foi surpresa nenhuma quando ele entrou no apartamento grande, mas vazio de ponta a ponta, quase na fronteira alagada. Sentou em frente daquele sujeito magro e esguio, crente desde o brilho da careca raspada até a sola do sapato lustrado com esmero. Um rosto sofrido. Dava pra ver.

Eu quero falar com Deus.

Quem não quer, não é mesmo? disse Davi já pensando em como sairia dali depois que tivesse feito seja lá o que o homem tivesse planejado. Tava escrito na testa. Suicida. Já tinha visto muitos. Será que a porta estava destravada? Não queria ficar preso com o morto. Acontecia. Falar com Deus era sempre isso. Rezar e dar uma injeção. Rezar e dar um tiro na nuca. Ou pior. Asfixiar. Uma vez, uma mulher se arrependeu no meio do caminho e arranhou toda a cara de Davi.

Quero falar com Deus e voltar pra contar a história. Quero perguntar pra Deus por que tudo isso. Por que ele fez isso comigo, se eu fiz tudo que ele pediu. Mas, amigo. Eu não sei como fazer isso. Se eu soubesse eu tava rico.

Abre a tua Virtua. Eu vou te passar.

Davi ligou suas lentes e recebeu o link. Era um fórum de fé extrema. Um desses buracos digitais onde se encontravam os crentes que fazem tudo que o pastor manda e ainda assim não comem ninguém. Por que eu sou um inútil? Por que eu não tenho créditos? Amaldiçoavam Deus. Direcionavam seu ódio para as mulheres, pastores, crentes de todas as igrejas. Os negros esbravejavam contra a cor da própria pele, repetindo a máxima de que tudo e todos que tinham suas raízes na África são amaldiçoados por natureza. Alguns armavam ações espetaculosas. Atentados a bomba. A tiros. Streaming decapitando mulheres. *Faithcells,* era como os americanos chamavam todo o tipo de lixo fanático. Eram milhões de diálogos, citações da bíblia, Nietszche. Da ciência à ficção científica. Um DeepVerso fundamentalista. Dava arrepios até mesmo em um Fazedor experiente como Davi. Mas, já que estava ali, não custava dar uma olhada. Só membros com acesso restrito podiam ler aquilo. Pena que não pôde gravar. Talvez rendesse uns créditos distribuindo nas Virtuas de teoria da conspiração.

Entre muitas discussões sobre necromancia, rituais de morte e ressurreição, drogas indígenas, um cara dizia que tinha um remédio. Servia para abrir a comunicação com Deus. Eles discutiam os efeitos, mas não tinha vídeo nenhum. Só papo. Era fria. Certo que não existia nada e o cara ia ficar enchendo o saco para sempre. Melhor pular fora. Davi estava quase fechando o link quando viu outro tópico. Essa parada desembarcou na Cidade Submersa. Um Orador conseguiu um pouco, não sei como. Ele disse que um túnel se abriu e ele viu uma luz vindo como se fosse um trem. E esse trem era Deus. Ele foi levado pela luz e pôde ouvir a voz de Deus. Perguntar coisas. Dizer tudo pra ele. E voltou. Ele não era louco. Ele me contou olhando no meu olho e tava transtornado. Não vi ele depois disso.

Davi desconectou e olhou bem para o homem. Cê acredita mesmo nisso, bro? O homem devolveu com seu olhar machucado. Meu nome é Abraão. Abraão Stein. Quer dizer. Abraão morreu. Me chama de Monge. Você quer saber? A essa altura é tudo que eu tenho pra acreditar. Eu vou falar com Deus. Se não for assim, eu vou fazer do outro jeito. Davi olhou ao redor do grande apartamento decadente. Como ele conseguia morar ali? Por que ele não estava na Cidade Submersa se era assim tão fracassado? Tinha que ter créditos pra pagar aquele apê. Talvez pudesse enrolar o cara e ganhar algum. Você tem créditos? Não vai ser barato sair correndo atrás dessa coisa que você não sabe o que é, em um lugar que você não sabe onde fica, sendo que a única pista é um cara que desapareceu.

O homem esperava por esse momento. Puxou de uma gaveta uma Cold Wallet. Mostrou o saldo no visor para Zias. Ele quase deu um salto para trás. Eram muitos Ethers. Se você achar é tudo seu. É a última coisa que eu tenho da herança da minha vó. Ela que me criou. Agora só sobrou isso. É no risco. Você acha, é seu. Você não acha, não é. Fica com o contato do Descrente que deu o testemunho do irmão que falou com Deus e voltou. É a única pista que eu tenho. Quantos Fazedores estão atrás disso pra você? Até agora só você. Mas se demorar... Não. Segura aí. Não chama ninguém, não. Vai atrapalhar. Eu vou dar um jeito. Davi falou sem pensar muito nas consequências. Parar com tudo para um trabalho daqueles? Será que ele tinha créditos para segurar uma aposta dessas? Os pensamentos lógicos vinham até a sua cabeça e a visão da carteira recheada rebatia cada um deles. Eu vou trazer ou não me chamo Davi. O Fazedor que faz o que ninguém faz.

Esse era o slogan da sua empresa. Davi era um CEO muito orgulhoso.

# Areia nos olhos
# de Deus

Uma senhora com vestido florido e cabelo longo, amarrado em um rabo de cavalo. Uma jovem vinda da escola, ainda de uniforme, mochila vermelha nas costas. Uma mãe com seu filho no colo. Um senhor fumando um cigarro eletrônico. Uma menina agarrada à perna do pai. Uma senhora muito parecida com a primeira, mas com o rabo de cavalo amarrado mais acima da cabeça. Uma garota que se parecia muito com a senhora atrás dela. A fila se estendia pelo corredor e subia um andar e meio. Muitas pessoas encostadas na parede. Algumas sentadas nos degraus e todas conectadas com seus óculos enquanto esperavam. Onde estariam? Que vidas estariam vivendo enquanto esperavam por um novo nome? Um nome de Pai, que conferisse sentido e importância para sua existência. E se estavam ali, vivendo outras vidas em busca de um outro nome, o que fariam com seus velhos nomes e com suas velhas vidas? Quem ali ainda se olhava no espelho para ver o próprio rosto? Quem ali ainda dizia seu próprio nome em voz alta? Uma longa fila de refugiados fugindo de si mesmos. Nos últimos cinco meses, Zias havia se tornado uma espécie de lugar. Capaz de dar abrigo e uma nova identidade. Um novo sentido. Ele via cada uma daquelas pessoas chegar até ele, abaixar e não saber dizer o que tinha de bom.

Uma garota de uns doze anos, muito magra, olhou em seus olhos e disse A única coisa que eu tenho de bom são os meus óculos. Mas não tenho créditos pra entrar na Virtua que eu gosto. Você pode me ajudar, Pai Zias? Ele ficou quase um minuto olhando para ela sem saber o que dizer. No fim, passou alguns créditos para a garota com a promessa de que ela entrasse na Virtua e lá dentro olhasse bem para o que ela faz, como faz, e por que faz. E prometesse que depois voltaria lá com algo que ela viu de bom, mesmo que fosse dentro da Virtua. Levou alguns minutos para chamar a próxima pessoa. Passou a mão no rosto, secou os olhos e continuou. Será que eu fiz o certo? Sentiu o peso da missão que foi colocada sobre seus ombros. Por que eu fui inventar tudo isso? Era o que pensava de cinco em cinco minutos. Pessoa por pessoa. Tudo o que ele sabia sobre a pandemia de dependência digital foi posto à prova. O problema no Brasil era infinitamente mais profundo do que ele viveu em Portugal. As Virtuas ali não eram apenas um vício. Muitas vezes eram a única saída. Um meio de vida. A única forma de tornar suportável a realidade.

A menina não foi a única.

Um outro rapaz parou na frente de Zias depois de esperar muito tempo na fila e na hora do batismo não quis desconectar. Só mais um minuto. Só um pouquinho, é que agora chegou uma parada aqui. Foi interrompido por Uri que o fez sair da fila. Alguns estavam visivelmente drogados ou bêbados. Em Portugal era coisa de garotos de rua. Aqui, era quase uma regra. Zias os batizou com toda paciência. Se alguém ali entendia aquele drama, era ele. Será que vai funcionar? Dar um nome pomposo de Pai, dar uma função nobre para eles? Será que vai funcionar comigo, ser Pai Zias? Dar uma função nobre a mim mesmo? Todo mundo tá no mesmo barco. É, mas eu tô no comando, retrucou seu próprio pensamento.

Percebeu que, encostado na parede direita da igreja, estava um homem muito branco. Cabelo muito preto lambido para trás, terno desalinhado, muito largo para o tamanho dos seus ombros. Gravata larga e colorida e uma pasta executiva marrom na mão. Ficou ali a tarde inteira. Andando de lá pra cá como se observasse a fila, depois parava no mesmo lugar e ficava vendo Zias fazer os batismos, observando o movimento e sentindo calor. Primeiro soltou a gravata. Depois tirou o paletó. Depois guardou a gravata na pasta e abriu os botões da camisa. Depois arregaçou as mangas. Quer que eu veja quem é? perguntou um Uri, muito sério. Não precisa. Deixa ele aí. Não tá atrapalhando ninguém. Sim, senhor. Porra, Uri. Você nunca mais vai sorrir? Eu sorrio muito, senhor. Você nunca mais vai sorrir enquanto estiver comigo? E nunca mais vai me chamar de Zias? Não vejo motivo, senhor. Quantas vezes eu vou ter que te pedir perdão? Quer que eu me ajoelhe aqui? Eu me ajoelho e você me batiza, quem sabe? Tentou brincar. Acho que o senhor não ia gostar muito do nome que eu ia escolher. Uri deu as costas e foi encaminhar as últimas pessoas do dia. Zias ficou olhando para suas costas, e teve o impulso de orar. Mas logo alguém chegou perto dele para a escolha de mais um nome que ele era desafiado a inventar sem repetir. Atendeu a última pessoa. Isabel, Pai do sonho de um dia ver o mar de uma praia de areia. Você vai falar com quem tem sonhos como o seu e nunca vai deixar ninguém desistir. Não importa o que faça. Tudo bem? Sim, senhor Pai Zias. Muito, muito obrigada. Vestiu imediatamente seus óculos e começou a falar com os amigos para contar a novidade. Atrás dela surgiu o homem.

E o senhor? Veio para o batismo também?

Não, senhor. Eu vir para falar com Pai Zias. A fenômeno do Terra Alagado. Então veio ao lugar errado. Aqui não tem nenhum fenômeno. Que é isso. Não precisar ser assim tão humilde. Eu saber que a senhor estar tendo um missão difícil aqui. Eu ver todo mundo conectado mesmo no fila para a batismo. Mesmo dentro do igreja. Mas isso não tirar a seu mérito de fazer os pessoas querer vir até a senhor e receber seu nome. Nome de Pai, não é? Quem é o senhor, por favor? Eu ser Pastor Williams. Eu ser representante de Reverendo Brian. Desculpe, senhor. Nunca ouvi falar. Podemos entrar pra eu mostrar para a senhor? É um proposta muito interessante. Eu vir mostrar uma milagre. Milagre? Yes. Uma milagre fantástica que foi descoberta por um pastor Metamonita no Europa do Norte. Pode passar, senhor? Pastor Williams. Zias, com a curiosidade formigando o pensamento, o chamou para o escritório de Az. Pode sentar, senhor William. Com seu licença. Ele abriu a pasta sobre a mesa de madeira e tirou de lá uma tela. Acomodou o acrílico sobre a mesa e deu play. Era a cerimônia de lançamento do Cálice na igreja do Pastor Salmo.

Zias se espantou com o tamanho da igreja, com cerca de cinquenta mil lugares, no morro de Copacabana. A junção do espaço térreo de quatro prédios que acolhia a maior catedral da velha Zona Sul. Uma pequena multidão se espremia e a atenção era tanta que se ouvia o folhear das Bíblias dos Sete Montes no silêncio que todos seguravam com as mãos em oração na espera de ouvir o fundador da Igreja do Pacto Divino. Ele nunca ia até a Cidade Submersa. Fazia seu programa direto da catedral, muitas vezes o tamanho daquela, no Centro Novo, e transmitia ao vivo para todas as telas. Mas naquele dia foi diferente. Ele foi pessoalmente realizar o culto. Sem programa, sem transmissão. Nada. Telas desligadas. Só ele e o povo, como era no princípio. Os olhos brilhantes das senhoras diziam tudo. Uma grande noite de fé estava começando. Telas e óculos não foram permitidos e aquela filmagem só existia porque William escondeu uma câmera em sua bíblia. A cena valia cada segundo.

Ser realmente uma dia histórica, Pai Zias. Um Zias muito impressionado com tudo assistiu cada segundo muito concentrado. Ficou completamente hipnotizado pelo poder de Salmo sobre o povo. Eles eram dele e ele fazia com eles o que bem entendesse.

Acompanhou com dificuldade toda a história do Reverendo. O áudio não estava tão bom quanto a imagem e o seu sotaque carregado não ajudava. Mas entendeu bem a parte que falava do seu retiro, das orações e do jejum. Não entendeu bem quem trouxe a revelação. Mas entendeu que era alguém que ficou pesquisando uma forma de falar com Deus e de tanto pesquisar e rezar teve uma revelação. Chegou muito perto da tela quando Brian tomou o Cálice e ficou muito impressionado com a expressão do seu rosto. Não podia imaginar que o Reverendo não tomaria o verdadeiro Cálice por nada nesse mundo, mas sim MDMA líquido, só para dar calor e o suor na roupa. E aquela expressão de amor e felicidade que o pastor soube explorar como ninguém. Parecia mesmo alguém que estava olhando nos olhos de Deus. Percebendo o efeito da cena sobre Zias, Williams não perdeu tempo. Esta é o milagre. O Cálice. Deus ordenou que ele chegasse ao Brasil, Jerusalém da Novo Mundo. Reverendo Brian fez cumprir o missão de Deus e fez chegar na povo das pastores ungidos da Senhor. Mas nós conhecemos seu obra aqui e achar que ter tudo a ver com sua ministério. Com todo mundo ser Pai. Nós também acreditar que todas têm direito a ver o Pai, não só as pastores que receber revelação.

Zias olhou bem no fundo dos olhos do pastor. Senhor Williams. Eu estou fazendo tudo para livrar esse povo dos vícios. Das drogas, da bebida, da Virtua. Eu nunca. Veja bem, senhor. Eu nunca vou dar isso para o meu povo. Wiliams foi ficando vermelho. Mas, Pai Zias, esse ser um oportunidade único. Só os quatro maiores pastores do cidade ter essa oportunidade. E nós querer dar ela pra senhor também. Obrigado, pastor. Agradeço muito, mas não. E por favor saia antes que eu chame a polícia. O polícia não vir por aqui, Pai Zias. A senhor poder chamar à vontade. Pelo jeito a senhor tem muito o que aprender sobre o Cidade Alagado. Dá pra ver que a senhor não saber onde está. Boa sorte.

# Só os loucos e os santos apostam tudo na fé

Davi enfrentava seu dilema pessoal diariamente, no caminho de ida e volta do Aeron para a fronteira seca. Sabia que a cada dia em que decidia não procurar a tal coisa que faria o maluco, o Monge, falar com Deus, se afastava daquele tesouro que poderia mudar a sua vida para sempre.

Acontece que cada vez que decidia não ir para o asfalto trabalhar, via sua conta secar. Não dava para viver de sonho. Ele já sabia. Mas quantas oportunidades como aquela ele teria na vida? Claro que pensou em voltar lá e tomar a Cold Wallet do Monge. Obrigá-lo a entregar a senha. Talvez conseguisse. Mas com todas aquelas câmeras espalhadas pela cidade, vai saber. Na Terra Seca a conversa era outra. Às vezes um roubo simples acabava com a polícia na porta do prédio em minutos. E aí já era. Não queria ser mais um executado na eterna legítima defesa dos policiais. Roubos na Terra Seca tinham que dar certo ou era incineração garantida. Ironicamente, ele, que era conhecido por seu estômago, nunca teve estômago pra vida do crime. Tudo tem limite. Dizia quando algum conhecido tentava convencê-lo a participar de algum assalto. Fazedor roubando era ainda pior. Virava vídeo pra servir de exemplo para os outros. Companhias como Reppenin e Lets Dal só existiam porque tinham capacidade de garantir a segurança e o sigilo dos clientes. A polícia tinha um grau de efetividade invejável nestes casos. Não. Roubar não era uma opção e todo o tempo dedicado ao pedido do Monge maluco não estava dando em nada. Eu tô na merda. Resmungava sob o capacete enquanto ia para a balsa voltar para casa.

Aos poucos, ele retomava a rotina e tentava esquecer esse sonho bobo. Esqueceu todos os grandes sonhos, por que não seria capaz de esquecer esse? Mas não esquecia. Todos os dias pensava nisso. Todos os dias sofria. Nenhuma pista. O Monge arrastou Davi para sua loucura e ele não conseguia mais sair dela. Bem no momento em que a angústia arrefeceu e ele finalmente desistiu, passou por ele Malaquias. As coisas acontecem no tempo de Deus. Davi estava voltando quase ao amanhecer, depois de uma das suas jornadas de trinta e seis horas de trabalho na Terra Seca varando dia e noite, esquecendo que existia o turno invertido. Passava uma noite e depois um dia inteiro trabalhando sob o sol inclemente. Muitos pedidos bons aconteciam sob o sol escaldante nesta época do ano. Malaquias saía de casa, camisa puída quase sem proteção solar. Botões fechados até o pescoço. Bíblia na mão. Sorriso nervoso no rosto.

Ô, Malaca! Quanto tempo mermão!? Malaquias devolveu o olhar e sorriu. A paz do Senhor! E seguiu apressado. Ô, ô, interpelou Davi, estranhando a postura crente demais do amigo que ia à igreja só quando estava totalmente fodido, e depois saía tão rápido quanto chegara. Nunca foi de comprar o pacote completo do jovem crente modelo. Vou pra igreja. Hoje tem culto. Mas o sol já vai nascer, o primeiro culto é só no fim da tarde, cabeção. É que eu não vou no culto aqui no morro, não. Vou lá pra Copa. Eu tô na Pacto Divino. Mas e vai passar o dia esperando culto, é? Nesse sol? Tá doido? Vai fritar, moleque. Sai dessa. Vamo tomar uma que nem nos velhos tempos. Davi teve a esperança de, quem sabe, espairecer um pouco com o amigo. Tinham sobrado poucos. A maioria foi morta pela polícia. Todos ladrões ou pequenos traficantes. Ninguém fez sucesso no crime. Outra parte foi morta em acertos de contas da milícia e acabou boiando no mar. Sobraram ele, Salmo, que também era Fazedor, Malaquias, que oscilava entre entrar e sair da cadeia, e o Moisa, que tinha virado, por ironia, polícia.

Vamo lá, caralho, disse tentando provocar animação. Descansa essa bíblia aí! Eu te pago a primeira. Malaquias não pensou nem por um segundo e rebateu. Aconteceu um milagre, Davi. Você não tá entendendo, moleque. Deus apareceu pra mim. Eu vi Deus de perto. Eu falei com ele. Minha vida é do Senhor, moleque. E você devia fazer o mesmo. Eu vou pra fila pra tentar pegar meu Cálice. Faz quase um mês que não consigo. A fila é grande demais. Se não for essa hora não consegue de jeito nenhum. Nem uma gota. A animação e o brilho nos olhos de Malaquias foram aumentando e ele foi coçando o rosto e passando a mão no cabelo.

Eu juntei crédito um tempão. Quase não comi. Mas tá aqui. Eu vou lá hoje cedo e vou conseguir. Minha vida é do Senhor, Davi. Nem adianta tentar me desviar.

Aquilo soou como um alarme na cabeça de Davi. Como assim, Malaquias, conta direito essa história, neguinho. Que parada é essa de ver Deus? Quer saber? Vem comigo. No caminho eu te conto. Não posso me atrasar. Hoje é o grande dia. Vou ver meu Pai de novo. Eles tinham que pegar o barco que vinha do Leme e passava por Copa. Demorava. Estava sempre cheio. E aquele era o último da noite. Durante o Turno Invertido de Verão eles não navegavam depois de uma certa hora por causa do sol. Se perdessem aquele, só às sete da noite.

Davi esqueceu imediatamente o cansaço. Deixou a moto em um dos muitos estacionamentos verticais. Uma onda de energia carregou seu corpo junto com Malaquias para o ponto de barco na ponta sul do Aeron. O barco veio com seu motor sonolento e os dois entraram, um mais ansioso que o outro. Ao chegar no morro de Copa, foram correndo para a porta da igreja. Uma quantidade grande de fiéis já se acumulava ali. A entrega do Cálice só acontecia uma vez por semana. E eram sempre cem doses. Era preciso juntar o máximo de créditos para entrar na fila. Era uma espécie de leilão. Os que traziam mais levavam. Malaquias tinha entrado para a Formação de Deus e fazia parte do crescente batalhão de jovens fortes e dedicados que a igreja vinha formando desde o dia da revelação com Brian e Salmo. A milícia já estava começando a prestar atenção nessa movimentação. O pastor nunca fez muita questão de submeter aquela filial a eles cem por cento e isso gerava tensões repetidas vezes. Ainda mais em ano de eleição. Não demorou até eles passarem a ficar de olho no movimento que mobilizava os crentes como havia muito não se via. Passaram a cobrar uma taxa para organizar a fila e cuidar da "segurança" do povo e dos pastores. Eram cada vez mais comuns os tumultos quando era decretado o fim da distribuição.

O Cálice rapidamente começou a movimentar a economia da Cidade Submersa e todas as forças ao redor trabalhavam para se adaptar e tirar o máximo proveito daquela nova oportunidade. Quem chegasse depois bebia água suja. Era o que dizia a diretoria miliciana. Em todos os morros estava começando, aos poucos, algum movimento parecido. Mas havia uma falha no plano. Brian não teve condições de inundar a velha Zona Sul com o Cálice de uma só vez e isso tinha um efeito colateral. Atiçava a ganância dos pastores, que passaram a vender o milagre nestes grandes leilões. Quem tinha mais fé dava tudo. Quem dava tudo merecia falar com o Senhor.

Davi e Malaquias foram um dos primeiros a chegar e garantiram o seu lugar de atendimento. Na maior parte do dia havia sombra por ali. As pontes dos andares mais altos que atravessavam a rua garantiam um pouco de descanso do sol implacável. Mesmo assim, o calor era intenso. Davi estava começando a duvidar se poderia enfrentar aquele dia. Mas enfrentou. Aproveitou o tempo de ócio para arrancar de Malaquias toda informação possível. E foi assim que soube de tudo. Do culto com Brian. Da missão do Reverendo, do milagre da revelação do Cálice. E, principalmente, das condições. Para ter o seu, precisava zerar sua conta. Davi gelou. Zerar a conta? Tudo ou nada? Assim mesmo? Será que era Deus fazendo com ele uma provação de fé? Pelo que Malaquias falava, mesmo dizendo que não ia entrar em detalhes, porque o encontro com o Senhor era particular e intransferível, aquilo parecia exatamente o que o Monge queria. Era exatamente isso. Ver o que era Deus e falar com ele. Sentir sua presença, olhar para ele e poder dizer tudo que sentia diretamente para o Pai. Mas todos os meus créditos? Não que fosse muito. A moto tinha ficado com quase tudo. E o gás para abastecer devorava quase o que sobrava. Puta que pariu. Tudo? O que deu pra juntar em quantos anos? Ia ter coragem? E se o cara já conseguiu com outro Fazedor? E se morreu? Sumiu? Foi roubado com aqueles Ethers guardados em casa. Tudo podia acontecer e acontecia.

A forma de tomar o Cálice era simples, dizia Malaquias. Você vai pra casa e se tranca em um quarto escuro. Não deixa ninguém ver ou estar presente. É um encontro íntimo. Depois, você toma o Cálice e só sai do quarto vinte e quatro horas depois. E aí vai direto pra igreja servir e orar. E não podia contar nem para o pastor o que tinha dito e visto. Era um segredo entre a pessoa e o Pai. Imagina, você. Um inútil da Cidade Submersa tendo um segredo com Deus? Malaquias realmente faria qualquer coisa para ter isso de novo. Quando chegou sua vez, Davi estava quase desmaiando. De sono, de cansaço, de fome. O pastor olhou para ele e quase o tirou da fila. Mas ele mostrou o quanto tinha e recebeu seu Cálice com uma bênção rápida e desconfiada. Davi mal se despediu de Malaquias e saiu correndo. Precisava ir direto para a casa do maluco. Não saberia o que fazer se o plano não desse certo. Ele que sempre foi tão esperto não tinha nenhum plano B.

# A profecia não pode parar

Uri entrou na igreja como se um monstro estivesse atrás dele. Fechou a porta e andou muito rápido entre os sacos de dormir que enchiam o salão. Em minutos, seria hora de acordar as dezenas de senhoras que estavam ali. Elas levantariam acampamento para que fosse possível organizar o culto das dezenove horas. Caso alguma delas atrapalhasse a preparação para o culto, Az pularia direto na jugular de Zias. Como sempre. Uri adorava a cena, mas trazia informações mais importantes do que isso. Quando entrou no escritório sem bater, pegou Az, Zias e Ananea em mais um momento de tensão.

Não dá mais, Zias. Aqui não é clínica de reabilitação, não, porra. Az foi interrompido pelo garoto. Eu sei! Eu sei! Até que enfim eu descobri o que tem nas caixas. Os três pararam de falar no mesmo instante e todos os olhos se voltaram para Uri. Zias, feliz por ter sido salvo pelo gongo quando Az exigia mais uma vez que ele desse fim ao albergue em que havia transformado a igreja entre os horários dos cultos para atender o número cada vez maior de senhoras que tinham suas vidas destruídas pelo Cálice. Ananea, em êxtase porque finalmente Uri teria algo para dizer depois de tanto tempo espionando sem sucesso. Az, furioso porque nada saía do jeito que ele queria. Uri percebeu o impacto de sua entrada e valorizou sua informação.

Desculpe, eu devia ter batido. Posso voltar outra hora, terminem aí. Não sabia que estavam falando de coisa séria. Ananea pulou e fechou a porta. Nada, Uri. Diz, diz. Eu tenho certeza que essa coisa que tá viciando todo mundo tá vindo daqui. Eu sei que a culpa é desse seboso do Kaleb.

Fala! Ananea não podia esperar mais nem um minuto, mas Zias se colocou entra ela e sua resposta. Minha irmã. Eu já disse um milhão de vezes. Eu sei! Eu sei de onde o tal Cálice tá vindo. É o gringo, Ananea. Não tem nada a ver com Kaleb. É o gringo, esse Reverendo Brian, e o tal Pastor Williams que veio aqui, Az interveio. Ananea. O Reverendo Brian vem aqui há anos vendendo essas coisas de ver Deus. Só pode ser ele. Isso não é coisa da milícia. Não tem nada a ver com eles. Uri ficou olhando a discussão e só prosseguiu quando todos se calaram e voltaram sua atenção para ele.

É arma.

Oi?

É arma. Essas caixas que a gente vê entrando e saindo do morro é arma. Não pode ser, atropelou Ananea. Tem que ser a droga. Kaleb tá abastecendo toda a segurança da Cidade Submersa, soltou Uri. Ou tá dando essas armas toda pro tráfico. Não dá pra colocar a mão no fogo. Tá tudo chegando e saindo aqui do Aeron. O silêncio foi absoluto.

Então vai ter guerra, disse Az. Porque é muita caixa toda semana. Você acha que a milícia vai atacar os pastor que tão vendendo isso? perguntou Uri. Se ele tá entregando arma é porque a milícia tá armando alguma coisa, refletiu Az. De repente eles não tão aceitando isso que os pastor tão fazendo nas ReFavelas. Tá começando a dar muita merda. Zias disse mais por sua torcida para que Kaleb e a milícia estivessem contra o tal Cálice do que por convicção. Eu vou dizer pro Kaleb que um gringo me procurou pra vender isso, só pra ver como ele reage. Az não perdeu a oportunidade de alfinetar. Vai? Agora? A gente te espera aqui. Não tenho dúvidas de que você tem a coragem necessária pra ter essa conversa com Kaleb. Zias calou. Az olhou para Uri. Essa pica é tua, moleque. Fala com o Comandante Elias. Ele não é teu fã? Zias olhou para Az e começou a arrumar novamente as camas, atirando com raiva travesseiros e lençóis no chão. Que porra é essa, Zias? Dá pra fazer mais um turno de descanso pra elas até o primeiro culto da noite. Você sabe que dá. Nós vamos discutir isso na próxima reunião com os apóstolos. E vamos decidir de uma vez por todas. Não dá mais. Percebendo que eles retomaram a discussão que ele interrompeu, Uri recuou e foi saindo da igreja. Eu posso não ter coragem de ir lá bater de frente com Kaleb, mas eu não tenho medo de você, Az. E não tem nada que você possa fazer. Não fala só com os apóstolos, não. Vai falar com Deus. Deus nunca falou contra essa obra. Eu não entendo por que você quer atrapalhar.

Todas as senhoras foram acordando e sentando em seus colchões e sacos de dormir. Formando uma estranha plateia, atenta à cena. Deus vai dizer que você está errado! A melhor arma que a gente tem agora são essas camas. A maior revolução que a gente pode fazer agora é ajudar essa gente. Viciado não luta por porra nenhuma, Az. Isso eu sei bem. Não adianta você gritar, Az. Isso não te dá mais autoridade. O Pai aqui sou eu. Goste você ou não. Az não deixou o silêncio crescer e rebateu. Tudo bem. A gente não tem pra onde correr. Mas hoje você vai pedir doação, sim, Pai Zias. E com vontade. Vou pedir, sim, Az. Pode deixar. Não seja por isso. É só pra isso que eu sirvo mesmo. Pra trazer créditos. Não, Zias. Você também serve pra trazer preocupação e problema. Desde que chegou. E vocês todas, já levantar! Podem ir com calma, senhoras. Não tem pressa, retrucou Zias.

O silêncio caiu como um véu sobre a igreja. Todo mundo olhando para Az e Zias, que se encaravam parados no meio do salão. Ananea cortou a conversa no meio e buscou Uri com a voz antes que ele fechasse a porta da frente e se fosse.

Como foi que você descobriu isso, Uri? Como foi que você fez pra saber? Faz tanto tempo que a câmera tá lá e nada da gente ver o que tinha dentro daquelas caixas. Elas chegam e saem lacradas. Não era isso? Como é que você fez? Uri voltou calmamente até parar bem na frente de Ananea. Eu vi. E vi com esses olhos que o sal há de comer. Mas como foi? insistiu Ananea. Se eu disse que eu vi é porque eu vi. Mas como você viu, Uri? Eu sei que você tá duvidando de mim. Eu vi e pronto. Acredita se você quiser. Que é isso, garoto? Quem você tá pensando que é? Ninguém, Ananea. Eu sou ninguém e esse é o problema. Vocês duvidam de mim, me tratam como se eu fosse um nada, mas é sempre em cima de mim que cai tudo. Se não dá pra acreditar na minha palavra, por que vocês me mandaram cuidar desse aí? O tão importante Paizinho? Por que ficou comigo a pica de buscar ele no aeroporto? Ninguém me buscou no aeroporto, disse Zias lá do fundo. Fica na tua, Zias, rebateu Uri. Você não sabe do culto a metade. Fica fora dessa. Me diz, Ananea. Por quê? Eu não estou desconfiando de você, Uri. Eu só quero saber porque deve ter sido difícil. Sei... E você, Az? Você acha o quê? Porque foi você que me mandou fazer tudo o que eu fiz nessa igreja, eu tô mentindo?

As senhoras todas virando a cabeça na direção da nova briga.

Você acredita no que eu tô dizendo ou acha que eu vou ter que provar? Diz aí. Agora eu fiquei curioso pra saber o que você pensa. O silêncio pesou e Uri fez questão de não desviar o olhar de Az, que revidou. Qual é, Uri? Por que tudo isso? Porque eu sempre fiz tudo e nunca recebi nada nessa porra. Olha a boca na igreja. Olho nada. Ou você acha que Deus acha certo isso que vocês fazem comigo? Pergunta pra Deus aí, Az? Vocês não são tão íntimos? Pergunta. Eu quero ver.

Seu moleque. Você é um moleque, isso sim. Se eu sou, por que vocês sempre me colocam onde tem mais responsa? E perigo, né? Porque é sempre o meu que tá na reta. Eu que tive que ir lá colar câmera. Eu que tive que ir lá descobrir o que tinha nas caixas. E todo mundo sabe o que eles iam fazer comigo se me pegassem xeretando. Por que fui eu que fiquei de babá desse Paizinho aí? Me explica? Zias veio na direção de Uri, passou o braço em volta do seu ombro e foi puxando-o para fora quase na marra. No fim o garoto se deixou levar para a rua.

Porra, Uri. Para. Que é isso, guri? Não me chama de guri que isso é coisa daquela velha. E vai se foder você também. Já no corredor fora da igreja, Uri levantou a camiseta e virou as costas morenas pontilhadas de pequenas cicatrizes na direção de Zias. Tá vendo? Isso é culpa tua! Zias arregalou os olhos e franziu a testa. Isso é culpa tua, Zias. Que Pai faz isso com seu filho mais fiel? Você acha que isso aqui não dói só porque cicatrizou? Dói todo dia, Paizinho Zias. E o que você fez? Eu já te pedi perdão um milhão de vezes, Uri. Eu não queria. Eu juro.

Teu cu.

Zias não soube como responder.

Teu cu. Arrombado. Você é um merda, Paizinho. Você não é porra nenhuma. Olha pra você. Juntando velha noia na rua pra encher a igreja. Eu te falei que você não era porra nenhuma. E quer saber? Naquele dia que o diabo foi atrás de ti na saída do aeroporto era tudo fingimento. Eu paguei aquele cara pra se fazer de Satanás e ir atrás de você. Pra você exorcizar e sentir que tinha algum poder. Você não tem porra de poder nenhum. Único poder que você tem é de fazer merda. Porque foi só eu te oferecer uma bebida quando você tava sentado na calçada tentando se recuperar do cagaço que você levou, admite, Zias, cê ficou todo borrado! Foi só eu te oferecer uma bebida pra você esquecer o diabo, o seu pai, o susto, a porra toda. Você nem sabe o que você fez naquela noite. E quer saber. Eu nunca vou te dizer. Mas ali você mostrou quem você é. Eu nunca vou te contar, seu bosta. Fica imaginando aí. Seu noia do caralho. Zé-droguinha da porra. Foi parar nem sabe como lá na casa do Melq, coitado. Que te acolheu como um filho. E o que ele ganhou em troca? Você quase matou ele, seu merda. E agora quer pagar de bonzinho pra cima de mim? Você acha que eu sou o quê? Essa tonta da Ananea que fodeu com a igreja toda achando que você ia vir aqui realizar a profecia do pai dela? Coitada. Na real vocês são todos uns coitados. Profecia de cu é rola. Vão tudo se foder. Se não fosse eu, você não tava aqui pagando de Pai das véia. Se não fosse eu até morto você tava. Eu fiz tudo nessa merda. Eu fiz você achar que era especial com aquela história de exorcismo, que só um prego como tu ia acreditar. Eu trouxe você pra cá depois da tua noitada. Eu salvei a tua pele quando você correu pra velha Maria. E o que eu ganhei em troca? Essas marca. Isso é pra eu nunca mais esquecer. E eu não vou esquecer, seus filho da puta. Eu não vou, disse Uri empurrando as pessoas que haviam parado para ver e filmar a briga. Az saiu da igreja dispersando a plateia. Acabou o show pessoal. Acabou.

# Os anjos forjam as próprias espadas

Ananea olhou-se no espelho por um longo tempo. Passava a mão no longo cabelo preso em um rabo de cavalo. Não queria nenhum fio fora do lugar. Colocou uma blusa branca de pequenos botões, muito recatada, mas que desenhava bem o formato dos seios. Virou de lado, gostou do que viu. Vestiu a saia longa e justa e um par de sandálias de couro com um pequeno salto.

Desde que Uri havia abandonado a igreja, havia pouco menos de dois meses, eles não tinham mais nenhuma informação do que se passava nos apartamentos desapropriados por Kaleb. Para que serviam as tais armas que Uri dizia ter visto? Pela raiva que ele sentiu ao ser questionado, só podia estar dizendo a verdade. Tanta arma só podia significar uma coisa. Guerra.

Mas guerra de quem, contra quem?

A única coisa fora do normal era o tal milagre que seguia sendo vendido nos outros morros e que vinha causando aquela onda de gente, principalmente senhoras, gastando o que tinha e o que não tinha para ver Deus. Será que a milícia vai bater de frente com os pastores? Foi remoendo suas perguntas pelo corredor até chegar ao escritório de Kaleb.

Bateu na porta e esperou. Quem abriu foi Comandante Elias, que, apesar de encantado com a cor de seus olhos, não conseguiu evitar baixar o olhar para seus peitos. A paz do Senhor, Comandante Elias. Boa noite, Ananea. Que bons ventos trazem você aqui? Eu precisava falar com o senhor Kaleb. Ele está? Deve estar chegando. Ele ficou de vir de Rio das Pedras depois de anoitecer. O verão tá mais quente do que nunca, não é? Mas eu posso te ajudar, menina? Não, senhor. Teria que falar com ele mesmo.

Elias olhou por sobre o ombro de Ananea e quem vinha era Kaleb. Os olhos pregados na bunda dela. Quem dá a honra de uma visita tão bela em nossa sede? Quando ela se virou, ele engoliu a piada a seco. Nunca teve sucesso com seus galanteios nas poucas vezes que cruzou com ela pelo morro. Tentou até ir à igreja algumas vezes, mas entre ser esnobado por ela e ter que ficar aturando Zias fazendo seus batismos, preferiu ficar em casa.

Mas hoje, ela sorriu.

Boa noite, senhor Kaleb. Nós estamos falando do senhor. Que bom que não perdi a viagem, disse Ananea. Kaleb retribuiu a gentileza. Eu que ganhei minha noite depois de andar por esse mar escaldante. A que devo a honra da visita? Eu gostaria de ter uma audiência com o senhor. Audiência? Que é isso. Podemos ser um pouco mais informais que isso, não é, não? Afinal, nós aqui da administração e vocês lá da igreja somos tudo amigos. Não é mesmo, Elias? Sim, senhor, com toda certeza. Bom. Com licença, Kaleb, licença, Ananea. Eu vou começar a noite de trabalho. Paz do senhor, pessoal. Ananea se despediu de Elias e voltou seus olhos para Kaleb, que, ao menor contato com aquela cor intrigante, ficava bobo como só os homens são capazes.

Podemos falar, senhor Kaleb?

Podemos, claro! Mas antes eu preciso tomar um banho e tirar essa roupa suada da viagem. Você pode entrar, por favor. Tem alguém aí, senhor Kaleb? Não, todo mundo já tá na rua. Então eu fico aqui na porta mesmo. Não é bom uma moça entrar sozinha com um homem num apê. Que é isso, Ananea. Pode entrar! Não, senhor. Obrigada mesmo. Eu espero aqui na frente. E se virou. Kaleb teve seus olhos atraídos para a bunda dela como se a gravidade os puxasse. Tá bom, então. Eu não demoro. Quer que eu traga uma água pra senhorita? Não, obrigada, senhor Kaleb.

Ele correu para o quarto onde dormia e escolheu suas roupas como se fosse a um encontro. Tomou o banho mais rápido da sua vida. Saiu do escritório penteando o cabelo molhado. Quando abriu a porta, ela não estava mais lá. Olhou ao redor e não viu nada. Quando estava quase voltando para dentro, ela o chamou de uma das sacadas daquele andar. Aqui, seu Kaleb. Ele foi até ela. Venha, Ananea. Até a minha sala. Será que nós podemos falar aqui? O senhor sabe como é. Esse povo gosta muito de falar.

Kaleb sorriu e estendeu o braço para que ela enganchasse. Então vamos dar uma caminhada. Todos vão saber que não estamos fazendo nada de mais. Ela saiu andando alguns passos à sua frente. O deixando com o braço parado no ar.

O senhor não vem?

Kaleb se adiantou. Eu vou te mostrar o meu lugar preferido aqui no Aeron. Os dois foram subindo as escadas e atravessando os corredores. Em que posso ser útil? disse um atencioso Kaleb. Nós precisamos da sua ajuda, senhor. Que é isso? Para com isso de senhor. Não sou tão mais velho assim. O quê? Uns dez anos a mais que você? É por respeito, senhor. Entendo, mas não concordo. Em que eu posso ajudar, Ananea?

Chegaram no topo do edifício e passaram a subir as escadas até alcançarem um barraco bem no alto. Era difícil falar subindo as escadas íngremes. Finalmente ele pulou em uma laje de cimento e estendeu a mão para que ela o acompanhasse. Vem. Não tem nada de mais duas pessoas conversando e respirando um pouco de ar puro. Ela o seguiu. Era um ponto em que se podia ver toda a terra seca. As grandes casas sobre os morros. As luzes acesas por toda cidade. Dentro e fora da água. Uma daquelas visões que fazia qualquer um suspirar e amar aquela cidade. Pronto. Agora sim.

Em que eu posso te ajudar?

Eu queria falar das senhoras. Cada dia aparece mais delas lá na igreja. A gente já não sabe mais o que fazer. Ah, isso. Kaleb não conseguiu disfarçar a frustração. Elas tão aparecendo em todo lugar, Ananea. E não são só senhoras, não. É gente de toda a idade. Ananea o encarou. Falou com uma doçura cortante. E vocês não vão fazer nada sobre isso, senhor Kaleb? Achei que vocês estavam aqui pra proteger a Cidade Submersa. Não?

Kaleb mudou o semblante e devolveu um olhar duro para ela. Naquele segundo as máscaras caíram. Olha ao redor, Ananea. Você já viu a comunidade tão calma? Tão ordeira? Tão limpa? Mas como pode estar limpa com esse monte de gente virando zumbi pela rua? Sem ter o que comer. Sem ter pra quem pedir ajuda. Você não respondeu. Você já viu? Não, não vi, não. Mas aí começou isso. Isso que você fala não tá acontecendo aqui, Ananea. Inclusive essas véia tão vindo tudo pra cá desse jeito porque vocês tão acolhendo. Tão chamando. E a gente deveria fazer o quê, seu Kaleb? Muitas são daqui, sim. Elas começaram a ir em culto em Ipanema e no morro do Leblon e acabaram assim. Mas me responde, senhor Kaleb. A gente deveria deixar elas na rua? Não seria pior pra sua administração um bando de senhoras mendigando na rua?

Aí a moça tem um ponto. Mas o que vocês querem de mim? Quero ajuda pra cuidar delas. A gente precisa reformar a igreja. Aumentar o espaço. A gente tem uma parte dos créditos, mas ainda falta um tanto. Se a milícia da Fé mostrasse que tem fé mesmo e nos ajudasse seria maravilhoso. Veja bem, Ananea.

Eu sabia!

Eu sabia que o senhor não estava querendo o bem do morro de verdade. Que isso é tudo maquiagem em ano de eleição. Disse primeiro baixando os olhos, depois voltando a atirar sobre ele o olhar machucado. Tudo ilusão pro povo. Tudo politicagem, disse com a intenção de dar um tapa em seu rosto. O tapa que podia. Não é verdade, Ananea. Você está sendo injusta. Eu estou aqui para mudar a vida dessa gente, sim! E a vida aqui vai mudar de um jeito que a senhorita nem seria capaz de imaginar! Como, senhor Kaleb? *Com aquelas caixas misteriosas?* pensou ela, sem dizer nada. Repetiu. Como? Fechando os olhos pra dezenas de senhoras? Só falta agora o senhor dizer que apoia isso que esses pastores tão fazendo. Eu não apoio, não, Ananea. Definitivamente. A cada frase Ananea tentava achar uma brecha para falar das tais caixas, mas não encontrava. Ela pressentia os limites do interesse de Kaleb por ela. Uma espiã nunca é atraente quando é descoberta.

Então o senhor vai obrigar eles a parar com isso?

Eu? Como eu faria isso, Ananea? Como o senhor conquistou o morro? Guerra? Kaleb riu muito alto, deixando Ananea constrangida e por isso mesmo furiosa. Tá rindo do quê? Você acha que eu vou fazer uma guerra, sozinho, contra os pastores pra defender um bando de velhas? Cada poder no seu quadrado, Ananea. Então você aceita o que eles fazem? Deixa eu te dizer, Ananea. Eles tão fazendo errado. Mas... o... Sentindo que estava sendo levado a falar mais do que devia, Kaleb irritou-se. Na moral, eu nem sei por que eu tô te dando tanta satisfação, garota. Você acha que é o quê? Não sei. Me diz o senhor? As máscaras perdidas para sempre. Tá se achando demais, garota. Você nem é tudo isso, não.

Entendeu?

Entendi tudo, senhor Kaleb. Eu só queria a ajuda do Dono do morro onde eu moro. Queria me sentir protegida pelo Chefe. O que eu não queria era ser humilhada. Eu já vou indo, senhor Kaleb. Obrigada pela conversa. Foi muito esclarecedora. Ela foi saindo e na hora de pular da laje para a escada, Kaleb a segurou pelo braço. O senhor me solte. Calma, deixa eu te ajudar. É perigoso sair daqui. Me perdoe, Ananea. Eu não queria falar assim com você. Mas você ficou me pressionando. Vamos fazer assim. Eu vou ajudar vocês. Pode deixar. E para mostrar como eu estou arrependido pela forma que as coisas se desenrolaram, me deixa pagar um jantar para você. Fora da Cidade Submersa para ninguém colocar maldade no meu pedido de desculpas. Por favor. Eu insisto. Eu saio deste jantar perdoado e você sai com o cuidado das suas senhoras garantido. O que acha? Ananea olhou bem para ele. Só se o senhor pagar toda a reforma. A gente fala sobre isso no nosso jantar. Um jantar de perdão e de obra cristã. Afinal, pra mim, a senhorita também é uma líder religiosa da nossa comunidade.

# Em que chão tropeça um anjo caído?

Davi saiu da igreja segurando aquele frasco com as duas mãos fechadas sobre o peito, como se ali estivesse a sua vida. De fato estava. Praticamente todas as suas economias agora estavam dentro daquela pequena garrafinha em formato de cruz. É claro que ele zerou apenas uma das contas em que recebia seus pagamentos. Nunca faria como aquelas velhas estúpidas que realmente entregavam tudo o que tinham para a igreja. Mas ainda assim, havia muito ali. Anos de trabalho investidos no negócio mais arriscado da sua vida. Tentava não pensar no que faria caso chegasse no apartamento e o Monge não estivesse mais lá. Ou pior. Caso não fosse aquilo que ele queria. Eu mato aquele maluco. Assim que o barco que ia para terra seca parou, ele colocou o frasco no bolso do macacão de trabalho, fechou o zíper e saltou para dentro da embarcação. O pé batendo nervosamente, chamando a atenção dos outros Fazedores que se deslocavam. Um cutucou o outro. É droga. Davi olhou para eles e lentamente mostrou o dedo do meio. Só quando estava quase chegando se deu conta de que havia deixado sua moto no estacionamento.

Merda.

Quando finalmente chegou ao apartamento, estava tão nervoso que quase não conseguiu apertar o botão do interfone, as mãos trêmulas, a testa pingando. Apertou. Nada. Mais uma vez. Nada. Apertou e deixou o dedo ali por um longo tempo. Finalmente uma voz sonolenta. Quem é? Sou eu. Davi. Eu tenho o que você quer. A porta estalou e abriu. Davi subiu correndo os quatro lances de escada e parou na porta. Bateu. O monge abriu e já foi voltando para sua poltrona. Entra. Davi correu e sentou à sua frente. O semblante do Monge não pareceu animado com a chegada de Davi. Seu rosto estava muito abatido. Parecia cansado. Parecia que era ele quem havia passado o dia no calor do verão, espremido entre uma pequena multidão e atravessado a cidade sem dormir para chegar até aquela poltrona. Davi olhou para o lado e viu seu próprio reflexo em um espelho na parede. Seu rosto parecia muito com o do Monge. As olheiras. O peso na face. Sentiu uma profunda tristeza pelos dois. Uma tristeza que não durou mais do que alguns segundos.

Lembrou da carteira eletrônica e, dentro dela, seu prêmio. Viu acender novamente uma pequena faísca em seus olhos. Eu trouxe! Tá aqui. Você acredita mesmo nisso? respondeu o Monge impassível. Você que me diz. Tá aqui. Davi esticou o braço e na palma da sua mão estava o pequeno frasco em forma de cruz.

O Monge pegou o frasco cheio com o líquido muito vermelho. Olhou contra a luz que vinha da janela. Tem um jeito certo de tomar, Monge. Você vai pro seu quarto, fecha tudo, toma e deita bem confortável. E espera. O efeito vem rápido e Deus vai vir falar com você. Não sei bem quanto tempo dura, mas o meu amigo que tomou ficou totalmente transtornado com a experiência. Mudou a vida do cara pra sempre. Você nunca mais vai ser o mesmo.

Eu já não sou o mesmo há muito tempo, Davi, disse o Monge em tom de desabafo. Deus acabou com a minha vida. Eu dediquei minha vida pra ele. Fiz tudo que eles disseram. Paguei todo o dízimo que me pediram, comprei tudo o que me venderam. Deitei meus joelhos e pedi com toda a força da minha fé. E o que eu ganhei? Nunca fui amado. Fui traído por cada pessoa que cruzou o meu caminho. Eu tive uma filha, sabia? Antes que Davi pudesse dizer qualquer coisa, o Monge continuou. Mas um dia, quando ela tinha uns quatro anos, nossa como eu amava aquela menina, um dia eu peguei umas mensagens da mãe dela. Ela tava falando com outro homem. Eles estavam rindo de mim. Isso aqui que você tá vendo já foi um apartamento lindo, Davi. Essa família já foi uma família rica. Essa casa já foi cheia de vida. Eu já fui feliz. Ou pelo menos eu achava que era. Mas eu era jovem. Eu acreditava nesse monte de bobagem sobre Deus e sobre o amor. Mas o único milagre que eu recebi nessa vida foi descobrir a verdade. Eu vi as mensagens, e eles tavam rindo de mim. Ela estava roubando os meus créditos e dando pra ele. Fazendo viagens às minhas custas. Fugindo nos finais de semana, inventando retiros de mulheres.

Até fotos e vídeos fake ela fazia pra me enganar. E ele disse pra ela. Vamo dar outro filho pra esse corno criar. E ela riu. Sem chance de eu dar pra esse bosta, meu amor. Sem chance. A gente quase nunca ia pra cama, mas era pela fé. Pra se manter pura. Eu não ligava tanto assim. Reclamava, mas o amor por ela e por Deus fazia isso comigo. Me deixava cego pra verdade. Eu quase me matei naquele dia.

Davi olhava muito fixo para ele sem ter reação. As palavras dançando em sua boca sem achar a saída.

Eu saí e só voltei à noite. Muito tarde. Todos estavam preocupados comigo. Cheguei todo sujo, suado. Inventei que havia sido assaltado e fui pro banho. Depois, fui no quarto da minha filha, quer dizer, da menina. Dei um beijo, fiz um carinho nos cabelos dela e peguei um fio. No outro dia chamei um Fazedor para levar no laboratório pra mim. Eu só queria ter o resultado na minha mão. No fundo, a esperança de um milagre. Milagre não existe. Quando chegou aquele final de semana, eu fiz uma surpresa pra minha esposa. Levei ela pra praia. Só nós dois. Uma viagem romântica. Ela quase não foi. É claro que ela não queria, não é? Mas eu insisti muito. Prometi um presente lindo. Ela adorava presentes. Quando chegamos, estava tudo preparado. Um caminho de rosas na porta de entrada. Ela foi seguindo as pétalas, emocionada. As rosas levaram até a cama. Sobre a cama um envelope. Ela abriu. Estava escrito: sorria, você está ao vivo para toda a nossa família. Ela ficou sem entender nada e então, eu entrei em cena. Boa noite a todos, eu falei. Como se fosse um programa de TV. Estamos aqui para fazer uma grande homenagem à nossa querida Joana. A mulher que eu mais amei em toda a minha vida. Ela sorriu, encantada. Era uma atriz talentosa pra caralho, aquela cadela.

Para celebrar essa pessoa surpreendente eu vou ler algumas mensagens. E comecei a ler todas as mensagens dela com o amante. Ela foi ficando pálida. Tentou fugir, mas a porta tava fechada. Tentou arrancar a tela da minha mão. Eu bati na cara dela e puxei a arma da cintura. Mandei ela calar a boca e sentar. Ameacei todo mundo. Se alguém desconectar eu mato essa filha da puta. Até nisso eu fui ingênuo. Quem ia perder de ver uma cena como aquela? Muitos tavam até gravando. Quando eu terminei de ler, tudo ficou em silêncio. Agora então, o grand finale. Mandei para todos que estavam ali uma mensagem com o exame de DNA. Como vocês já devem ter entendido, a Eloá não é minha filha. E logo depois disparei a foto dele pra todo mundo. Pra todo mundo saber quem era o amante.

Quem era o pai da minha filha. Tava lá a cara do Pastor Marcos, pra todo mundo ver. O nosso pastor. Aquele que orava pelo nosso bem e pela nossa felicidade. O nosso líder no caminho para Deus. Apontei a arma para ela. Eu ia matar mesmo. Eu juro que eu ia.

Mas eu sou um merda, não é, Davi?

Que é isso, Monge. Eu não tô pensando isso, não.

Tá tudo bem. Eu sou. Eu abri a porta e mandei ela ir embora. Correndo. Desliguei a chamada com todo mundo e enfiei o cano na minha boca. Mas eu sou um merda, né? Quando ela conseguiu chegar aqui no nosso apartamento já não tinha mais nada dela nem da menina. Eu já tinha feito a mudança. Eu nunca mais vi nenhuma das duas. A menina até tentou me procurar. Linda a menina. A cara do pai. Deus é um filho da puta perfeito, não é mesmo, Davi? Não sei, Monge. Eu não penso muito nisso, desculpa. Tudo bem. Não precisa se desculpar. Obrigado por tentar me ajudar. Por mais que você seja como todos os outros. Só ganância e interesse, eu te agradeço. Ultimamente nem parasitas como você eu sou capaz de atrair. Eles me veem e vão embora. Você, não. Obrigado. Deixa eu te dizer como vai funcionar. Eu vou lá dentro e você não vai sair daqui. Eu vou tomar essa merda e ver o que acontece. Se for um golpe, veneno ou coisa assim, e eu morrer, eu até te agradeço mais uma vez. Mas nem adianta se iludir. Você nunca vai achar a carteira. Nem vai sair do apê. Você ouviu quando a porta trancou não ouviu? Davi estava tão eufórico que não percebeu. Se eu morrer você fica preso aqui comigo. Se eu não morrer e não funcionar eu te mato.

O Monge levantou e foi pé ante pé até o quarto. Trancou a porta. Arrumou a cama com esmero. Fechou a janela e apagou as luzes. Virou o conteúdo do frasco e fechou os olhos. Esperou. Abriu os olhos. Voltou a fechá-los. Começou a suar. Caiu para trás deitando de costas. Já não sentia seu corpo. Viu o túnel. Lá no fim o ponto de luz. Sentia aquilo com cada uma das células do seu corpo. Era Deus. Não tinha dúvidas. Era Deus. Começou a falar, logo estava gritando. Eu te odeio, filho da puta de merda. Eu fiz tudo o que você pediu. Eu fiz tudo. E você não me deu nada. Nada! Só me tirou. Tudo! Não me deu nada. Nada do que prometeu! Quantas vezes você me matou, seu filho da puta? Agora é a minha vez! Você é o demônio. Admite que você é o demônio. Minha vida é um inferno. O mundo é um inferno. Essa porra toda é um inferno. Fala, filho da puta! Explica! Eu te mato! Eu te mato! Socava o ar de olhos fechados e tentava agarrar a luz com as mãos vazias no ar. O clarão tomando todo o vasto espaço dentro da sua consciência como se ele e o universo fossem uma coisa só e tudo fosse aquela luz. O brilho ficou tão forte que deu a impressão de que tudo explodiria, foi tomado por ele, sentiu-se levitar como se o próprio pai o pegasse no colo e ouviu uma voz muito nítida sussurrando em seus ouvidos.

Eu sempre estive morto. O único Deus aqui é você.

# A fé só vê
# o que interessa

Enquanto a lancha de Kaleb avançava rumo à Cidade Seca, Ananea começava a perceber o peso do que estava fazendo. Não sentia a mesma segurança das suas incursões pelas Virtuas, protegida pelo anonimato e pela aparência assustadora do seu avatar exterminador. Aquela carne ali sentada era ela. Sentia-se nua. Exposta. Vulnerável. Via Kaleb buscar sua atenção com um sorriso, mas não conseguia olhar em seus olhos. Naquele momento foi tomada pela dúvida. Na última conversa, ela havia conquistado o que pretendia? Ou ele é quem havia entrado em sua mente? A vaidade é o pecado favorito do Diabo, ela repetia muitas vezes para si. Saiu daquela conversa embriagada pelas últimas palavras de Kaleb. Para mim você também é uma líder religiosa. Eu odeio a milícia. Uma líder religiosa. Esses filhos da puta acabaram com a vida do meu pai. Você é uma líder. O dono do morro me dizendo isso. Esse filho da puta tem poder. Uma líder.

Tá linda a noite, né, não, senhorita?

É. Tá, sim.

Eles chegaram ao porto construído nas docas nos fundos do supermercado alagado e Kaleb já foi atirando a corda para um garoto que esperava. Ele saltou e virou-se para estender a mão para Ananea. Ela desceu evitando seus olhos. Os dois passaram a caminhar juntos.

Agora a gente precisa pegar um carro. Sério? Sim, senhorita. Eu não levaria uma das lideranças da principal igreja da minha comunidade num muquifo qualquer aqui na fronteira. Nós vamos subir o morro, morro de verdade! E jantar olhando as comunidades da Cidade Submersa lá de cima. Kaleb olhou para a tela que carregava na mão esquerda. O carro já estava quase chegando. Com a mão direita, apontou para o alto do morro coberto pelas lindas luzes das grandes casas e prédios que cobriam a montanha. Você já viu a Cidade Alagada lá de cima do Novo Leblon? Eu nunca fui lá em cima. Nunca? Como nunca? De que planeta você saiu, garota?

Kaleb falou com uma voz muito macia. Nitidamente preocupado em não a ofender. A gente não tem tempo pra essas coisas. Nem créditos. Igreja é complicado, né? ele devolveu, compreensivo. É um negócio de fase. O povo gosta muito de modinha. Quando afunda é fogo, né? Quer dizer. Desculpa. Eu não quis dizer isso. *Vocês que afundaram, seus filhos da puta*, pensou, impassível. Tudo bem. Depois do meu pai a gente teve uma fase bem difícil mesmo. De que congregação ele era? Não queria falar disso, não. Me deixa um pouco triste. Imagina! Hoje não é noite de tristeza. E você está totalmente certa. Vamos falar de futuro e não de passado. O carro chegou.

Um carro preto muito limpo, sem motorista. Kaleb abriu a porta para que ela se acomodasse no amplo espaço. Sentou mais perto do que era necessário. Bancos de couro e a luz de um painel muito iluminado, desenhando uma sombra em seu rosto. Kaleb a achou muito bonita, mas evitou o galanteio. Disse com os olhos, apenas.

Como eu ia te dizendo, vamos falar de futuro. Até porque agora teu irmão tá fazendo o maior sucesso, tá, não? Tá retomando a obra do nosso pai e isso é muito bom. Eu tô muito feliz, mesmo. Que bom. Olha só. Até o olho já mudou de brilho só de falar. Ananea deu o primeiro sorriso da noite. Quando se deu conta, estava sorrindo. Muito interessante todo esse negócio de cada um ser pai. Tem um, como eu posso dizer, um apelo muito bom. Bem inovador. Coloca um espírito empreendedor em cada um. Estamos precisando disso. A milícia precisa voltar às suas origens e a igreja precisa ir pra frente pra conseguir tirar o povo das Virtuas. Por isso eu acho que podemos fazer uma grande obra juntos. É. O povo voltou e tá feliz, é o que importa pra Deus.

A conversa morreu ali por uns quinze minutos. Kaleb ensaiou alguma piada, mas nada que arrancasse Ananea do silêncio. Os olhos pregados na vista que, à medida que o carro subia o morro, ficava cada vez mais linda. A Cidade Submersa vista do alto era uma muralha de luzes. Uma parede de formas geométricas mergulhadas no escuro da noite e do oceano, iluminada por centenas de pontos brilhantes que pintavam uma espécie de céu estrelado sobre o mar, cobrindo o horizonte. Suspirou profundamente. Que lindo, deixou escapar. Isso que você ainda não viu nada. Espera pra ver a vista do restaurante.

Kaleb puxou a cadeira para que ela sentasse. Realmente a vista era fabulosa. O lugar era muito concorrido e cheio de pessoas muito bem-vestidas. Frequentado pela elite carioca. Kaleb teve que usar seu contato com o Pastor Prefeito para conseguir uma mesa. Os dois se acomodaram e Ananea não conseguia tirar os olhos do horizonte. Onde fica o Aeron mesmo? Kaleb se aproximou com a desculpa de apontar o local e inspirou profundamente para sentir seu cheiro. É lá, ó. Atrás daquelas comunidades lá, ó. Tá longe. Ele pediu o Kasher mais caro. Ela a princípio recusou, depois cedeu. Em algum momento piscou os olhos algumas vezes, como se saísse de um transe. Ajeitou-se na cadeira. Colocou os dois braços sobre a mesa cruzando as mãos uma na outra. Quando Kaleb voltou o rosto para ela, parecia outra pessoa.

Muito bem, senhor Kaleb. Cá estamos. O senhor vai me ajudar com as nossas senhorinhas? Com a reforma da igreja? Nossa, assim à queima-roupa? Kaleb riu fazendo a cena de quem leva um tiro e cai morto sobre a mesa. Os grã-finos se cutucando e cochichando. Alguns reconhecendo um dos maiores milicianos do Rio, figura constante em eventos do governo e entrevistas sobre a situação nas comunidades, outros apenas estranhando as duas figuras pouco refinadas naquele lugar seleto. Entre os dois mundos havia um abismo e, nas duas margens dele, tanto Ananea quanto as senhoras bem-vestidas desprezavam o que viam.

É claro que eu vou ajudar vocês, disse Kaleb tomando um gole. Que tipo de líder comunitário eu seria se não ajudasse. Por mais que este problema não tenha nada a ver com a minha administração, deixemos bem claro. Essa gente toda vem de fora porque vocês transformaram aquela igreja num albergue. Ananea se impressionou com a velocidade com que ele saltou no assunto que a interessava.

Então o senhor é contra esse negócio que está rolando nas comunidades? É claro! Os pastores estão completamente errados nisso que eles tão fazendo com esse remédio. Por isso não deixei venderem lá no Aeron. Tão explorando demais o povo. Que adianta tirar as pessoas das Virtuas pra voltar pra igreja e elas acabarem na miséria? Que ninguém nos ouça. Mas isso é culpa da eleição. Eles querem tirar tudo o que podem pra fazer campanha. Aí se aproveitam que esses aqui, ó. Apontou para o salão todo do restaurante atrás dele, fazendo questão de ser visto e ouvido. Nenhum desses aqui dá a mínima pra Cidade Alagada. Por isso nós temos que nos unir, Ananea. Mas não sou como o safado do Misael, que roubava igreja e acobertava bandido. Eu tô falando de se unir pra mudar as coisas. Profundamente. Doa a quem doer. Com todos os sacrifícios que precisam ser feitos. Pra colocar ordem, pra limpar e transformar a Cidade Submersa de uma vez e para sempre. Não é pra isso que a igreja existe? Não é pra isso que a milícia existe? A gente foi legalizado lá atrás pra isso, não foi pra outra coisa, não. Tem miliciano que esqueceu; eu, não. Você pode ter certeza. Então o senhor vai ajudar com a reforma? Eu posso dizer exatamente de quanto a gente precisa. Eu tenho tudo aqui.

O Aeron de fato estava limpo da droga, isso era inegável, e talvez aquelas caixas realmente estivessem cheias de armas. Cristalizou-se nela a convicção e por um segundo lembrou de Uri. Um flash de culpa em seu pensamento. Mas, se aquilo tudo eram armas mesmo, ele tinha muito, muito dinheiro.

O senhor vai ver que nem são tantos créditos assim e a gente vai poder atender quatro vezes mais senhorinhas, sem falar no tamanho dos cultos. Com certeza vai ser muito bom pra sua imagem fazer essa caridade. *De repente esse dinheiro até volta pro senhor, porque eu vou comprar tudo em arma mesmo, de repente compro as suas. Ia ser engraçado,* pensou Ananea, quase rindo em voz alta. O plano era ótimo. Com os créditos que Zias e ela arrecadaram, fariam as reformas, dando o mérito para a administração de Kaleb, e com o próprio dinheiro da milícia ela compraria armas para derrubá-los. Nós temos uma parte dos créditos, já. Mas, como a gente falou antes, a igreja tava naufragada. Agora que a gente conseguiu reavivar, sabe como é. Ananea sentiu um rush de adrenalina por estar a um passo de conseguir os créditos que desejava. Finalmente reconheceu a si mesma. Era o que sentia na Virtua, quando conseguia que seu alvo fizesse uma grande transferência. A diferença é que ali ela precisava disfarçar a expressão de prazer em seu rosto. Kaleb percebeu a mudança, ela dando uma leve mordida no lábio inferior, e ficou excitado com aquela nova luminosidade em sua face. Puxou a tela e perguntou quanto era. Ela disse o valor olhando bem dentro dos olhos dele. Ele fez a transferência. O senhor não vai se arrepender, senhor Kaleb.

Eu tenho certeza que não.

# Manual prático de como operar um milagre

Pastor Salustiano Salmo gesticulava e conduzia aquele culto como um maestro tocando sua orquestra. Era visível o poder sobre cada uma das mais de trezentos e cinquenta mil pessoas que lotavam até o último canto livre da Catedral Brasil Maior em Cristo. Era a maior igreja evangélica do mundo. A única que se aproximava era a Yoido Full Gospel Church, na Coreia do sul, com seus duzentos e cinquenta mil lugares. Salustiano ficava minúsculo naquele palco imenso, encarando o mar de bancos apinhados de gente. Mas seu rosto projetado em close nos imensos telões ao lado do palco mostrava o semblante de um gigante. O som da multidão ecoando pelo salão, fazendo vibrar o ambiente como se aquele lugar fosse um único organismo vivo. Era um dia decisivo. Todos na Cidade Submersa queriam o Cálice. Era um sucesso estrondoso. As contas da igreja havia muito não recebiam tantos créditos. As ReFavelas ferviam, renovadas pela fé no Santo Cálice. Na Cidade Alagada, todos queriam estar com Deus. Já em terra firme e nas Virtuas, cada vez menos pessoas pareciam querer estar com Salustiano. A audiência dos cultos estava caindo fazia tempo demais. Por isso, o dia de aniversário de fundação da igreja foi escolhido como o dia do avivamento. Uma verba imensa de produção, ônibus e mais ônibus vindos de todos os cantos do estado. Uma noite especial com os maiores pastores da igreja sobre o palco. Duas grandes fileiras de cadeiras de encosto alto. Doze bispos de cada lado para reunir a audiência de todos eles em uma única transmissão. A grande atração da noite não poderia ser outra. Uma megaprodução com uma sequência nunca vista de exorcismos.

Para melhorar a performance, eles estavam testando havia algum tempo um novo formato para a filmagem das possessões. O novo diretor, que tinha vindo de um grande canal de streaming para modernizar as transmissões da igreja, não dizia mais para o pastor o que o demônio da vez faria, nem qual era o problema que ele estava causando na vida do possuído. Nada. Quase tudo era improvisado, fazendo tudo soar cada vez mais real. A estratégia vinha dando bons resultados.

Salmo sentia que sua performance podia alcançar o mesmo efeito que tivera quando era uma jovem revelação pastoral, arrastando multidões com a sua palavra inflamada pela presença do Espírito Santo. Aquele era o dia. Ele tinha certeza de que Deus se faria presente e centenas de pessoas se jogariam ao chão e cairiam de joelhos aos prantos. Processo afinado, uma luz e som incríveis montados e uma catedral lotada como fazia muito tempo não se via.

Aquele era apenas o terceiro demônio da noite. O culto seguiria em um crescente até o grande momento, que contaria com os efeitos especiais e toda a pirotecnia que fariam as luzes piscar e até algumas portas e janelas bater. Os primeiros eram apenas o aquecimento, mas serviam para fazer todos entrarem no clima da batalha épica do bem contra o mal que aconteceria aquela noite.

A figura suada já tinha chamado a atenção de Salmo na coxia. Não pelo suor. Todos estavam suados o tempo todo. Não era isso. Também não era o cabelo raspado que crescia numa forma estranha que lembrava raios de sol. Nem mesmo o olhar vazio demais para quem estava prestes a encarar uma multidão daquele tamanho. Também não era o braço engessado, preso ao tórax por uma haste, atravessando a camisa de listras que dava ar cômico à figura trágica. O que chamou a atenção do pastor foi a postura de quem estava fazendo algo muito importante. O pastor conhecia aquela postura. Aquela expressão altiva no rosto. Era fé. Propósito. Salmo ficou meditando sobre o homem e a dignidade visível simplesmente pela sua forma de se colocar naquela cena.

Aquele homem sabia que tudo estava combinado, o pastor sabia que tudo estava combinado e mesmo assim ele tinha fé. Um achado, pensou Salmo. Um achado. Que noite! Secou a testa com sua toalha e gritou para o público algo que não era audível da coxia. Um produtor conduziu o homem, que se desequilibrou um pouco em função do braço imobilizado. Chegou olhando baixo e quase não se ouviu o boa-noite que disse ao pastor. Qual o seu nome, meu irmão? Meu nome é Abraão, pastor. Diga mais alto, meu amigo. Não precisa ter medo, não. Você está entre irmãos. É Abraão, senhor! Na fileira de bispos, à direita do pastor, um dos homens de confiança de Salmo se moveu incomodado na cadeira. Aquele nome e aquela voz não lhe eram estranhos. Mas o rosto, do ângulo onde ele estava, não se deixava reconhecer.

O que traz você aqui hoje, meu irmão? Abraão do quê? Abraão Stein.

Aquele sobrenome estocou Bispo Marcos, que inclinou o corpo para frente em seu trono para ver melhor. Foi deitando o tronco para a direita até que nome, voz e rosto se encaixaram. Meu Deus, é ele. É mesmo? Depois de tantos anos. O que ele tá fazendo aqui? Exorcizado? Marcos buscou com os olhos a esposa na primeira fila, ela cochichava com a esposa de outro bispo e não correspondeu ao seu olhar, nem demonstrou desconforto algum com a cena. Porra, Joana, tá sempre no mundo da lua, caralho. Levou a mão à testa para esconder um pouco o rosto e ficou ali orando para que o homem não o visse. Eram tantos bispos. Fingiu rezar em profunda introspecção.

Salustiano Salmo seguiu com a cena, sem imaginar a profunda relação que existia entre aqueles três personagens. E esse braço, meu filho? Quem fez isso com você? O rosto de Abrãao se contorceu, o braço saudável envergou para trás tocando suas costas e a voz gutural respondeu. Fui eu que fiz isso e eu vou fazer muito mais.

Salmo deu um salto para trás e rebateu. Então você já tá aqui, Satanás!? Eu tô. Eu vô acabar com vida dele e com a tua também. Eu não caio nos seus estratagemas, não! Satanás! O Espírito Santo tá comigo! Deus tá comigo! Você não entendeu onde você tá, Satanás, disse Salustiano separando muito bem as palavras.

Você! Está! Na casa! Do! Senhor!

E toda a plateia deu glória em um som estrondoso. Bispo Marcos não sabia o que pensar. Voltou a olhar para a sua esposa, que a esta altura tentava de tudo para fazer algum contato visual com ele. Os dois olhares espantados se cruzaram. Ela passou a mão no cabelo e deixou a franja cobrir uma parte de seu rosto.

Pois diga, Satanás. Pode dizer o que você quer que eu vou dizer o que você vai levar na sua cara maldita, nesta noite santa! Eu quero sangue, velho de merda. Velho murcho. Maldito. Eu vou fazer justiça.

Marcos abaixou a cabeça e sentiu um arrepio cruzar sua coluna. Cobriu o rosto inteiro com a mão e ergueu a outra, a palma da mão voltada para os dois em uma oração para espantar aquele demônio do seu passado.

Você e todo esse povo morto de fome vão tudo pro inferno.

Abraão cuspiu na cara de Salmo, que levou a mão ao rosto como se o homem tivesse cuspido fogo sobre ele. Não esperava. Levou a pequena toalha que sempre segurava junto com o microfone ao rosto e olhou para o produtor enquanto limpava os olhos. O homem magro e calvo fazia sinal positivo com os dois polegares simultâneos, mas o rosto definitivamente não concordava com o que os dedos diziam. Não fazia ideia do que estava acontecendo, mas se aquilo não desse audiência não saberia mais o que daria.

Salmo fechou os olhos e deixou a raiva achar o seu caminho. Com um movimento rápido, levou a mão com sua toalha direto na cara de Abraão, que recebeu o pano ensopado de suor sobre o rosto. Seus olhos arderam imediatamente. O pastor pressionou os dedos por cima do tecido contra seus olhos e a boca, o demônio começou a sufocar. Salmo queria colocar o homem de joelhos lentamente, sem dizer uma palavra. Para só então gritar em seu ouvido com a fúria de todas as trombetas do apocalipse. Estava certo de que ele ia se dobrar. E de fato Abraão foi abaixando aos poucos. A respiração muito ofegante. Se desmaiar, melhor, pensou Salmo. Os joelhos dobraram lentamente. Só Salmo escutou o pequeno estalo e logo o grito que o atirou para trás. O único Deus aqui sou eu! gritou Abraão. Salustiano Salmo caiu sentado no chão, depois de costas, lentamente. As pernas para cima como uma tartaruga. Se ele tivesse um botão, desligaria a transmissão naquele instante, mas nos bastidores o que se ouvia era um nervoso Não corta! Se alguém cortar, eu mato. O pastor sabe se defender. Espero.

Quando o pastor conseguiu ter um ângulo mínimo de visão da cena que protagonizava, o que viu foi espantoso. O homem tinha soltado o braço engessado da haste que o prendia à sua cintura e corria em direção a um dos seus Bispos. Abraão agarrou a gravata do Bispo Marcos e olhou bem no fundo dos seus olhos.

Você acabou com a minha vida, mas hoje você vai pagar. Eu não sei do que você tá falando, pelo amor de Deus. Esse teu Deus tá morto, filho da puta. O único Deus aqui sou eu. Me chama de Deus, filho da puta. E bateu com o gesso na cabeça do bispo. O gesso avermelhando rápido. Pastor Senador Salustiano Salmo, do alto da sua autoridade, congelado no meio do palco, olhando a cena. Tudo acontecendo em câmera lenta. O diretor olhando para os seguranças e fazendo sinais desesperados para que eles resolvessem aquilo. Mais uma pancada na cabeça do Bispo Marcos. O bispo que estava ao lado dele se atirou sobre o agressor sem muita convicção e foi fácil para Abraão se desvencilhar. Ele correu para a beira do palco e buscou a mulher, que tentava se esconder durante todo aquele tempo. Sua puta! Ela virou o rosto para ele. Um segurança saltou em suas pernas, o braço com o gesso falso bateu no chão com muita força e tudo explodiu.

# Ligando as pontas
# das estrelas de Davi

Quando Davi soube do atentado, não fazia ideia do envolvimento do Monge. Não via a estranha figura desde que levou a carteira com as Ethers e tudo mais que encontrou de valor dentro do apartamento dele.

Ficou feliz quando soube, por alto, que Salmo tinha ido pelos ares, foda-se esses filho da puta. Davi queria que todos os pastores explodissem. Já não era bem-vindo em nenhuma das igrejas que vendiam o Cálice. A fama de traficante correu por todas elas e as portas se fecharam. Na Pacto Divino, apanhou na salinha dos fundos. Mandaram tirar a roupa e colocar as mãos sobre a mesa. Apanhou de fio elétrico até que a pele das suas costas vertesse sangue.

Na Unidade da Fé, foi acusado de roubar o frasco de uma senhora na saída do culto. Não acharam nada com ele, mas ainda assim tomou um tapa na cara do segurança. A lembrança da pele arrepiou o corpo. Que satisfação imaginar Salmo chovendo em pedaços sobre os carros em plena Terra Seca. Deve ter voado banha pra todo lado, divertia-se sem saber que ele era responsável direto pelo maior atentado à bomba da história do Rio e por tudo que viria a acontecer depois.

Davi era um homem condenado e o Monge, seu primeiro cliente a comprar o Cálice, era um mártir. Seu rosto estava em todos os fóruns, em todas as redes, em todas as telas, em todas as Virtuas. O Monge tinha feito o Brasil tremer e essa onda atingiria com tudo a Cidade Submersa. Alguns daqueles caras estranhos da Terra Seca para quem Davi conseguia o Cálice também estavam tendo revelações, guiados pelos testemunhos do Monge da Morte, apelido que a imprensa deu para Abraão.

Sua história ficava cada vez mais conhecida à medida que chegava a todos os canais de fofoca. O Rio de Janeiro já tinha visto muita coisa. Miliciano ter a perna amputada por bomba embaixo do banco da lancha ou o filho de um bicheiro ser morto por um carro cheio de explosivos. Atentados não eram novidade, mas agora era diferente. Mais de dez mil pessoas mortas ao vivo junto com toda a cúpula de uma das principais igrejas do país. O Rio, tão acostumado à violência, nunca tinha passado por nada parecido em toda a sua história de guerra entre o Tráfico, o Estado e a milícia.

Sem ter ideia do rastro de morte atrás de si, Davi seguia obstinado em sua missão. Nunca iria abrir mão do negócio mais rentável da história da sua firma. Se os pastores não queriam mais vender, ele encontraria outro jeito. Estava tirando tudo daqueles lunáticos e dos metidos a boy da beira-mar e do pé de morro, mas o que estava prestes a acontecer colocaria seu negócio em outro patamar. Um playboy de verdade tinha chegado até ele vindo direto do topo da cadeia alimentar. Um boy do Novo Leblon querendo vender pra toda a playboyzada. Era a grande jogada para virar patrão de vez.

Mas como conseguir o Cálice agora?

Ficou de campana em frente à igreja de Ipanema uma noite inteira. Depois alugou o quarto vago de uma viúva que morava por ali e montou acampamento. Desde a hora em que a igreja abriu, no fim da tarde, até a hora em que fechou, ao primeiro queimar do sol. Nada de entrega. Ficou naquele quarto todas as noites por sete dias. Felizmente, a essa altura, já tinha crédito suficiente para bancar qualquer empreitada. Tinha mais créditos do que jamais imaginou e sentia-se pronto para sonhar muito mais alto. Eu não vou ser o patrão da Cidade Alagada, eu vou ser o patrão da Terra Seca. Eu tenho o mindset. Eu trabalho enquanto eles dormem. Eu simplesmente não desisto. Batia no rosto, tomava um banho frio e voltava ao trabalho.

Boa roupa à prova de sol pro caso de perder a hora e ser pego pelo calor, mesmo estando no turno do inverno, colou câmeras em algumas paredes estratégicas e se muniu de muita paciência. Já respostas, nenhuma. Nada. Pelo menos uma vez por mês eles precisavam reabastecer. Ele tinha certeza pelas contas que fazia e refazia mentalmente. Davi desconfiava que a produção era relativamente pequena, porque nunca tinha para todos que estavam dispostos a dar tudo em troca de um encontro com Deus. Ou eles estocam ou chega pouco. Não tem outro jeito. Em algumas igrejas já existiam até carnês de controle. Ele ia entender o esquema, não importava o que custasse. Mas já ia quase um mês de empreitada e nada. Foi dormindo, exausto, que a resposta veio até ele em sonho como uma iluminação. Sonhou que eles não vinham à noite, mas em plena luz do dia. Queimando sob o sol. Acordou todo suado com o braço fritando. Havia dormido sentado em uma cadeira enquanto espionava e foi pego pelo amanhecer. E era isso mesmo. No primeiro dia de tocaia durante o dia lá estavam eles. Aleluia. Meio-dia em ponto. Chegando com a pequena lancha nos fundos do prédio que abrigava a igreja. Eram cinco homens vestindo roupas civis. Descarregaram dez caixas, não mais que isso. Voltaram para a lancha e saíram. Davi soltou o pequeno drone, que voou acompanhando a embarcação a uma distância segura. Foi seguindo cada movimento com os olhos vidrados na câmera. Close em um dos homens que se levantou. Foi fechando o foco nele quando viu nitidamente a arma apontada. Fim da transmissão.

Davi foi obrigado a quebrar a cabeça pensando na melhor forma de seguir os entregadores sem correr tantos riscos. Pelo tiro preciso que atingiu seu drone no ar, ele tinha certeza de que aquilo era coisa de profissional. Desde quando traficante sabe atirar? Nada indicava que teriam algum pudor em fazer com ele o mesmo que fizeram com o drone. O que custa matar mais um preto Fazedor? Caso fosse pego bisbilhotando na igreja na hora da entrega, já era. Estava perdido. Com aquele sol, com a cidade toda tentando dormir durante o dia escaldante, como ele poderia seguir aquela lancha sem chamar atenção? A resposta veio em uma daquelas propagandas que infestavam as lentes. Tênis indestrutíveis, camisas que suportam o calor de uma fornalha, óculos que mostram salmos na lente toda vez que você olha para as partes íntimas de alguém por muito tempo. Um drone submarino com câmera, capaz de perseguir as pranchas de surf fazendo imagens dignas de Hollywood. Era exatamente o que ele precisava. Em cinco dias estava de volta com a caixa na mão. Bem a tempo.

No dia em que os homens voltaram com outro carregamento, Davi dormiu a noite inteira e acordou logo ao amanhecer. Antes do sol sair por completo ele já tinha colocado o drone submarino na água, correu para o quarto ver o que a câmera mostrava e esperou a chegada da lancha. Mas não pôde ver nada sob a água turva. Muito esgoto jogado no mar, muito óleo dos velhos motores desregulados que circulavam por ali a noite inteira em um trânsito interminável.

Essa porra não vai funcionar. Que merda. Viu então a lancha chegar, bem no horário. Ancoraram na pequena ponte que dava acesso à janela dos apês que formavam a igreja. Viu o casco bater na lente do drone. Apertou o botão track. Luz vermelha. Luz vermelha. Luz vermelha. Acha, caralho. Luz vermelha. Luz verde. Feito! Gritou sem querer e se atirou no chão com medo de que alguém o visse. Os homens partiram e lá se foi ele atravessando a água turva, perseguindo o motor da lancha. Um olho na tela, outro no mapa.

Morro de Ipanema, Morro do Leblon, Javé até a Barra. Acompanhou a lancha indo de morro em morro e depois fazendo todo o caminho de volta até o Aeron. Quando ela finalmente ficou parada por uma, duas, seis horas, se convenceu.

Então é daí que vocês saem, é? Pois é praí que eu vou. Juntou todas as suas coisas correndo, jogou tudo na mochila e saiu. Já era quase fim do dia, logo as lanchas vão começar a navegar. Vestiu seus óculos e começou a procurar algum quarto para alugar.

Pensão Casa de Melquezedeque.

Parece bom. Fez sua reserva e começou a procurar o nome das igrejas do morro. Só achou duas. Uma com fotos muito tristes de um pastor chamado Cipriano e uma outra, sem nenhuma foto. Só o nome na página de busca. Assim na Terra. Só pode ser essa.

# A arca da aliança

Boa noite. Na edição de hoje vamos contar as descobertas do que pode ser um novo capítulo na história do atentado à Catedral Brasil Maior em Cristo. Nossa reportagem teve acesso a arquivos inéditos do Monge da Morte, como ficou conhecido Abraão Stein, responsável pela morte de quase doze mil pessoas durante uma explosão no culto de aniversário da igreja Pacto Divino. Entre as vítimas, estavam o Pastor Senador Salustiano Salmo, além de outras vinte e quatro lideranças da igreja que tinham cadeiras na ALERJ.

A polícia vinha trabalhando com a possibilidade de um crime religioso com contornos políticos, mas as novas evidências apontam uma reviravolta no caso. Os arquivos estavam em um DeepVerso frequentado por criminosos e diversos grupos de homens revoltados com a fé cristã, com Deus e com as mulheres. Eles se autodenominam Descrentes e buscam formas de se vingarem das igrejas, de Deus, das mulheres e de todos aqueles que acreditam ser os responsáveis por uma vida de celibato forçado que acumula fracassos no casamento, no trabalho e na vida religiosa.

Em inúmeros vídeos os homens aparecem fazendo ameaças diretas a pastores de diversas denominações, além de trazerem os nomes e endereços de religiosos e de ex-companheiras para que possam ser atacados. Mas o que chamou a atenção das autoridades foram as descobertas em um dos fóruns criptografados do grupo chamado O Monastério.

A polícia encontrou uma troca de mensagens que intrigou os investigadores. Nela, os homens falavam sobre maneiras de se vingarem de

Deus, pessoalmente. Apesar do aparente tom delirante das mensagens, era o que afirmavam diversos destes Descrentes em longas conversas.

As formas de realizar as vinganças contra O Divino eram diversas. Rituais de magia oculta, receitas para chegar a um estado de quase morte para depois serem ressuscitados, mas o que mais chamou a atenção da polícia foi o depoimento sobre um medicamento que permitiria fazer uma conexão direta com Deus.

Nas postagens, os homens especulam a existência do remédio que seria utilizado para eutanásia em países da Europa do Norte.

Abraão foi visto em algumas destas Virtuas buscando a droga para se vingar pessoalmente de todos os infortúnios e traições que haveria passado em sua vida. A polícia, então, passou a cogitar a possibilidade de ele estar sob o efeito desta droga quando detonou os explosivos de alto impacto que levava presos ao seu corpo, pernas e braços.

Uma fonte disse à nossa reportagem que a polícia não descarta nenhuma linha investigativa. Outra fonte do alto escalão nos confidenciou que acredita ser pouco provável, já que as drogas utilizadas para realizar a eutanásia são, obviamente, fatais.

*Aparece na tela a silhueta de um homem com a voz distorcida por computador.*

É um mar de loucura aquilo lá. A gente que é experiente e já viu de tudo nessa vida fica impressionado com o tipo de coisa que encontramos nesses ambientes digitais. Acredito que o mais preocupante de tudo seja perceber a quantidade de homens que frequentam estes espaços e alimentam essas teorias da conspiração. Acreditamos que muitos casos de violência contra a mulher são planejados e executados a partir destes fóruns.

*A cena volta para o apresentador que encara a câmera com um ar grave.*

Uma onda de feminicídios varreu a cidade durante quase seis meses no ano passado e agora a polícia acredita que estes crimes foram planejados nestes fóruns e existe a possibilidade de um pacto entre os membros da seita, onde uns matariam as companheiras dos outros para dificultar a resolução dos casos pela polícia.

A tela de Kaleb acendeu, Poder Divino foi o nome do contato que chamava. Kaleb, que estava na frente da televisão, já sabia o que viria pela frente. Quando levou a tela ao ouvido teve de afastar o aparelho, tamanho o volume da fúria de Abel do outro lado.

Que porra é essa, Kaleb? Você tá vendo o jornal? Tô, sim, senhor. Senhor é o caralho. Senhor é o caralho. Eu quero que você me explique tim-tim por tim-tim que porra é essa e o que esse tal Monge tem a ver com esse remédio que vocês estão vendendo nesse fim de mundo aí. Se eu descobrir que uma coisa tem a ver com a outra eu mesmo mando a polícia invadir o morro e acabar com vocês todos! Você não brinca comigo, Kaleb. Entendeu? De forma nenhuma, senhor. Mas, com todo o respeito que eu devo ao Pastor Principal da nossa cidade, se eu fosse o senhor mudaria o rumo dessa conversa. Porque o senhor, como eu posso dizer, é o santo responsável por esse milagre. E isso é muito claro. Você tá me ameaçando, seu verme?

Calma, pastor, calma. O seu destempero já mostra que o senhor precisa se acalmar. Por exemplo. Se essa ligação estivesse sendo gravada, o senhor não acha que estaria criando problema pra si mesmo e principalmente pra sua candidatura ao Governo do Estado. Você não teria peito de fazer uma coisa dessas. Claro que não, senhor. Mas quem sabe outra pessoa? Vai saber, não é mesmo? Eu não quero saber de porra nenhuma. Você limpa essa lambança porque a polícia só é burra quando quer. É só somar dois mais dois e eles batem aí no morro. Não se o Pastor Principal impedir. A gente sabe que a polícia não tá nem aí pro que acontece na Cidade Submersa e não vem aqui pessoalmente há anos. Não é pra isso que serve a milícia? Pra garantir a tranquilidade da polícia garantindo com certeza absoluta que os bairros alagados estão em boas mãos? Da lei, da ordem e de Deus? Eles não ligam pra esse bando de miserável, mas eles ligam pra porra do maior Pastor dessa cidade virando pó junto com uma tonelada de crente, seu idiota.

Calma, Pastor. É só eles descobrirem que o que levou o tal Monge a cometer esse crime horrível foi outra coisa. Aliás. Quem disse que foi o remédio? A reportagem não disse isso. Eu acho que deve ter sido uma coisa mais concreta. Mais real. Essa loucura toda de remédio de não sei onde, de querer acertar as contas com Deus. Isso é muito legal pra programa de fofoca, mas pra polícia? Tem muitos outros motivos mais plausíveis pra assassinar gente poderosa em ano de eleição. Ainda mais o Pastor Senador Salmo que, vamos combinar, não era santo e tinha muitos inimigos.

Eu não quero nem saber o que você vai fazer, mas você vai. Limpa essa merda. Eu vou ficar de olho aqui no Secretário de Segurança. Vou pedir pra saber do caso, afinal é a coisa mais filha da puta que já aconteceu nessa cidade. Justo no meu mandato. Puta que me pariu. E o lance é o seguinte, você limpa essa merda e se prepara pra tirar essa porra toda de circulação. Se a investigação andar um passo pra esse lado, eu quero essa porra de chiqueiro onde vocês vivem limpo que nem um centro cirúrgico. Não quero nem sinal dessa droga. Essa porra toda nunca existiu, tá me ouvindo? E não pense que eu não tô sabendo o que tá acontecendo aí. Um monte de gente se acotovelando na porta das igrejas, o maior tumulto. Um monte de velha viciada. Não era pra essa porra ajudar essa gente desgraçada?

Mas aí a culpa não é minha, Pastor Abel. O Brian não conseguiu toda a quantidade que ele prometeu, aí os seus amigos pastores cresceram o olho e tão tirando tudo que podem dessa parada. Parece que existe uma campanha pro Governo em andamento e ninguém quer saber se o pato é macho. Querem ovo. Inclusive, seu amigo Salmo foi o primeiro a mandar eles tirarem até a última gota de créditos que pudessem. E o que ele disse é que era ordem do senhor.

Que porra é essa? Eu mandei eles fazerem tudo na surdina, que porra é essa, agora? Tudo na surdina! Era pra distribuir pra todo mundo com calma. Toda a semana direitinho. O Brian não disse que era remédio, que ia curar o vício desse povo desgraçado? Então tinha que todo mundo fazer o tratamento direito, porra. Agora virou esse inferno. Tudo errado. Vocês fizeram tudo errado.

Opa. Pera lá, pastor. Vocês é muita gente. Se tem alguém aqui que fez tudo certo esse alguém fui eu. Vai cobrar o Salmo lá no inferno. Vai atrás do filho da puta do Brian lá nos States. Agora colocar essa merda toda na minha bunda, não, senhor.

Caguei, Kaleb. Você é quem tá aí, você dá seus pulo. Pode deixar, Pastor. O senhor vai ver que, quando eu terminar, ninguém vai nem lembrar desse atentado aí, nem desse tal Monge. Pode botar fé. Amém, Kaleb. Amém. E Pastor. Por que o senhor não deu esse chilique todo quando a grana começou a jorrar na sua conta? O senhor não estranhou que era muito dinheiro pra entrar em tão pouco tempo?

Você é um filho da puta, Kaleb.

A paz do Senhor.

# A pesada mão
# de Deus

Com os créditos que Zias levantou nos cultos e os que Ananea levantou com Kaleb, os quatro apartamentos ao redor da igreja foram comprados e as paredes derrubadas, aumentando o ambiente significativamente. Mas não demorou muito para que o novo espaço ficasse pequeno para tantas senhoras que precisavam de ajuda. À medida que o espaço aumentou, começou a crescer uma nova comunidade ao redor de Pai Zias e sua igreja. Um novo propósito. Assim que anoitecia, todas as senhoras tinham que sair para que a igreja pudesse ser preparada para o culto. Nesse momento, com o salão vazio, ficava claro como o espaço havia se multiplicado.

Zias seguia fazendo seus batismos, mas agora a maioria das pessoas que ele batizava ganhava a missão de ser Pai daquela gente que se abrigava ali todos os dias. Tudo na igreja passou a ser um dilema. Para fugir da fissura pelo Cálice, a única alternativa era deixar as pessoas mergulharem nas Virtuas. Aquela distração toda afastava cada vez mais a igreja dos seus planos originais. Az observava tudo sem dizer nada. Desistiu de comprar as armas e foi obrigado a ajudar Zias em sua nova missão. Graças a Deus. Zias espiava Az falar com o Senhor e se revoltar, e praguejar contra as palavras que o Divino soprava em sua cabeça. Nas assembleias que passaram a acontecer depois do avivamento da igreja, quando se reuniam os diáconos e os velhos apóstolos para definir as próximas ações, um Az contrariado cedia às necessidades daquela nova realidade. Não era possível discutir com Deus. Ananaea, que não podia nada além de obedecer os desígnios dos homens que dirigiam a igreja, exercia seu privilégio de estar presente por ser filha de quem era, mas sem opinar. Ainda assim, seus olhos não escondiam o que sentia. Estava tudo expresso em seu rosto. Aos poucos até ela, que trazia no sangue a profecia de Zaim, foi cedendo à missão de Zias, ficando cada vez menos contrariada até o ponto em que passou a reagir com satisfação velada quando via Az ceder, sem coragem de contrariar as palavras do Senhor. Ananea recebia de Zias um olhar furtivo e cúmplice. Az não se conformava e fazia o que podia para trazer a igreja para o trilho da revolução, mas a revolução agora era o evangelho de Pai Zias. Ele, que conhecia como ninguém o vício, parecia ser o único que realmente entendia na própria carne o que aquela gente sofria.

A igreja tinha ficado muito maior com a ajuda de Kaleb, tinha também muito mais recursos para comprar mantimentos para todos graças aos Pais formados por Zias, mas o número de pessoas que perderam tudo para o Cálice não parava de aumentar. Ao final de cada dia, Zias olhava aquele mar de colchões onde todos dormiam, cada vez mais amontoados, e sentia estar enxugando gelo.

Onde isso vai parar?

Às vezes se punha de joelhos à beira da cama e juntava as mãos. Olhava para cima, mas não sabia o que dizer. Zias era um pastor que não sabia orar. Pensava em voz alta e esperava que isso bastasse. Como é possível isso? Como pode eles fazerem isso na igreja, na frente de todo mundo? Como é que ninguém faz nada? Será que não existe justiça nessa terra? E essa porra de milícia? Não faz nada! Cadê o Kaleb? Ele não era o chefão da porra toda? A Ananea não disse que ele não concordava com o que os pastores estavam fazendo? Por que ele não faz nada? Por que ninguém faz nada? Por quê, meu Deus? Eu preciso de uma saída, Senhor.

Na outra noite, enquanto Zias e Ananea recolhiam as camas para preparar a igreja para o culto, Kaleb entrou. Logo atrás dele, vinha um homem muito magro e alto. A franja vermelha dançando sobre a testa no ritmo dos seus passos. Ele praguejava muito baixo nas costas de Kaleb.

Eu não acreditar que você me fazer vir pra essa fim de mundo. Kaleb virou para ele sorrindo. Cala a boca que essa pica também é tua. Você devia agradecer que eu falei pro Abel que você tava em Miami quando deu a merda toda. Devia ter mandado ele te buscar lá em Jacarepaguá. E vê se sorri, gringo. Sorri.

Boa noite, Pai Zias. Zias, que estava agachado distraído, ergueu os olhos e deu de cara com Kaleb. Levantou muito rápido, passou as mãos nas calças como que para limpá-las e estendeu a mão para ele. A presença de Kaleb sempre deixava Zias nervoso. Ficou tão desconcertado que nem deu atenção para a figura de aparência tão alienígena para aquele lugar.

O que traz o senhor à nossa humilde igreja, senhor Kaleb? Bem menos humilde do que já foi graças à sua ajuda. Sempre bom lembrar. Que é isso, Pai Zias. Não faço mais que o meu dever. E, por falar em dever, foi exatamente o meu dever que me trouxe aqui. Nesse momento Ananea, que estava do outro lado da igreja recolhendo colchões, atravessou o salão. Ao contrário de Zias, ela praticamente só via a figura ruiva de terno bem cortado.

Olá, senhores. Boa noite. Kaleb, como fez em todas as vezes desde a primeira que a viu, ofereceu seu melhor sorriso. Senhorita Ananea. Sempre um prazer. Boa noite, senhor Kaleb. E o senhor? Disse ela voltando-se rapidamente para o Reverendo Brian. Oh, eu ser Reverendo Brian. Muito prazer. A que devemos o prazer de uma visita tão ilustre? Kaleb tomou as rédeas da conversa.

Bom. Podemos ir para um lugar mais reservado? O que o Reverendo tem para dizer para vocês é muito sério, não é bom que ninguém mais escute. Zias acenou para os fundos da igreja. Vamos pro escritório. Por favor, senhor Kaleb. Az, que olhava a cena da porta do seu quarto, caminhou até eles. Boa noite, senhores. Boa noite, senhor Az, cumprimentou Kaleb com a amizade genuína que nunca teve para oferecer a Zias. O senhor Kaleb tem algo importante para dizer pra gente, Az, disse Zias. Eu, não, o Reverendo Brian. Az olhou desconfiado e estendeu a mão para o americano. Bom. Vamos lá, então, concluiu Az, assumindo o comando da situação. Todos se sentaram e Kaleb tomou a palavra.

Bom, senhores. Eu tenho a obrigação de cuidar dessa comunidade e acho que todos nós temos que admitir que a situação saiu do controle e não parece ter nada que possamos fazer. Bom. Não tinha, porque o Pastor Brian me procurou para fazer um apelo e eu achei muito interessante o que ele me contou e decidi trazer ele aqui para falar com os senhores. Por favor, Pastor.

Bem, minhas amigos. Eu ser Reverendo Brian e eu que trazer a milagre do Cálice sagrado para a Brasil. Como assim? Que é isso? Seu assassino! Mas o senhor é um monstro. Senhor Kaleb? O que é isso? As vozes todas se misturam em um emaranhado incompreensível. Calma, calma. Escutem o que o reverendo tem a dizer.

Eu ser a responsável pelo Cálice, mas não ser a responsável por esse tragédia que estar acontecendo aqui.

Como assim? Esse papo tá muito estranho, disse Zias quase esbravejando. Az fez um sinal com a mão para que Zias parasse.

Eu ter o solução para esta problema da Cálice. Espero que vocês entender o que eu vai dizer. A solução para a problema da Cálice é a própria Cálice. Ananea passou a mão nos cabelos, muito nervosa. A vontade era expulsar os dois dali sem dizer mais nada.

O Reverendo, vendo sua impaciência, seguiu. Calma, eu explicar. Este ser um verdadeira milagre. Mas, mais que uma milagre, este ser uma remédio. Uma remédio de verdade, que poder ajudar todos os pessoas com problema de vício. Seja com o bebida, seja com os Virtuas. Mas vai além disso. É um remédio que trazer o bem-estar do Senhor para o vida dos pessoas. Fazer os pessoas querer viver para o senhor. Vir para o igreja. Ter mais fé. Isso que acontecer aqui ser culpa do ganância das pastores que tão fazendo isso com os pessoas. Porque este ser um remédio de usa contínuo. Ser um tratamento, não poder parar.

Mas isso é um absurdo, Az, disse Ananea. Ele tá querendo justificar essa droga? É isso mesmo que eu tô ouvindo? Eu não acredito nisso. É muita cara de pau. Ananea não se conteve. Me perdoa, senhor Kaleb, mas muito me admira o senhor trazer este homem aqui. Calma, Ananea, pediu Zias. Continue, pastor. É Reverendo. Pois continue, Reverendo.

Vocês saber como se tratar vício no heroína? Que matar milhares lá na minha amado América? Não, senhor, disse Ananea irritadíssima. Metadona, Zias falou muito baixo. Isso! Eles tratar com metadona. E o que acontecer? Os pessoas se viciar em metadona também. Acontece que ser viciada em metadona dar um vida muito melhor que ser viciado em heroína. Muito menos perigosa. Com o Cálice ser o mesma coisa. Az não fazia ideia do que ele estava dizendo. Mas Zias já mostrava outro semblante. Ele próprio já tinha usado metadona em sua pior fase, quando injetava heroína para entrar em Virtuas oníricas. Ele próprio passou anos e mais anos pulando de droga em droga, trocando um vício pelo outro em busca de uma vida que funcionasse.

Vocês aqui no igreja, aposto que tentar livrar os pessoas de álcool e drogas e principalmente do Virtuas não é? Todos acenaram com a cabeça. E vocês conseguir com oração, com sermão e com penitência? Bem, disse Az. Vocês ter sucesso nesse missão? provocou o Reverendo.

Não tivemos, não, Reverendo, admitiu Zias. Pois eu ter com a Cálice. Cem por cento de resultado positiva. Então o que é isso que tá acontecendo aqui com o nosso povo? interpelou Ananea.

O que estar acontecendo, moça, ser que as pastores que eram para escolher os pessoas e dar tratamento contínua, ficaram com ambição doida e começaram a explorar os pessoas e obrigar os pessoas a dar tudo que tinham para ver Deus e se você tomar uma, dois, três doses e simplesmente parar, você enlouquecer. Mas não ser culpa da Cálice. A Cálice ser um milagre de Deus pela mão do ciência. O culpa ser das pastores. Eu ficar sabendo o que acontecer aqui e vim falar com senhor Kaleb. Ele me dizer que vocês aqui ser o único comunidade que não vender o Cálice. E que passar por aqui centenas e centenas de pessoas precisando de ajuda. Eu vir então pra ajudar. Eu vai dar a remédio pra vocês distribuir aqui. Sem lucro, sem nada. Eu querer fazer o coisa certa. Não suporto mais o culpa de ter colocado a maior milagre que vi no meu vida nos mãos erradas. Vocês vai ser o mão de Deus, agora.

# Deus escreve torto por linhas certas

Você vai mesmo fazer isso, Zias?

Eu vou, Az.

O pastor, que estava sozinho com Zias no quarto, colocava a mão na cabeça e voltava seu rosto para o céu. Andava de um lado para o outro e orava tão baixo que era impossível distinguir qualquer palavra. Esperava que Deus dissesse algo naquele momento tão decisivo. Levava a ponta dos dedos até as têmporas, fechava os olhos, logo os abria irritado e voltava a andar. O Senhor parecia não ter nada a dizer sobre o que estava prestes a acontecer. Em seu íntimo, Az estava dividido. Uma parte dele sempre achou interessante esse milagre que arrancava as pessoas dos vícios e levava de volta para a igreja. Quando Zias contou do tal pastor americano que veio até ele fazer a proposta indecente, Az ficou indignado com o filho de Zaim por ter despachado o sujeito sem ao menos entender melhor, perguntar o que ele achava. Passou muitas noites pensando como poderia encontrar o tal pastor americano. Mas, com o passar do tempo, o mar de desabrigados que começou a chegar na igreja foi ficando cada vez mais assustador. Era caótico e incontrolável, como um vírus. Como uma pandemia. No fim, julgou terem feito a escolha certa. Agora, as palavras do Reverendo embaralhavam novamente as cartas. O que ele dizia parecia fazer sentido e colocou ordem no caos, fazendo Az voltar a pensar em todas as possibilidades de ter em suas mãos aquele milagre.

E se ele estivesse realmente certo? Aquele líquido, que Zias estava prestes a beber, poderia ser a grande resposta que ele procurava. O caminho mais curto para a revolução. Era inevitável sonhar com a igreja lotada de fiéis que negaram os vícios, a Virtua, para dizer um estrondoso sim ao senhor e à igreja. Dali para a luta armada contra a Terra Seca e todas as injustiças dos poderosos seria um pulo. Imaginava cada sermão inflamado que poderia atirar contra eles, estes vendilhões que vinham até ali, ano após ano, só para explorar o povo. Esses fariseus que, sem saber mais como arrancar os poucos créditos que eles ainda tinham, utilizaram um remédio trazido por um santo Reverendo, com a melhor das intenções, para deixar sem nada os que já haviam perdido tudo. Seria perfeito. Mas ele não abriu a boca.

Esperava que o Senhor ditasse o caminho, mas o Senhor estava calado. Az finalmente desistiu. Eu vou estar ali fora, Zias. Esperando. Ao sair, deu de cara com Ananea. Os dois se olharam por um longo tempo como se um esperasse do outro a resposta que não tinham. Ananea não sabia o que pensar. Sempre soube que os vícios eram o grande inimigo da fé, da luta e da profecia de seu pai. Abraçou a missão de Zias porque sentia que não poderia fazer nada além de lutar contra esse inimigo invisível que corroía a igreja por dentro. Aquela nova e poderosa droga havia obrigado Ananea a se curvar. Era muito difícil imaginar a igreja de seu pai distribuindo aquilo como se fosse um sacramento. Mas vai saber. Ela estava cansada e também não via saída. Finalmente deu de ombros e sentou-se à beira do palco. Ela também não tinha nada a dizer. Agora não tinha mais jeito. Deixar as coisas como estavam era seguir aquele caminho que todos sabiam onde iria dar. No colapso da Cidade Submersa. Colapso esse que, como acontecia a cada pandemia ou crise de segurança, seria estimulado até o limite por Pastores Públicos de todas as vertentes, só para que eles pudessem trazer a solução como quem opera um milagre. Todo ano de eleição era igual. Era só esperar. Na reta final da campanha eleitoral, eles começariam a aparecer para salvar o povo mais uma vez. A vida era assim, de onda em onda, de tragédia em tragédia. Ainda mais agora que a morte de Salmo e seus Bispos havia deixado um vácuo de poder inimaginável. Embarcar na história do Reverendo poderia ser a única saída. O grande ato de fé possível. Ou poderia ser o fim de tudo. Um Pai Zias mergulhado novamente no vício seria o fim da Assim na Terra para sempre.

Seja o que Deus quiser.

Mas nem Deus queria tomar essa decisão sozinho.

Zias andava pelo quarto de um lado para o outro com o frasco na mão. Tanto tempo sem nenhuma recaída, lutando todos os dias. Só por hoje. A existência tomando sentido naquela missão que a vida atirou no seu rosto. Sentia-se limpo. Sentia-se útil. Sentia-se vivo. Mas também sabia que era impotente contra o vício. Não foi capaz de livrar seus fiéis da bebida, nem das drogas, nem das Virtuas. Seus batismos eram um paliativo. Uma muleta. Com isso eles davam alguns passos, mas logo caíam novamente e voltavam ao início de novo e de novo e de novo. Estava longe de ser a cura. Não haveria cura. Não haveria revolução. De todos ali, o único que sentia-se salvo era ele próprio. Resgatado por seu Pai, por sua irmã e pelo Deus que falava no ouvido de Az. A sua Santíssima Trindade. Lutava com seus impulsos diariamente, mas, se tinha forças para não ceder às tentações, era por conta deles. Se ele estava limpo fazia tanto tempo, não era por sua força. Era pela força deles. Não seria essa a hora de realmente tentar retribuir? Não seria aquela a verdadeira chance de salvar a igreja e o povo como seu pai sempre sonhou? Não seriam aquelas as linhas tortas por onde Deus escrevia? Quem sabe era isso e não aquela bobagem de *Pais* que ele inventou. Abriu o frasco e tomou tudo de um gole.

O que ele não sabia é que aquela dose, preparada especialmente para ele, tinha metade da potência do que estava sendo vendido nas igrejas. Brian a preparou para diminuir a fissura que Zias sentiria depois. Tinha a esperança de que, assim, Zias veria menos riscos e daria mais valor à sensação de alívio dos impulsos que tentavam empurrá-lo para as drogas quase todos os dias. Ir por mim, Kaleb. Eu ter esse negócio no meu mão. Eu vai deixar a Cálice inofensiva.

Zias tomou e foi deitar. Ficou ali por alguns minutos até começar a sentir um calor. Fechou os olhos e foi vendo o horizonte de sua mente se iluminar. Uma luz difusa e acolhedora. Pai. A presença sutil o abraçou com leveza. A respiração foi ficando calma e um sorriso se desenhou em seu rosto. Então isso é você, Senhor? Como eu quis te conhecer. Zias sentia a presença, mas ela não disse nada. Ouviu um murmúrio como se estivesse estranhamente longe, mesmo estando dentro da sua cabeça. Filho. Pai? Filho. Isso é Deus? Isso é meu Pai! Teve certeza de que era Zaim falando com ele. Eu te amo, meu Pai. Obrigado por tudo que o senhor fez por mim. Fica comigo, meu filho. Não me abandone. Eu vou honrar teu nome e a missão que o senhor me deixou, meu Pai. Eu juro, na sua presença, que vou realizar a tua luta, meu Pai. A luz mais forte explodindo em vida no ponto alto daquela viagem efêmera ao seu amor mais profundo.

Quando a porta do quarto abriu, depois de quase um dia inteiro, Az e Ananea foram correndo até ele. Você tá bem, Zias? Os dois perguntaram quase ao mesmo tempo. Zias prostrou-se de joelhos.

Eu falei com nosso Pai, Ananea. As lágrimas simplesmente escorreram pelos seus olhos. Eu não paro de chover. E essa água lavou tudo de ruim que tem em mim. O Reverendo tá certo. Se ele tem isso para dar pro povo, a gente tem que ajudar. Az e Ananea se olharam. Mas não vamos dizer nada pro Kaleb ainda. Me dá mais um dia pra eu entender bem como vai ser a fissura. Porque eu sei que eu vou querer mais. Eu já quero mais. Mas todo o resto acabou. Eu não penso em beber, eu não penso em fumar, em me conectar, em nada. Eu só penso no nosso Pai e no seu amor. As lágrimas não paravam de correr por seu rosto. Olha isso. É amor, amor, amor.

Ananea ficou sem reação e Az renovou sua fé na revolução naquele instante. Conseguia ver a igreja lotada de gente escutando palavras de ordem com aquela mesma devoção. Tá pronto. É só ir lá e fazer. Aquela seria sua maior arma para trazer o povo para a igreja, para a luta. Aquele seria o grande avivamento que ele esperou por tantos anos. De repente tudo fez sentido, como se a profecia de Pai Zaim se cumprisse ali, naquele momento improvável. Az deu a mão para que Zias levantasse e, para surpresa de Ananea, puxou Zias para os seus braços.

Vem cá, meu filho. Se você está livre de tudo aquilo e está nos braços do teu pai, isso é mesmo um milagre! Paz, justiça e liberdade!

# Gênesis esquina com apocalipse

A primeira vez que Davi foi a um culto na Assim na Terra, foi a convite de Melquezedeque. Não demorou para que o velho Melq adotasse o garoto desprotegido que chegou ali dizendo que precisava desesperadamente encontrar Deus. Melq o levou para conhecer a igreja de Pai Zias e não conseguiu entender a decepção do garoto quando o culto terminou. Ninguém falou nada sobre o Cálice. Apenas uma convocação para um batismo no próximo culto e um pedido de ajuda para as senhoras que passavam o dia ali por não ter para onde ir.

Será que é nesse batismo que ele entrega a parada? Havia passado algumas vezes no ponto em que a lancha aportou e não encontrou nada além de um porto utilizado por diversas embarcações. Onde esses filho da puta carregam essa merda? Quebrava a cabeça sem entender o que estava acontecendo. Foi até a igreja de Cipriano e o que viu era exatamente o que as fotos da rede mostravam. Uma igreja morta. Meia dúzia de velhas e um pastor letárgico. Caralho. Eu prefiro morrer do que acabar assim. Viu-se em um beco sem saída. Não sabia mais onde procurar e a certeza de que era dali que as cargas do Cálice saíam só fazia torturar ainda mais seu pensamento. Evitou perguntar diretamente ao velho Melq, não queria levantar nenhuma suspeita. Não sabia bem do que tinha medo, mas sei lá. Melhor não arriscar. Quando a gente não sabe onde tá pisando, todo chão é um campo minado.

Foi então que o velho Melq o convidou novamente para a igreja. Vou não, seu Melq, obrigado. Que é isso, garoto, você tá aí todo pra baixo. Sacode essa poeira, moleque. Hoje vai ter novidade na igreja, de repente você se encontra. Não vai ser culto, vai ser uma coisa chamada Noite da Curação. E só vão participar cem pessoas. Eu posso te levar. Vem! O que você tem a perder? No fim Davi cedeu.

Foi Az quem teve a ideia de resgatar o nome da revolta que tornou Pai Zaim famoso e perseguido em todo o país. Era um reviver da história. Era o marco zero do avivamento inevitável da fé e da luta de Zaim. Zias nunca viu Az daquele jeito. Ele fez tudo. Organizou com Kaleb o espaço em outros apartamentos para guardar todos os carregamentos do Cálice que o Reverendo fosse capaz de enviar. Brian se comprometeu em secar a fonte para todas as outras igrejas, destinando tudo para a Assim na Terra. E mais. Disse que estava prestes a resolver os problemas de produção que havia desde o início daquela jornada. Foi Deus que me impediu de produzir a tanto que eu queria. Mas agora que a milagre estar nos mãos certas, tenho certeza de que a Senhor vai me permitir achar as meios para produzir tudo o que nós precisar para inundar o comunidade com a milagre do Senhor.

E assim foi. Primeiro Az convenceu Zias a tratar todos que se abrigavam ali durante o dia mesmo, fora do culto. E deixar o novo evento apenas para novos participantes. Para que eles tivessem o primeiro encontro com Deus ali, na frente de todo mundo, juntos, e não se contaminassem pela experiência dos que haviam sofrido nas outras igrejas. Todos aqui vão renascer puros e livres nessa nova era. Nessa nova Curação. Deus voltou a falar com Az e ele estava mais confiante do que nunca, tendo a bênção do Senhor.

Meus irmãos, conclamou Zias em frente aos seus cem primeiros pacientes. Sentia-se mais à vontade nessa nova pele de médico caseiro, terapeuta amador, xamã evangélico. O que fosse. Sentia tudo mais real, mais próximo da sua vida e da sua história. Tinha mais autoridade naquela pele do que como o grande pastor que todos esperavam que ele fosse.

Essa é a nossa primeira Noite da Curação. É assim que eu vou chamar esse dia especial que nós vamos ter, três vezes por semana, aqui na igreja. Eu sei que vocês conhecem o trabalho que nós estamos fazendo com as pessoas que sofreram com a ganância desses fariseus na pele de pastores das outras favelas da Cidade Submersa. Esses homens sem fé estão explorando o povo e negando aos nossos irmãos um milagre que foi oferecido a eles pelo Reverendo Brian, que trouxe para a nossa cidade a cura para todos os vícios que vêm corroendo o nosso povo. A bebida, as drogas, as Virtuas. Tudo isso que a gente tenta combater com todas as forças, mas que sempre vence todos os nossos esforços. Esse remédio foi dado a estes vendilhões do templo para que eles distribuíssem ao povo. Um remédio santo para curar os vícios e reavivar a fé no nosso coração, na nossa mente e no nosso espírito.

E o que esses pastores fizeram? Ziaz abaixou o microfone e andou até a beira do palco, olhando um por um nos olhos.

O quê?! Eles deixaram Satanás usar as suas igrejas! Usaram o milagre para tirar do povo até o último crédito! E o resultado é o que estamos vendo pelos corredores do morro. Esse número cada vez maior de irmãs e irmãos perdidos, sem casa, sem comida e sem nada. Pois isso vai mudar, meus irmãos.

Davi, ouvindo aquelas palavras, não conseguia conter sua alegria. Não fazia ideia do que estava acontecendo ali. Se os caras entregam a parada em tudo quanto é favela partindo dali, por que esse cara tá falando como se o negócio tivesse chegado só agora? Que porra é essa? Foda-se. Tudo estava se encaminhando exatamente na direção em que Davi queria que a coisa andasse. Puta que pariu, Davi. Você tem mais sorte que juízo, moleque, dizia para si mesmo apertando as mãos trançadas em uma oração profana.

Eu recebi o Reverendo Brian aqui. Direto de Dry Miami. Ele nos procurou indignado com o que está acontecendo nas outras igrejas. Ele contou toda a história do remédio e qual era a sua intenção quando trouxe ele para os maiores Pastores da Cidade Alagada achando que assim garantiria que todos recebessem tratamento. E ele fez uma proposta. Eu mesmo. Zias fez um silêncio grave. Eu vou contar algo que nunca contei. Eu mesmo luto com os vícios há muitos anos. Tudo o que vocês puderem imaginar. Da bebida às drogas até às Virtuas mais horríveis. Eu perdi minha vida inteira nesse mundo de perdição e dependência. Os gritos de aleluia se fizeram ouvir, assim como os cochichos e os aplausos de quem se identificava com a sinceridade de Zias. E eu mesmo tomei o remédio para saber como era. E de fato, desde então, eu não tive mais nenhuma vontade, nenhum impulso, nenhum pensamento que não fosse em meu Pai, na fé e na nossa missão. Ele levantou o Cálice. O que temos aqui é a presença de Deus na Terra. A presença de Deus não mais através da nossa fé pura, mas a partir da ciência. É a medicina do Senhor e eu, Pai Zias, a partir de agora, vou administrar esse medicamento para

Entre o céu e o sal

todos que quiserem. Sem custos. Toda a semana como diz a receita. Para tratar todos os males da carne e do espírito. Nós vamos fazer isso em um culto especial. A partir dessa noite. Na Noite da Curação. Por favor. Peguem um colchonete e estendam onde acharem melhor. Depois nós vamos fazer uma fila e vamos juntos encontrar a paz e a liberdade. A cura através da medicina e da fé. No fim do culto, vocês podem doar o que puderem para cobrir os custos e é só o que nós vamos pedir. Essa é uma missão de saúde e de fé. Ninguém aqui vai ganhar nada com isso.

Davi correu para pegar um colchonete e esticou ao lado de Melq. Zias fez questão de descer até onde os dois estavam e cumprimentar o velho. Desde que Melq, havia perdoado Zias pelo que ele tinha feito quando chegou no morro, ele sempre fazia questão de prestar toda a reverência ao apóstolo que, apesar da mágoa, sempre defendia Zias da implicância constante de Az nas assembleias.

Meu mestre Melq. Obrigado pela sua presença. Olá, meu filho. Esse é o menino Davi. Ele está hospedado na pensão. Ele me lembra muito você quando chegou. Trouxe ele para ver se ele se encontra. Olá. Muito prazer. É Pai Zias, não é? disse Davi, tímido. É, sim. Prazer, Davi. Olhe, rapaz. Eu quando cheguei aqui fui muito ingrato com o senhor Melq. Você veja se não faz a mesma coisa ou vai se ver, não comigo, mas com o Senhor, entendeu? Pode deixar, Pai Zias. O senhor Melq tem sido como um pai pra mim. O dia de hoje está mudando a minha vida. Eu nunca vou esquecer.

Todos em fila, Zias foi distribuindo um frasco para cada um. Davi pegou o seu e voltou para seu colchonete. Zias pediu para que todos bebessem. Davi fingiu tomar o seu e escondeu o frasco no bolso. Olhou para o lado e sorriu para Melq, que bebeu o seu e sorriu de volta. Davi deitou-se e acompanhou, sóbrio, todos os risos, gritos, choros e louvores que ecoaram na próxima hora e meia. Queria sair logo dali, mas teve, ele mesmo, de fingir suas visões enquanto Zias caminhava entre os colchonetes guiando o caminho dos fiéis até a cura.

Essa luz é a liberdade, meus irmãos. Vamos abraçar essa iluminação e vamos ser livres de todo o vício e de toda a dor. Essa luz é o sentido das nossas vidas, meus irmãos. Depois dela só há amor e paz e liberdade. Só há amor, paz e liberdade. Depois dela nós estaremos livres para buscar a justiça. Quando disse a palavra justiça, Zias olhava diretamente para Az, que acompanhava tudo do alto do palco junto de Ananea. Az olhou para ele com um orgulho e uma alegria que não fazia nenhuma questão de esconder e elevou as duas mãos aos céus. Zias sorriu de volta e repetiu. Essa luz é o sentido das nossas vidas, meus irmãos. Depois dela só há amor, paz e liberdade. Depois dela nós estaremos livres para buscar a justiça.

# Onde houver trevas
# que eu leve mais escuridão

Kaleb estava sob uma pressão terrível.

Quando o fluxo do Cálice secou para as igrejas, Reverendo Brian voltou para Dry Miami para cuidar da produção e nunca mais atendeu nenhuma ligação dos pastores para quem havia vendido o Cálice. Sem ter para quem reclamar o prejuízo do que já estava pago, todos foram para cima da única autoridade possível. A milícia.

Os milicianos acabaram no mesmo barco dos pastores, já que, por consequência, pararam de levar a sua parte no esquema. Era questão de tempo até chegar aos ouvidos de todos que a única comunidade que estava distribuindo o Cálice era o Aeron. E de quem era essa comunidade? De Kaleb. É claro que ele tinha moral para segurar uma invasão. Ninguém ia entrar em sua casa sem pedir licença, mas era certo que o Aeron ia fervilhar de Judas e que todas as forças da Cidade Submersa iriam cobrar que ele tomasse providências. Conhecendo as engrenagens do poder na Cidade Submersa, todos iriam deduzir que ele estava por trás daquele movimento. Ou pelo menos estava levando o seu por fora sem dividir com os aliados. Ninguém é bobo. Todos seriam muito políticos na sua frente enquanto, pelas costas, tramariam sua queda. Se ele errasse o timing dos seus movimentos podia se considerar um homem morto. Quando ele e o Reverendo fizeram aquela visita a Zias, deram início a uma contagem regressiva.

Foco no biznes. Tudo pelo bem maior. Repetia o mantra como um maníaco, tentando não se perder dentro do medo inconfessável que sentia. Passava o dia conectado, mergulhado em seus óculos, falando com todos os seus contatos de confiança para entender o passo a passo das informações.

Ó. Os caras estão putos. Ó. Os caras estão falando com a milícia aqui em Javé. Ó. Teve reunião de cúpula. Ó. Em Ipanema tão dizendo que tem Cálice no Aeron. Ó. Chegou no Novo Leblon. Ó. Tão dizendo que tem alguma coisa errada na sua comunidade. Ó. Tão dizendo que tem que chamar você pra uma conversa séria. Ó. Agora o preço subiu, Kaleb, dizia o informante. É cinquenta, cinquenta. É a taxa do eu sei. Seu filisteu de merda. Tá se achando o varão das galáxias, né? Eu pago, filho da puta. Ó. Escutei que alguém precisa tomar uma providência. Ele já sabia o que isso significava.

Os créditos que Zias angariava mal davam pra cobrir os custos. Kaleb teve que tirar do próprio bolso para não parar a operação. E desembolsar ainda mais pra segurar os ânimos tanto nas igrejas quanto nas milícias vizinhas. Teve que molhar a mão de muita gente pra tentar adiar o confronto inevitável. Quem quer milagre tem que fazer milagre. Ó. Tão dizendo que o Hoshaná quer a tua cabeça. Quanto você quer pra colocar uma bomba no jet ski desse filho da puta? A tensão crescia e a coisa começava a tomar contornos de conflito armado. O cheiro de guerra estava no ar e não era uma guerra qualquer. As igrejas mais poderosas e os chefes de todas as milícias estavam envolvidos de uma forma ou de outra. Antes de concluírem o óbvio, todos iriam apontar o dedo para os velhos desafetos primeiro. Aproveitariam a desculpa para resolver velhas pendências, até que todos os olhos se voltariam para Kaleb. Muita gente ia rodar nesse processo. A fé é foda. As placas tectônicas da Cidade Submersa estavam se movendo rapidamente como não acontecia desde o tempo da ilegalidade. Os matadores de aluguel da Congregação do Crime, como era conhecido o maior escritório de matadores do Rio, estavam negociando cabeças de todos os lados. Kaleb sentia o tudo ou nada se aproximar. Será que eu dei o passo maior que a perna, Elias? Sei, não, Kaleb. Você não conta pra ninguém onde vai parar essa porra desse plano, mas a gente vai pra cima desses filho da puta e seja o que Deus quiser.

Mas no fim da noite, quando deitava para descansar e ligava para Brian para fazer o balanço da operação, sentia revigorar a sua fé. O Reverendo estava sempre em festa. Os coisas não poder estar mais certos, Kaleb. Parar de se preocupar, logo nós vai estar nos ilhas do Califórnia. A Senhor estar do nosso lado, Kaleb. Eu conseguir tudo que precisar para fazer a maior carregamento que você imaginar. De fato, essa parte do plano ia de vento em popa. A produção cresceu substancialmente e as sessões coletivas de Zias aconteciam agora duas vezes por dia. A impressão que dava é que todo mundo estava tomando. Nenhuma pessoa no morro deixava de passar na igreja pelo menos uma ou duas vezes por semana. É o que a gente precisar. Segurar aí Kaleb que nós vai dar o cartada final. Eu fazer todas as contatos que precisar. O papelada estar pronto já! Estar tudo armado. Eu estar mandando mais de um tonelada esse mês. Você poder se preparar. Segurar no mão de Deus e vamos firmes, minha irmão. Kaleb respirava fundo e renovava sua fé. Todo mundo tá tomando. Vai dar tudo certo.

Kaleb foi dormir em paz e acordou com o inferno batendo à sua porta.

Sua tela não parava de piscar. Poder Divino. Caralho. O que foi agora. Alô. Fudeu, Kaleb. Eles vão invadir a Cidade Submersa atrás dessa porra aí que você inventou. Acharam um vídeo do tal Monge tomando essa merda e fazendo uma live pra um bando de maluco. O desgraçado ficou falando com Deus e repetindo praqueles doentes o monte de merda que ele escutava naquela cabeça doente. Eu acabei de assinar a autorização. Caralho, Abel! Como é que você fez isso, porra? E eu vou fazer o quê? Os caras me mostraram uma prova em vídeo e você queria que eu fizesse o quê? Fazer de conta que eu não vi? Sei lá, caralho. Inventa alguma coisa. Manda eles lá pra porra da Barra. Tá de pombagirisse comigo, caralho? Tá repreendido em nome do Senhor, Kaleb. Vai dar merda isso. Agora dá teu jeito. Eu te avisei pra se preparar pra essa porra que a coisa podia feder. Se o meu nome aparecer nessa investigação eu te caço até no inferno. Se você me ameaçar de novo, Abel, amanhã você vai tá nos óculos da cidade inteira. Calma, Kaleb. A gente tem que ter calma. A gente, sei. Agora é cada profeta que leia o seu versículo. Eu sei como a coisa funciona, Abel. Quanto tempo eu tenho? Assinei hoje. Leva uns dias até preparar a operação. Vai ser coisa grande. Eu vou pedir pro Secretário de Segurança segurar um pouco, pedir mais evidências, sei lá. Não tem outra linha de investigação, caralho? Tinha a briga do Salmo com o Albin Morgado. Porra, mete na conta desse filho da puta do Morgado. Não tem prova, Kaleb. Planta alguma coisa, caralho. Você tá louco, Kaleb? Tudo tem limite e eu já entrei nessa muito mais do que eu devia. Maldita hora que eu fui me meter nisso. Aliás, cadê os créditos que pararam de entrar? Chegou a conta aqui, Abel. A torneira fechou. Tá tudo indo pra segurar o tsunami de merda que pode bater na tua porta. Não é só daí que tá vindo bosta, não. Puta que me pariu, Kaleb. Segura na mão de Deus aí, Abel, porque os cavaleiros do apocalipse tão colocando as esporas.

Kaleb deu um chute na mesa, fazendo-a virar e jogando toda a papelada e o computador pelos ares. Elias veio da outra sala correndo com a arma na mão. A coisa vai feder, né? Já fedeu, Elias, já fedeu. As parede tão se fechando de todos os lados. Antes que ele completasse seu pensamento, bateram à porta e Elias a abriu. Era Uri, todo suado. Porra, moleque, você não tinha que tá de vigia no apê da Babilonia? Eu peguei um cara lá. Como assim? gritou Elias. E deixou o apê sem ninguém? Cadê o filho da puta? vociferou Kaleb. Tá lá amarrado.

Quando eles chegaram no apê, Kaleb deu um pontapé na porta, arrebentando o marco. Davi, que estava sentado no chão entre as caixas, com as mãos amarradas para trás, viu os pedaços de madeira voando em sua direção sem que pudesse se defender. Um corte na testa vertia sangue. Eu dei uma coronhada nele, disse Uri com algum orgulho. Fez bem, moleque. Fez bem. Mas porra. Abandonar o posto não dava. Por que não ligou, caralho? É que eu. Cala a boca os dois, disse Kaleb encerrando o assunto. Deixa eu ver o que a gente tem aqui. Um ratinho. De onde você veio, ratinho? Quem te mandou? Ninguém, não, senhor. Pelo amor de Deus, senhor Kaleb. Eu não fiz nada, não. Vou perguntar de novo. Quem foi que te mandou, ratinho? Foi aquele filho da puta do filho do Hoshaná, não foi? Quem? Não, pelo amor de Deus, senhor Kaleb. Eu nem conheço Hoshaná nenhum. Davi urinou nas calças e Kaleb o levantou pelos cabelos.

Tu se mijou, ratinho? Olha isso aqui, Elias! O filho da puta se mijou. Uri, assustado, não sabia se ria ou ficava sério. Desde que tinha saído brigado da igreja para defender o segredo da milícia e pedido abrigo para Elias, aquela era a primeira vez que se envolvia em uma ocorrência de verdade. Ficava de vigia nos apês mais distantes para evitar os olhos do povo da igreja e nunca havia acontecido nada do tipo. Sonhava com ação e, quando ela veio, não titubeou. Ali ele mostrou que não era só o garoto metido a profeta que fazia as orações da tropa. Ele tinha sangue no olho. Olha aqui, Uri. O rato se mijou. A fala de Kaleb demandava uma ação e Uri sem saber o que fazer cuspiu em Davi. Tá repreendido em nome do Senhor, rato do Satanás.

Kaleb riu de Uri também. Aleluia, Uri, aleluia. Debochou. E aí, ratinho? O que você faz aqui. Eu só queria pegar um Cálice, senhor, pra vender. Porque a minha coroa tá na cama e ela é tudo pra mim e eu preciso cuidar da minha mãezinha senhor e a gente não tem crédito e eu não sei mais o que fazer, então eu pensei que podia vender um pouco lá... Davi engasgou. Sentiu que havia dado um passo no vazio. Lá onde, seu rato? Na ReFavela de Ipanema, senhor. Em Ipanema. Você tava levando essa porra pra Terra Seca, não tava, seu filho da puta? Elias. Leva o rato pro escritório e não deixa ele fugir de jeito nenhum.

# O inferno nunca está satisfeito

Davi entrou no prédio apressado como todo bom Fazedor. Chegou até o balcão e respondeu de pronto à pergunta da recepção eletrônica. Em que posso ajudar? Eu preciso entregar uma encomenda pro senhor Arimatéia. É uma encomenda da Igreja Central em nome do senhor Arimatéia. Ari-matéia. Um chiado no alto-falante tornou a resposta da recepção incompreensível, então a porta estalou e abriu. Davi subiu pelo elevador até o vigésimo quinto andar, onde ficava a sede do canal O Evangelizador. Quando saiu, encontrou um corredor movimentado onde pessoas iam e vinham de um lado para o outro. Todas elas pareciam ter algo muito importante ou muito urgente para fazer. A briga pela atenção dos fiéis era o grande campo de batalha da Jihad à brasileira. Na parede, escrito em grandes letras pretas que iam do chão ao teto, o lema do canal, de autoria do próprio fundador.

Quem tem a sua atenção tem a sua alma. Albin Morgado.

Davi foi atravessando a grande frase letra por letra até chegar na porta da redação. Interpelou uma moça que passava carregando alguns papéis. O senhor Arimatéia senta onde? A moça olhou Davi de cima a baixo, fez uma cara de nojo e não voltou a olhar nos seus olhos. Só apontou, displicente. Ali, garoto. Reto ali, aquele de cabelo branco lá.

Davi foi direto para ele, que gritou assim que entendeu que Davi vinha ao seu encontro. É pra mim? Deixa ali, ó. E apontou para a mesa mais à direita. Davi não respondeu e não parou. Chegou muito perto do homem, que inclinou o tronco para trás fugindo do hálito de Davi. O que você quer, rapaz? Sai fora. Eu quero dar uma entrevista. Oi? Eu quero dar uma entrevista. Eu quero contar tudo o que eu sei sobre o cara lá. O Monge da Morte. Arimatéia sentiu o cheiro de furo de reportagem e olhou para os lados para ter certeza de que ninguém havia escutado o Fazedor derramar leite e mel sobre ele. Pegou Davi pelo braço e arrastou para uma pequena sala onde ficava a Virtua Cast. Uma mesa, duas cadeiras, dois microfones e duas máscaras.

Senta aí, garoto. Mas olha só. Se você começar a falar bobagem e fazer eu perder o meu tempo eu chuto a tua bunda até aquele pântano de onde você veio. Qual teu nome, garoto? Davi. O que você tem pra mim, Davi? Vocês pagam por notícia? Depende. Se for quente mesmo eu pago até cem. Se for uma coisa do outro mundo, eu dou até cinco por cento de todos os Looks. Direto na sua carteira. Quanto dá isso? A gente tem até cinco bilhões de Looks por ano em todas as redes, servidores e Virtuas, moleque. Depois você faz as contas. Agora, bora. Desembucha. Se for o que você tá falando mesmo, pode ficar tranquilo que você deu a sorte grande. E aí? Primeiro você paga. Nem fodendo, moleque. Na boa. Sai daqui. Foi pegando Davi pelo colarinho e levantando ele à força da cadeira. Eu sou o chefe dessa merda, você acha que eu tenho tempo pra perder com favelado golpista? Eu que vendi a droga pro tal Monge da Morte. Arimatéia sentou Davi de volta na cadeira e desligou o microfone. Puxou sua tela pessoal do bolso e ligou para registrar a conversa. Vestiu seus óculos e começou a filmar com eles, para gravar o seu ponto de vista. Fala, garoto. Mas olha lá. Primeiro a grana. Coloca nessa carteira aqui. Davi aproximou a sua tela dos óculos de Arimatéia e transferiu as chaves para que ele fizesse o depósito.

Vamos fazer assim, garoto. Eu te passo agora mesmo um smart contract dizendo que vinte por cento da remuneração dessa tua notícia aí vai pra essa carteira. Beleza? Mais cinco mil agora. É muito. Vai valer a pena, senhor. Todos os maiores pastores da cidade tão envolvidos. Arimatéia abriu a carteira em sua lente e pegou o valor pedido. Na hora de passar para a carteira que Davi havia indicado, Arimatéia ainda hesitou mais uma vez. Davi olhou bem para ele. A milícia tá ganhando dinheiro com isso também. O que eu tenho aqui é uma bomba, senhor jornalista. Arimatéia fez o depósito e validou o contrato na rede Solana. Pode abrir esse bico, meu filho.

Durante mais de duas horas, Davi contou tudo o que sabia para Arimatéia. Que era um remédio. Que o remédio vinha dos Estados

Unidos, que estava sendo vendido nos maiores morros por pastores das principais igrejas. Que as pessoas estavam ficando sem nada para comprar o tal tratamento que curava todos os vícios e levava até Deus. Falou que a milícia protegia os pastores, e que agora só uma igreja tinha o Cálice. E que era justamente a igreja do morro do miliciano Kaleb, que era quem controlava tudo.

Arimatéia ouvia com atenção e só pensava em ir para casa e revisar todo aquele material. Ele, como chefe da redação, tinha a obrigação de nunca deixar aquilo vir a público da forma errada. Davi, por sua vez, contava a história em tom de denúncia. Mas Arimatéia nunca faria uma matéria denunciando as maiores igrejas da cidade pelo simples fato de que isso significaria denunciar a Paz do Senhor, que, por acaso, era dona do canal. Como jornalista experiente que era, conseguia até ver as matérias que faria para controlar a narrativa. Remédio ou milagre? Remédio ou vício? O que nós preferimos? Da Hidroxicloroquina ao Cálice. A história da demonização de remédios que salvam vidas. Devemos calar o Cálice? Quando Arimatéia deu-se por satisfeito, desligou sua tela e colocou seus óculos sobre a mesa.

Então é isso? Deixa eu te perguntar? É uma exclusiva de verdade, não é, garoto? Você não contou essa história pra mais ninguém, não é mesmo? Se eu descobrir que você contou, eu cancelo o contrato na hora, tá entendendo? Não falei com ninguém, não, senhor. Então, vamos lá. Muito obrigado, Davi. Senhor. O senhor pode ligar o microfone aqui, por favor? Pra quê, Davi? Eu tenho uma nota oficial pra dar pro senhor. Nota oficial? De quem, Davi? Liga, por favor, e foi tirando do bolso um envelope. Papel? É a única cópia. Não tá em nenhum lugar da rede. Acho que é pra o senhor não descobrir quem foi a pessoa, né? Arimatéia ligou o microfone sobre a mesa e colocou para gravar. Davi desdobrou a carta e começou a ler com uma voz monocórdica.

Aqui fica o primeiro grito contra esses que atacaram homens de Deus na casa de Deus. Pastor Salmo era um pregador da palavra e viveu sua vida trazendo Deus para junto dos homens. A bomba que ceifou sua vida é a prova de que Satanás está entre nós, no coração da igreja que foi responsável por este atentado. Um atentado que não foi contra a igreja, mas contra Deus em pessoa. À medida que lia a carta, Davi ia sentindo as gotas escorrerem por sua testa e seus olhos encherem de lágrimas. Arimatéia apertou os olhos e franziu a testa, intrigado com a cena.

O papel tremia nas mãos e seus lábios sibilavam em um choro que era incapaz de engolir. Voltou a articular as palavras com dificuldade. Nós somos a voz da resistência, nós somos aqueles que renasceram da explosão. Nós somos a fênix do Espírito Santo e nossa sobrevivência é a exaltação da nossa vitória. A guerra por todas as almas é santa e você, Bispo Albin Morgado, ultrapassou todas as fronteiras. Até a guerra tem suas leis. Você escolheu a lei do mais forte e o mais forte é Deus. Esse atentado foi a confissão de que Satanás guia a sua mão e contra Satanás todas as armas são válidas. Esse é o exorcismo pelo fogo.

Davi terminou a carta tremendo muito. Parecia exausto pelo esforço em parir aquelas palavras. Abaixou o papel com uma das mãos. Levou a outra ao bolso do seu macacão colorido, estufado na barriga e nas pernas. Segurou o pequeno tubo de plástico, colocou o dedo sobre o botão. Chorou alto e pressionou. A explosão arrasou dois andares do prédio atirando cacos de vidro a mais de seis quarteirões dali. Todos os outros canais da cidade já haviam recebido uma cópia da carta. Estava oficialmente inaugurada a era dos homens-bomba no Rio. Logo o quarteirão estava isolado, drones dos canais de todos os pastores estavam captando as imagens. Em terra, centenas de Community Managers escreviam toneladas de posts com todas as versões possíveis daquela história. As duas maiores igrejas da cidade escalaram da guerra santa para a guerra real, declarada. Era o caos. Não tinha outro nome. Era como se a cidade inteira passasse a arder no fogo do inferno.

Na Cidade Submersa, no morro de Copacabana, a explosão foi abafada pelo batidão. A mãe de Davi dançava animadamente no baile Graça Funk com seu namorado. Um malandro da pior espécie que vivia às custas dela e ainda enchia a senhora de bofetões baile sim, baile não. Quando ela foi pagar o Kasher quase caiu para trás. Uma fortuna em sua conta. Um dinheiro que ela nunca tinha visto na vida. Ela olhou para os lados, viu o namorado dançando com algumas mulheres, copo na mão. Foi saindo com a pressa de quem esqueceu algo muito importante e nunca mais foi vista na Cidade Submersa.

# O senhor
# das pragas

Kaleb jogava xadrez em quatro dimensões com a situação. Com um único movimento, criou uma cortina de fumaça que cobriu completamente a sua posição no tabuleiro e, ao mesmo tempo, atirou pastores e milicianos uns contra os outros. Como seu único acordo era com Az e Zias, ele ficou livre da obrigação de entrar em qualquer um dos lados da guerra. Todos os outros milicianos tinham o rabo preso com alguma das grandes igrejas e agora era a hora de retribuir todas as bênçãos, taxas e favores. O novo atentado confundiu a todos e atirou a Cidade Submersa em uma guerra que racharia as igrejas e, com elas, a milícia. Não demorou para que os assassinatos se intensificassem nas comunidades. Menos no Aeron, que agora distribuía o Cálice com mais tranquilidade.

Fazia poucos dias que o grande carregamento prometido por Brian havia chegado. Era uma carga imensa e só mesmo a tensão de uma grande guerra seria capaz de mover os olhares que pairavam sobre o Aeron. Mas todo o jogo tem um ponto cego e, na partida decisiva que Kaleb jogava, este ponto cego era a pressa. Para descarregar e preparar toda aquela carga para a distribuição, foi obrigado a ser menos cuidadoso. Não fazia mais suas movimentações somente na proteção da luz do sol. A operação passou a rodar vinte e quatro horas por dia e ele carregava todos os barcos e lanchas disponíveis o mais rápido que conseguia.

Ananea logo percebeu o movimento intenso e ficou em alerta. Ou ele tá vendendo arma pra Deus e o mundo nessa guerra que ameaça estourar ou ele tá aproveitando a confusão pra vender o Cálice pros outros morros pelas nossas costas. Que filho da puta. Kaleb havia conquistado a confiança de todos, menos dela. Ela nunca conseguiu acreditar nem por um segundo no que ele dizia. Ele achou o quê? Que eu não ia ver? Que eu não ia falar nada? Pode esperar, senhor Kaleb.

Primeiro ela tentou um encontro casual. Começou a passar mais vezes pelos corredores próximos ao escritório. Mas nem ele nem Elias estavam por lá. Um dia ela viu Uri de guarda na porta da sede. Ele ajeitou seu fuzil no ombro e virou o rosto, fingindo não a ver. Ela andou até ele. Eu queria te pedir perdão. Uri foi atingido por aquelas palavras como se fossem um soco. Não tem do que perdoar, eu agradeço até. Eu tô muito melhor aqui. Tem certeza? Nunca tive tanta certeza. Você tava certo, eram armas mesmo. E pelo jeito essa guerra que tá se armando tá fazendo os negócios prosperarem ainda mais, não é? Deve ser, eu não comento esse tipo de coisas. Eu sou um cara leal, sabia, Ananea? Nunca traí a igreja quando eu tava lá e nunca vou trair a milícia. Não sei o que você tá tentando descobrir, mas pode ter certeza de que não vai sair de mim. E os meus superiores vão saber que você veio aqui bisbilhotar. Como assim, bisbilhotar? Se orienta, moleque. Você é um pivete, mesmo. Sai fora! Sai fora, você, Ananea. Volta lá pro seu mundinho cor-de-rosa, vai fazer tua santa revolução, vai. Me deixa trabalhar em paz.

Ananea desistiu de encontrar Kaleb. Ao menos naquele dia. Não dava pra entender o que estava acontecendo. Imaginou que o tumulto nas outras favelas, envolvendo pastores e milicianos tinha arrastado Kaleb e Elias para um mar de problemas. Não seria fácil encontrar Kaleb, mas ela simplesmente não sabia desistir. Logo estava de volta, andando por todos os cantos do morro atrás dele. Tudo que conseguia encontrar eram alguns soldados que davam sempre a mesma resposta padrão. Ninguém vê o Kaleb nem o Comandante Elias desde sexta. E o que tem nessas caixas? É Cálice? Pra onde isso tá indo? Desculpa, dona. Eu sei que a senhora é da igreja e tal, mas aí tá querendo saber demais. A senhora pode dar licença por favor?

Quando Ananea finalmente cedeu e voltou para a Assim na Terra, encontrou Az, Zias e os outros apóstolos cercando uma pilha imensa de caixas do remédio. Meu Deus, o que é isso? Eles vieram entregar. Disseram que a guerra tá vindo de todos os lados, e que era melhor a gente distribuir tudo pro povo logo, porque ou vem a polícia ou vem a milícia e se a gente for pego com isso a coisa vai ficar feia pro nosso lado. Sério? E eles largaram essa bomba aqui e saíram correndo? Eu ouvi dizer que o Kaleb e o Comandante tão entocados em algum lugar, porque o caos é generalizado em todos os morros e não tem mais lugar seguro para fugir, disse Melq. Eles devem ter ido pra Terra Seca, Ananea, sentenciou Zias recriminando Melq com o olhar, por alimentar o ímpeto da irmã. Desiste dessa ideia de achar esses filhos da puta, pediu Zias, visivelmente cansado. Não deixaram nem um soldado pra ajudar? Não, Ananea. Essa pica é toda nossa, disse Melq, conformado.

Az estava sentado, o olhar perdido, buscando alguma solução. Ananea bateu palmas muito alto. Ei, e aí? Vocês vão ficar aqui esperando tudo explodir? São muitas doses, Ananea. A gente não vai conseguir distribuir tudo isso. O povo do topo já tá descendo, gritando que os barcos já vêm vindo. Que barco? Barco de quem? A gente nem sabe o que é verdade nessa história. Vamo lá. Vocês, vão levando as caixas pra fora. Larga no saguão, joga no corredor, abre e vira tudo. Quem quiser pegar, que pegue. Eu vou mandar uma mensagem avisando pra todo mundo do nosso servidor que tá tudo liberado e que todo mundo pode pegar o que quiser.

E assim foi. Aos poucos, a igreja abarrotada de caixas foi se esvaziando e quem passava por ali ia juntando dezenas de frascos. A notícia correu rápido e um frisson alucinado tomou conta do morro enquanto todos corriam de um lado para o outro. Uns tentando se preparar para a invasão iminente, outros correndo atrás da maior quantidade de frascos do Cálice que fossem capazes de carregar. As versões se desencontravam. Muitos diziam que a polícia estava vindo e que todo mundo que tivesse o remédio ia ser preso, outros diziam que a milícia de Hoshaná vinha pegar todos os Cálices que estivessem ali e executar Kaleb, Elias e todos os homens que vissem pela frente. Os corredores do morro fervilhavam como um formigueiro em chamas. As pessoas corriam desordenadamente. Um morro sem líder, mergulhado no caos, não era bonito de se ver. Ainda mais quando um mar de droga estava ali, disponível para quem chegasse primeiro, ou fosse mais forte.

Não demorou para as coisas começarem a sair de controle e os homens da igreja foram recuando para longe da pilha de caixas que rapidamente eram levadas e disputadas no tapa. Logo eles estavam atirando as caixas para fora da igreja sem pensar muito, e assim que a última saiu pela porta Az pediu para que todos entrassem e trancou as fechaduras. Lá fora, o som de gritos e os primeiros tiros se fizeram ouvir. Não dava para saber se vinham de uma invasão ou daquelas disputas pelo espólio da igreja, mas tudo ficava cada vez mais violento. Az olhou para trás e viu todos ali, suados, ofegantes e assustados. Onde está Ananea? Ananea! Zias procurou em todos os cantos da igreja. Não tá em lugar nenhum, Az.

Ananea andava pelos corredores buscando por qualquer sinal de Kaleb. Esse filho da puta jogou tudo nas nossas costas. Ela sabia que se a invasão acontecesse mesmo, e fosse em função do Cálice, eles iriam direto na igreja e de nada adiantaria eles terem tirado as caixas do salão principal. Eles encontrariam aquele tumulto do lado de fora e, pior, não encontrariam o que vieram buscar. Seria o bastante. Eles vão matar todo mundo. Filhos da puta. Mas eu vou te pegar, Kaleb. Na mão, uma das armas que Az guardava na mesa do escritório. Ao menor sinal de ameaça, Ananea apontava a arma para quem fosse. Cadê o Kaleb? Eu quero saber do Kaleb! Ninguém dizia coisa com coisa no tumulto, que ficava cada vez mais intenso e desorientado. Foi quando ela lembrou. O lugar favorito do morro. O lugar onde Kaleb a levou para ver a vista no primeiro encontro que tiveram.

Ela subiu correndo as escadas até o topo do edifício e de lá passou a subir os caminhos tortuosos dos barracos. À medida que subia, tudo ficava mais calmo. Todos estavam descendo, ou para tentar pegar a droga ou para tentar fugir da invasão. Tudo dependia da versão da história que havia chegado primeiro em suas lentes. Ananea chegou, finalmente, até a laje onde ele a havia levado. Saltou sobre a base de cimento e foi até a porta do barraco. Nada. Tudo escuro, a porta trancada. Tentou olhar pela fresta entre as tábuas. Nada. Tentou a janela. Aquele filho da puta. Aproveitou a altura onde estava para tentar entender o fluxo de lanchas e barcos que iam e vinham em todas as direções. Eram tantos barcos vindo na direção do morro que sua respiração parou. Vai morrer muita gente, meu Deus. Ela não sabia que ali não estava nenhum miliciano, nem sabia que os homens de Kaleb haviam largado caixas e mais caixas do Cálice por todo o morro e não apenas na igreja. No morro ao lado, a notícia se espalhava em todas as telas. Quinhentos quilos do Cálice estavam lá no Aeron esperando todos que quisessem um encontro grátis com o senhor.

Ananea sentou. Largou a arma de lado, cobriu o rosto com as duas mãos e chorou.

Ananea.

Ela levantou a cabeça e olhou para os lados.

Ananea.

Quando olhou para a porta, ela estava entreaberta. Lá dentro viu refletir entre as sombras um metal reluzente. Quando tentou pegar sua arma um tiro quase acertou sua mão.

Entra.

# Entre o inferno
# e o céu

Chuta essa arma lá pra baixo e entra aqui. Vamo.

Ananea foi levantando lentamente. Olhou para a escada de cimento à sua direita. Teria de dar dois grandes passos sobre a laje para saltar na escada. Era um alvo fácil. Foi se aproximando da porta. Que é isso, Kaleb? Abaixa isso. Entra logo, Ananea. Quando ela chegou perto o suficiente, ele a agarrou pelo braço e puxou para dentro. Kaleb estava muito bem-vestido, como na noite em que a levou para jantar. Sua aparência e postura, quase aristocrática, destoavam do barraco precário e bagunçado. Ananea sentiu o cheiro de seu perfume. Parecia ter acabado de se preparar para um evento muito importante. Kaleb falou com a voz grave e calma. Você não queria falar comigo? Os olhos negros penetrando os seus. Não tava me procurando em tudo que é lugar? Então. Pois eu também queria falar com você. Só não achei que fosse dar tempo. Como Deus é bom, não é? Você acabou correndo direto pra mim! E aqui estamos nós. Então? Qual é? O que a nossa heroína, defensora dos pobres e dos oprimidos, tanto queria falar com o vilão da história? Que é isso, Kaleb? Não sei o que te disseram, mas não é verdade. Me disseram? Como você sabe que me disseram alguma coisa? Realmente eu tenho gente pra me dizer tudo. Eu sou o dono do morro, esqueceu? Eu tenho gente leal. Gente que me respeita. Mas nem precisava, não é? Você mesma me disse tudo desde a primeira vez que eu te vi. Com esse jeito de olhar. Com esse desprezo que você sente por mim e sempre fez um esforço do caralho pra disfarçar. Não é nada disso, Kaleb. O que você quer, Ananea? Desembucha.

Eu quero saber por que você fez isso com a gente? Porque a gente gostava de você. Eu gostava de você.

Você? E você é gente? Você não é gente. Você é Profeta. É superiora. Né, não? Abaixa essa arma, Kaleb. Vamos conversar. Eu tô vendo que você não tá bem.

O que aconteceu? disse Elias abrindo a porta de um dos quartos. Cabelo molhado de quem acabou de tomar banho. Fica aí, Elias. Não sai, não. Ananea olhou para porta do quarto e cruzou o olhar com Elias, que foi entrando no cômodo vagarosamente. Eu tenho um assunto pra acertar com a nossa mulher-maravilha, aqui. Ou seria maravilha de mulher? disse isso passando nela um olhar nebuloso que lambeu Ananea dos pés à cabeça. Que é isso, Kaleb? Eu nunca te dei essa intimidade, não.

Verdade, mais uma vez. Essa mulher é só virtude. Nunca vi dizer uma única mentira. Então me diz. Qual é a sua? Quem que te fez tão boa assim, que não podia se envolver com o dono do morro? O dono é pouco pra você? E o dono da Cidade Submersa toda? Será que ia ser o bastante? Antes que ela pudesse responder, ele seguiu. Eu sei de tudo, Ananea. Eu sei. Eu só quero ouvir da sua boca tudo o que eu já sei. Sabe o quê, Kaleb? Que é isso? Eu sei que você me despreza. Que todo mundo na igreja sabe que você acha que eu sou um lixo. Um nojento. Não era isso que você dizia por lá? Que eu sou um miliciano nojento? Eu nunca disse isso, Kaleb! Quem te falou isso? Foi aquele traidor do Uri, não foi? Ele quer se vingar de mim, Kaleb! É tudo mentira! Se eu realmente sentisse tudo isso, por que eu sairia por aí pra te procurar? Foi um passarinho verde, Ananea. Um passarinho verde que me contou tudo. Agora, vamo lá. Você ter nojo desse miliciano aqui, tudo bem. Você bisbilhotar a minha vida, o meu escritório, os meus negócios, tudo bem. Afinal, você é a virtude em pessoa. A mãe dos pobres. Aquela que serve com gosto a Deus. A mais honesta das vadias. Agora, você vir atrás de mim com uma arma? Você achou mesmo que ia me achar e me matar? Aí não, queridinha. Aí você passou da conta. E eu que sonhei em ter você pra mim, tão submissa quanto você é na igreja. Sempre quietinha enquanto os homens falam. Sempre solícita. Mas é só chegar mais perto pra ver que você é só mais uma vadia revoltada porque sabe que lugar de mulher direita é de boca fechada e de perna aberta.

Ananea foi ficando com o rosto vermelho. O sangue fervendo dentro da sua impotência.

Que eu tava dizendo, mesmo? Kaleb pegou um cigarro eletrônico, puxou forte o vapor e soprou no rosto dela. Ah. Então você achou que ia virar uma vingadora de repente? E você lá sabe atirar, sua... Kaleb deu outra baforada espessa em sua direção. Ananea virou o rosto. Tá com nojinho, é? Pelo menos você tá sendo honesta uma vez na vida. Você acha que eu não via que você tava me enrolando? Jogando comigo? Você acha que eu sou trouxa? Mas agora me conta. Você ia me achar e me matar? Por quê? Diz aí, vingadora. Exatamente por que você ia me matar? Não fui eu que deixou a porra do Az seguir com aquela igreja merda de vocês? Eu podia ter atirado vocês na água e colocado qualquer pastor amigo meu pra cuidar daquela porra. Mas não. Eu respeitei. Eu valorizei o fato de vocês serem uns traidores do caralho que me deram aquele verme do Misael de bandeja. Vocês entregaram o cara pra morrer no poste, mas o nojento aqui sou eu. Tá certo. Depois eu fiz o quê? Caí no teu papinho e dei créditos pra aumentar aquela porra lá, porque a santa queria cuidar das velha noia com o bunda-suja do irmão. Coitado do Az. O que mais eu fiz pra você vir aqui me dar um tiro? Ah, eu levei o Reverendo que trouxe uma revolução pra Cidade Submersa até vocês. Uma revolução de verdade, não aquela bosta que vocês fazem. Uma revolução infinitamente maior que aquele papinho merda de Pai disso e daquilo que aquele inútil do seu irmão inventou. Vamo falar a verdade uma vez na vida. E o Reverendo fez o quê? Deu exclusividade pra vocês fazerem o maior avivamento da história daquela igreja meia-boca de vocês. Por quê? Porque eu permiti. Porque eu assinei embaixo. Porque eu fiz a ponte entre vocês.

Você mandou eles encherem a igreja de remédio pra todo mundo nos outros morros achar que a culpa era nossa de ter acabado com o negócio deles.

Opa. E a culpa é de quem? Minha? Essa pica não é minha. Essa pica é de vocês e do Reverendo! E acabou sobrando pra quem? Pra mim! Eu sou milícia de Fé de verdade. Sujeito Cristão. Eu não tenho nada a ver com isso. E aí eu vou pagar o pato? Tá de pombagirisse, né, florzinha? Eles vão chegar aí pra tirar a porra toda a limpo e a milícia do senhor Kaleb não vai ter nenhum frasco dessa porra, não. Tá me ouvindo? Kaleb seguia muito sereno, sem levantar a voz. Todo mundo sabe que eu não misturo igreja e milícia. Essa pica não é minha. Mas então por que você tá aqui entocado? Porque eu... E eu lá tenho que te dá satisfação, garota? Tá maluca? Perdeu o juízo?

Kaleb, que estava gesticulando com a arma para um lado e para o outro, voltou a colocar o cano apontado para a cabeça de Ananea, que franziu o rosto de medo. Calma, Kaleb! Eu vim aqui porque eu tava preocupada com você. Quando eu não te achei mais, eu fiquei preocupada. Eu sou muito grata por tudo o que você fez por nós. Isso tudo que você ouviu é mentira. Mentira daquele maldito do Uri. Aquele pirralho é o diabo! Ele roubou a igreja! Por isso ele foi expulso. Kaleb baixou a arma devagar e deu um passo na sua direção. Olhou bem nos olhos dela e explodiu em uma gargalhada que dobrou seu corpo. Puta que me pariu, eu devo ter cara de muito otário mesmo. Faz assim, garota. Me mostra que é verdade.

Tira a roupa.

Calma Kaleb, não. Que é isso. As coisas não podem ser assim, não. Eu sou direita. Não sei, não, Ananea. Porque, pensando bem, aquele papo todo daquela igreja bosta de vocês é bem comunistinha. No início eu até achei legal, parecia uma igreja liberal. Cada um cuida de si e tal. Mas na real você é uma esquerdoputa, não é? Kaleb voltou a rir alto. Eu devia ter cortado esse mal pela raiz.

Tira a porra da roupa.

Uma gota de suor escorreu pelo rosto de Ananea, correu pelo pescoço e pelo braço, até a mão que começou a descer a alça da blusa, deixando à mostra o seio que ela tentou esconder soltando os cabelos. Anda. Tira tudo. Devagar. Ela foi virando de costas. Foi movendo o quadril devagar para um lado e para outro, abaixando a saia, que aos poucos deixava ver o contorno do quadril. A calcinha clara. De costas para ele, foi baixando a roupa íntima. Deixou cair no chão, sobre a saia. Foi colocando as duas mãos sobre a guarda do sofá. Preferia estar de costas quando ele fizesse aquilo. Rezava para que ele a deixasse ficar de costas. Não queria ser obrigada a olhar nos seus olhos quando ele entrasse nela.

Não faz isso, Kaleb, pediu, chorando. Eu quero, mas não assim. Eu não perguntei se você quer. Não é sobre o que você quer! Por que sempre tem que ser sobre o que você quer, piranha!? Vamo!

Ela foi se curvando, apoiando os joelhos sobre o sofá até ficar de quatro e mostrar a Kaleb o que tinha de mais íntimo. Com uma das mãos ele arrumou o volume que cresceu entre suas pernas. Olhou para ela por um longo momento. Cada detalhe da pele morena. Cada movimento dos músculos das costas. O desenho do quadril e da bunda arredondada. Os seios pendendo, se movendo no ritmo da sua respiração ofegante. Segurou o pau duro com firmeza por sobre a calça. Depois, pegou no bolso do paletó a sua tela. Apontou para ela e tirou uma foto. Bradou a arma que segurava com a outra mão no ar e falou muito sério.

Levanta, sua piranha. Se veste. Eu não vou te comer, não. Não vou tocar um dedo em você. Você pode achar que eu sou um verme nojento. Mas aqui tem um homem de Deus, sua putinha. Com a ponta do pé chutou a saia dela para o alto sobre seu corpo nu. Se você disser para alguém que me encontrou, essa sua bunda vai parar em todas as lentes daqui até o morro da Barra. Se veste e entra naquele banheiro. Ananea não conseguia conter as lágrimas. Vamo, sua cobra. Entra lá.

Elias! Prepara tudo que nós vamo subir!

Elias foi saindo do quarto, também de terno, tentando entender o que estava acontecendo. Viu Ananea entrando no banheiro encolhida, segurando suas roupas. Vamo, Elias! O drone tá chegando. Porra, Kaleb, não dava pra ter descolado um helicóptero de verdade? Essas porra pequena cai pra caralho, você tá ligado? Fica aí com essa piranha se você quiser. Eu vou vazar dessa merda. Kaleb trancou a porta do banheiro onde Ananea estava e foi saindo sem esperar o companheiro.

Naquele exato momento, Az, que andava de um lado para o outro na igreja, levou as mãos à fronte como se algo tivesse estocado seu cérebro. Fechou os olhos e abaixou a cabeça para prestar mais atenção ao que o Senhor gritava em seus ouvidos. Logo arregalou os olhos e correu para o escritório, pegou uma das armas e saiu, subindo o morro contra o fluxo intenso de pessoas e o caos que agora era total, com muitas lanchas ancorando e fiéis entrando por todas as portas do morro tentando achar as doses prometidas do Cálice e lutando ferozmente pelos frascos que achavam pelo caminho. Zias e os outros homens não tiveram tempo de reagir. Ficaram parados, estáticos, sem entender o que estava acontecendo. Zias foi o primeiro a sair do torpor e correr até a porta. Não viu mais Az no tumulto que tomava os corredores do Aeron.

# A face do senhor

Az subia as escadas esbarrando em tudo o que via pela frente, os gritos que ecoavam em sua cabeça o impeliam a ir ainda mais rápido. Era difícil avançar na confusão que congestionava os corredores e escadas que davam acesso às partes mais altas do morro. Ele lutava para avançar contra o fluxo de pessoas desorientadas pela droga e pela desinformação espalhada pela rede.

Uma parte delas tentava fugir da invasão, acreditando que os barcos que chegavam traziam as outras milícias para atacar o morro, dando início a um confronto armado. Outra parte descia em busca do Cálice despejado abundantemente pelos quatro cantos do Aeron.

Ninguém ali sabia que os barcos que atracavam eram apenas os moradores dos morros vizinhos que vinham disputar o remédio com eles. E menos ainda que nos morros mais distantes, de onde poderiam partir os milicianos em busca de um acerto de contas, o tumulto também convulsionava as favelas, conforme os homens de Kaleb descarregavam caixas e mais caixas do Cálice. Aos poucos, do Aeron até o morro da Barra, o caos mobilizava todas as milícias para tentar controlar a disputa alucinada entre todos que sofriam havia semanas com a abstinência do remédio. Eram muitos.

Az nadava nesse mar de contradições e medo sem conseguir entender direito para onde estava indo nem o que iria encontrar.

Quando ultrapassou o terraço do edifício e passou a se embrenhar pelas estreitas escadas que serpenteavam em torno dos barracos, o morro foi silenciando e a voz que ditava seus passos, ficando mais alta à medida

Entre o céu e o sal

que dava as ordens para ele. Até o ponto em que a cacofonia de palavras atropeladas foi se transformando em frases mais objetivas.

Precisava correr o mais rápido possível para o terraço do Super Amarildo. O mercado tinha uma grande laje, a única capaz de suportar o peso de uma aeronave. Onde mais poderia pousar um drone tripulado? Kaleb e Elias não subiriam em uma escada de corda e sairiam voando, pendurados, balançando no ar. Esse tipo de coisa só acontece nos filmes. Volta e meia um drone desses invadia o pátio de um presídio e levava para a liberdade algum preso endinheirado. Mas pra isso ele precisava de um lugar para aterrizar. Todo tipo de questionamento passava pela cabeça de Az na velocidade da luz. Sua vontade era correr para o barraco e ver se Ananea estava bem, mas o Senhor, em sua ira, não permitia que ele mudasse seus planos.

Deus queria vingança.

Chegou em um ponto em que o morro estava totalmente vazio. Quem estava nos barracos sem ímpeto de fugir ou buscar a droga ficou trancado dentro de casa, tentando se proteger do tiroteio iminente. O maior medo era que um Caveirão Voador viesse para pacificar o conflito. Pelas vielas, o som que vinha dos andares de baixo subia como um rugido.

Az continuava correndo. Olhava para o céu tentando ver a aeronave se aproximando, ou ao menos os sons das hélices denunciando sua posição.

Não ouviu nada.

Subiu muito rápido a escada que fazia uma curva de noventa graus para a direita. Ela sairia bem ao lado do mercado. Mais um lance e estaria no único ponto do Aeron que tinha espaço e estrutura para aguentar o peso de um drone tripulado. Foi subindo devagar a escada que, aos poucos, foi revelando o que havia sobre a laje. Uma grande caixa-d'água de cimento à direita, quase colada na parede do barraco que se erguia ao lado do telhado do mercado; do outro lado da caixa, apenas uma antena de satélite e um grande espaço vazio onde Elias e Kaleb andavam impacientemente de um lado para o outro. Os dois homens de terno e arma na mão pareciam ter sido colocados ali por obra do acaso. Aleatórios e ansiosos. Elias andando em volta de Kaleb, que tentava desesperadamente se comunicar com alguém usando seus óculos.

Az fez mira. Engatilhou a pistola. Prendeu a respiração e atirou três vezes. Assim que fez os disparos, se abaixou, na esperança de não ser descoberto. O comandante foi atingido na barriga e amontoou-se no chão, desfalecido. Elias! Caralho! Kaleb agarrou o amigo pela gola do terno e da camisa e o arrastou para trás da caixa-d'água. Estava perdido, sem saber de onde as balas tinham sido disparadas. Uma acertou Elias, duas passaram no vazio. O comandante ficou gemendo muito alto, a respiração borbulhando o sangue que vertia de sua boca. Agonizava com os olhos muito abertos, sem entender como aquilo havia acontecido. Kaleb levou a mão à orelha, para pressionar o fone que estava dentro do seu ouvido, e assim escutar a resposta da chamada de emergência que fez para seus homens.

Ninguém respondia.

Az saltou da escada estreita para a ruela que levava até a frente do mercado. Buscava algum ângulo que permitisse, ao mesmo tempo, despistar o inimigo e colocá-lo em sua mira. Kaleb, num beco sem saída, olhava para os lados, tentando ver qualquer coisa que pudesse ajudá-lo a se situar no espaço que havia se transformado rapidamente em um campo de batalha. Estava acuado. Não sabia se era mais de um atirador na emboscada. Não sabia se algo havia dado errado no plano. O drone já devia ter chegado. Quem estava ali para executá-lo? Algum matador contratado da Congregação do Crime? Algum outro miliciano que agia pelas sombras? Algum homem de Abel buscando queimar aquele arquivo vivo que ele havia se tornado? Ou, ainda, algum fiel alucinado tendo delírios divinos por conta da quantidade de Cálice que, de repente, mergulhou o morro em uma espécie de delírio coletivo. Uma coisa ele sabia: matadores profissionais não erravam o alvo daquele jeito.

Em um movimento arriscado, Az saltou para cima da laje, no lado oposto da caixa-d'água em que estavam Kaleb e o agonizante Elias. Foi andando agachado, para dificultar os possíveis ângulos de tiro de Kaleb. Tentou com todas as forças lembrar dos treinamentos do falecido Matias. Não sabia qual canto do grande retângulo de cimento o miliciano escolheria para averiguar o que estava acontecendo. Lutava para se concentrar ao máximo, buscando não prestar atenção na ira divina que ecoava dentro da sua cabeça. Foi andando o mais rápido que podia, até chegar na parede da caixa de cimento.

Do outro lado, Kaleb fazia seus cálculos, emparedado entre a caixa-d'água e o barraco que se erguia por mais de três metros, colado ao teto do mercado. Precisava decidir para qual dos lados iria. Tentava escutar alguma coisa, mas os gemidos de dor de Elias não deixavam.

Az e Kaleb se encontravam um de cada lado da caixa, simetricamente alinhados.

Os dois foram se movendo ao redor dela no sentido horário até que Az encontrou um cano, um pouco mais alto que seus joelhos. Colocou a arma na cintura e o pé sobre ele, subindo no topo da caixa em um movimento surpreendentemente ágil para sua idade. Quando Kaleb apontou do outro lado, não encontrou ninguém. Achando que a laje estava vazia, decidiu atravessar correndo para sua esquerda e saltar na escada que o levaria para um emaranhado de corredores. Se conseguisse chegar ao labirinto estreito, estaria a salvo. Não chegou a dar cinco passos em sua corrida desesperada e escutou a voz vinda do alto.

Parou, seu filho da puta. Acabou. Kaleb reconheceu a voz grave de Az. Parou e levantou as mãos. Solta a porra da arma. Kaleb relutou um pouco. Filho da puta ruim de mira. Se eu correr, eu duvido que você me acerta. Mas Az não esperou. Atirou lá de cima para matar. Acertou na perna de Kaleb, que caiu gritando, segurando o joelho. Kaleb tentou se concentrar em sua mira, mas a dor era brutal. Atirou de volta furando a caixa-d'água. Az saltou lá de cima e caiu no chão, atrapalhado, quase derrubando sua arma. Atirou de volta do chão mesmo, mas errou o alvo. Foi para cima de Kaleb cambaleando em zigue-zague. O miliciano descarregou sua arma. Errou todos os tiros. Az chegou chutando Kaleb na boca e apontou a arma para a sua cabeça. Tudo o que ele pôde fazer foi tentar proteger o rosto com as mãos espalmadas.

Você tá morto, Kaleb. Já era. Passa pra cá tua lente filho duma puta. Enquanto Kaleb enfiava a mão no bolso, Az pisou em seus óculos caídos no chão. Passa pra cá essa merda. Destravada. Kaleb cerrava os dentes, a dor lancinante. Entregou a tela para Az com a mão trêmula. Az apontou a arma no rosto de Kaleb, que estendeu a palma da mão como se ela pudesse evitar o inevitável. Você nunca mais vai abusar de garota nenhuma seu filho da pu...

Os disparos ecoaram pelas vielas. Mais de cinco tiros. Az caiu para trás num baque seco contra o concreto. Esvaziou os pulmões pela última vez. Deus ficou falando sozinho.

Uri veio correndo, a arma com o cano ainda quente. Kaleb segurava o joelho, quase desmaiando de dor. Uri parou por um momento em frente ao corpo daquele que foi como um pai para ele. O único pai que conheceu. Sentiu vontade de chorar. A gente faz o que tem que fazer, Az.

Me perdoa. Uri abaixou ao lado do corpo. Os olhos de Az já sem brilho. A expressão de surpresa no rosto pela morte repentina. Uri viu as lágrimas inevitáveis embaralharem sua visão. Secou o rosto com a camisa, fingindo limpar o suor e passou a mão sobre os olhos de Az para que se fechassem. Foi quando percebeu o minúsculo fone de ouvido caído ao lado do corpo. Uri pegou o aparelho com a ponta dos dedos. Sentiu vibrar. Levou o fone até o ouvido. Do outro lado, Ananea gritava desesperada.

Az! Cadê você? Az? Pelo amor de Deus, Az, fala comigo!

No Aeron Deus foi mulher.

# A paixão do
# Cristo Redentor

Os gritos desesperados e as longas falas desconexas seguiam viajando pelos corredores dos morros, produzindo uma sinfonia delirante.

Cada um morria à sua maneira.

O Cálice ia conduzindo todos para seu destino e aquele Deus químico falava para cada uma daquelas pessoas o que se conectava com o seu espírito. Morreram todos em uma overdose de luz. Senhoras em suas camas com dois, três frascos repousando ao lado. Uma expressão maravilhada no rosto. Um homem ainda jovem, andando pelos corredores, falando sozinho. O Senhor é o único mergulho, o ar faltando, me cobre, Senhor, com Sua luz. O peito arfando muito rápido, mergulha, Senhor, o meu espírito no amor do Teu batismo. A parada respiratória. Mais um fiel morto, encostado em alguma parede do Aeron.

Seriam dezenas em cada bloco até o fim do dia. Aqueles que sobreviviam entravam em convulsão, em catatonia ou em um coma profundo. E ninguém veria a diferença entre eles e aqueles que partiram. Logo surgiram os primeiros casos de crianças que tomavam a droga e enlouqueciam. Falavam palavras desconexas e batiam a cabeça no chão ou nas paredes. Os corpos fortes demais para morrer, as cabecinhas frágeis demais para suportar a presença do infinito.

Era impossível socorrer aquela gente toda. Em Terra Seca, todos os alarmes começaram a soar ao mesmo tempo. Nas emergências de todos os hospitais, nos postos da polícia, no corpo de bombeiros. Até farmácias e restaurantes estavam recebendo ligações com pedidos de socorro. Foram as vinte e quatro horas mais caóticas da história dos serviços públicos no Rio de Janeiro. O telefone do Pastor Prefeito não parava de tocar. Todos os secretários de todas as pastas querendo saber como agir em face a um evento devastador como aquele. Era como se um terremoto tivesse atingido toda a Zona Sul Alagada. Abel olhava para a Cidade Submersa através da grande janela do seu escritório sobre a montanha. Daquela distância, tudo parecia tão sereno. Atendia uma ligação atrás da outra até que parou olhando para a tela. Respirou fundo.

Alô.

Ouviu um riso largo do outro lado.

Kaleb?

Porra, seu filho da puta! Onde você se enfiou, miliciano do caralho? Boa noite, Abel. Eu também tava com saudade. Obrigado pelo carinho. Vá tomar no seu cu. Essa porra tá o inferno, você acabou com a minha vida, seu filho de uma puta. Pode desabafar, Pastor Abel. Kaleb, sentado na varanda da casa do Reverendo Brian em Dry Miami, passava a mão calmamente sobre o joelho imobilizado e tomava um Mojito, olhando a piscina com o fundo cheio de pequenas luzes verdes. O ar de soberba quase fez Abel desligar a tela, mas estava com raiva demais para isso. Eu vou mandar te caçar até o fim do mundo, Kaleb. Você acha que vai acabar com a minha carreira? Com a minha vida? Eu não vou sossegar até ver você no caixão, seu filho de uma puta. Porra, Abel. Justamente agora que eu vim trazer a maior oportunidade da sua vida? A oportunidade que vai colocar o senhor em uma posição que o senhor jamais ousou sonhar.

Que porra é essa, Kaleb? Tá maluco? Acha que eu sou idiota? Você tá morto, meu querido. Tá morto. Já era. Não vem de papinho pra cima de mim. Pois então, meu amigo Abel. Não fale assim. Não sei o quanto o senhor sabe, mas meu sócio, Reverendo Brian, é um homem muito bem conectado, o senhor me entende? Não, Kaleb. Não entendo nem quero entender. Pois deixa eu te mostrar. Bem melhor. Abra por favor a sua caixa de entrada. O senhor vai ver um arquivo de uma empreiteira muito conhecida. Do senhor, inclusive. Seu nome está na lista deles, deixa eu ver aqui. Olha, semana passada mesmo eles fizeram uma doação para a campanha do senhor através da empresa Santa Fé Alimentos. Não é mesmo?

Como você sabe disso? Quem tá te vazando informação, seu verme? O que mais vocês querem? Era só o que faltava, você agora querer me chantagear. Abel, Abel. Você nem parece o homem esperto que eu sei que você é. Se eu quisesse te chantagear, eu mandava os áudios das nossas conversas. Você é um homem público, deveria usar um bloqueador melhor. Mas para você ver que eu só quero seu bem, nem vou falar aqui, em voz alta, no que você está metido. Eu só estou falando isso para que você me escute com a devida atenção e saiba que eu sei do que eu estou falando. Agora abre a sua caixa de entrada, vai. Aceita lá o convite da construtora pra Virtua. E me retorna assim que possível. Para me agradecer por tudo o que nós fizemos pelo senhor. Ah, e me manda um uísque dezoito anos como pedido de desculpas. Abel desligou na cara de Kaleb.

A tela de Abel não parava de piscar. Eram tantos problemas, de tantas naturezas diferentes, que ele simplesmente não sabia mais o que fazer. A máquina de memes e pós-news não parava de fabricar versões, imagens, vídeos, dublagens, montagens, deep fakes. Passou quase uma hora atônito olhando tudo aquilo.

Um profeta dizendo que era uma possessão coletiva, tentando exorcizar uma mulher que olhava fascinada para o alto dizendo que Deus estava vindo buscá-la. Um pastor com um punhado de frascos do Cálice para vender, dizendo que aquele era o verdadeiro arrebatamento e que todos os mortos estavam agora na presença de Deus. Um homem encapuzado dizendo que aquilo era uma vingança dos Pais de Santo que ainda existiam na clandestinidade. Ele bradava com uma arma na mão, convocando o povo para eliminar qualquer um que fosse suspeito de macumbaria. Muitas pessoas reunidas, cobrando a ele e o governador pelo caos e pela ausência do poder público. Milícias colocando a culpa nos chefes de outros morros em um desdobramento da crise gerada pelos atentados que colocaram as milícias em pé de guerra. Algumas denúncias mostrando dezenas de frascos vazios e falando em suicídio coletivo. Um senhor com jaleco branco dizendo que era um tipo de meningite que estava fazendo as pessoas delirarem e morrerem. Uma mulher de ar intelectual falando em um novo vírus mortal. O primeiro da história nascido na Cidade Submersa.

Foi daquele caldo de caos e sangue que Abel tirou sua resposta para a sociedade. Ligou seus óculos, acomodou os pequenos fones dentro do ouvido, e convocou uma reunião de emergência com todos os secretários.

A ordem é clara. Vamos colocar a Cidade Submersa em quarentena nível cinco. Se isso for mesmo um vírus, nós vamos deixar ele lá. Está proibido qualquer embarcação entrar ou sair da Cidade Submersa. Pode mandar prender qualquer jornalista que tentar se aproximar dos morros. E os voos de drones da imprensa também estão proibidos. Não queremos pessoas se aglomerando para aparecer para as câmeras. O Secretário de Saúde levantou sua mão na grande sala de reuniões na Virtua da prefeitura. Mas, senhor, todos os indícios apontam para uma intoxicação em massa. O secretário de segurança interrompeu, alterado. E tudo indica que foi causada pela mesma droga que o terrorista da Pacto Divino usou, senhor. Vocês podem afirmar isso com certeza absoluta? Posso dizer que tudo isso que está acontecendo é culpa de um único lunático suicida? Posso dizer para a imprensa que meus secretários se responsabilizam por essas informações? Bem, senhor. Não é bem isso que eu estou dizendo, retrucou o Secretário de Segurança. Obrigado, secretário, cortou Abel. Pois vá pedir ajuda para o Governo Federal para que a gente tenha o máximo de barcos-hospitais para atender às comunidades. Eu quero todas as ambulâncias do estado navegando pra lá agora. De resto, fecha tudo. Situação de emergência oficialmente decretada. Podem avisar que a Cidade Submersa está sob estado de sítio.

Os secretários se entreolharam e foram sumindo um a um da sala. Abel desligou e expirou muito forte, soltando no ar toda tensão daquele momento. Pelo menos ganhou algum tempo para respirar.

Mudou o status para ausente e ligou um charuto eletrônico. Passando o olho por suas mensagens, viu o convite enviado pela empreiteira. Vestiu seus óculos e olhou para o botão "entrar". Quando o ambiente carregou, o que ele viu caiu sobre ele como um raio, arrepiando o corpo inteiro.

Foi levado para um voo pela Cidade Submersa. Uma Cidade Submersa que ele nunca seria capaz de imaginar. As torres de vidro simetricamente alinhadas, com jardins suspensos decorados com palmeiras e plantas ornamentais. Playground para as crianças em cada bloco de apartamentos. Drones tripulados faziam o transporte público, aterrissando e decolando de pontos iluminados por luzes de segurança. Espaços de convivência no saguão dos prédios. Andares de moradia, intercalados por andares de comércio com restaurantes, lancherias e feiras populares.

Um bloco inteiro com as filiais de todas as igrejas, uma ao lado da outra, com suas fachadas iluminadas. As crianças uniformizadas passando felizes por pontes que ligavam os prédios residenciais à escola. Lanchas da polícia fazendo a patrulha pelas ruas alagadas. Abel estava hipnotizado. No fim de um corredor, um saguão enorme e uma grande placa na parede. *Bairro Modelo Arca de Noé. Obra realizada sob administração do Pastor Governador Abel da Benção.* Os olhos de Abel brilhavam, infantis.

Foi quando apareceu ao seu lado o avatar de um homem de terno muito alinhado. Um sonho, não é, Pastor Abel? Abel reconheceu o homem, mas ainda assim perguntou. Quem é você? Doutor Noah, jurista, ao seu dispor. Que bom que o senhor decidiu navegar pelo nosso empreendimento. Maravilhoso, não é? Abel assentiu com a cabeça. Ele sabia muito bem quem era o homem que estava à sua frente. Doutor Noah era o dono do escritório de advocacia mais famoso de Brasília. Os maiores processos da vida pública brasileira passavam pelas suas mãos. Como eu posso saber que é o senhor mesmo? Qualquer um pode ter um avatar com essa cara. Doutor Noah mostrou para Kaleb a NFT do seu avatar, comprovando sua identidade. Enviou também uma foto dele mesmo, em seu escritório, conectado.

Eu compreendo a sua apreensão, senhor Abel. A situação é realmente delicada. Mas pode ficar tranquilo. Estamos aqui apenas eu e o senhor, sob a proteção do sigilo entre advogado e cliente. Bom, Doutor Noah. Eu não entendi bem o que o senhor está fazendo aqui, mas de uma coisa eu tenho certeza. Os chineses nunca deixariam a gente fazer uma obra desse tamanho. Eles não vão ter escolha, meu caro Abel. Milhares de pessoas vão morrer. É a maior emergência humanitária desde a pandemia da BZ. Eles serão obrigados a liberar a gente para furar o teto de gastos do embargo climático. É o que diz o tratado das Nações Unidas. É a lei. Posso apresentar para o senhor o passo a passo do devido processo legal?

Abel ficou olhando o advogado com olhar incrédulo.

O senhor está pronto para entrar para a história do Brasil como o homem que reconstruiu a Cidade Maravilhosa?

# Nossa Senhora dos Humilhados, rogai por nós

Zias estava havia quase quatro dias sem dormir. O peso do corpo de Az não saía das suas costas. E o olhar vazio de Ananea era tudo o que via quando fechava os olhos. Só existia em seus ouvidos o som do corpo batendo na água quando o jogaram no mar. E os gritos.

Restaram, para ajudar Zias, poucos dos apóstolos mais velhos. Os únicos que não quiserem tomar o Cálice. E Ananea, que não falava nenhuma palavra desde que mandou uma mensagem para Zias dizendo onde estava.

A igreja estava tomada de senhorinhas agonizantes. Zias deu dois passos em direção ao centro do salão e foi agarrado por uma delas. Os olhos vidrados, o sorriso congelado no rosto apesar da dificuldade para respirar. O sopro de ar afinando até sumir dos pulmões. Morreu com a mão muito fechada na manga de sua camisa, obrigando Zias a fazer força para se soltar. Fechou os olhos dela com a mão. Por que será que todos morriam de olhos abertos? Puxou um lençol e cobriu o corpo. Não teve tempo de saber seu nome e não faria diferença. Não havia sobrado ninguém para reivindicar seus corpos.

Alguns metros à sua frente, Ananea cobria dona Gera. Para ela, foi possível conseguir um dos sacos que os drones da prefeitura atiravam sobre a laje do Super Amarildo. Quando Zias subiu lá para buscar, foi obrigado a ver a mancha ainda viva do sangue de Az. O peso nas mãos. O vazio nos olhos. O barulho do corpo caindo no mar.

Zias evitou os olhos da irmã, passou por ela e logo à frente foi obrigado a segurar pela nuca uma senhora que entrou na igreja se debatendo em uma gargalhada angustiante. Segurou forte para que ela parasse de andar. Estava prestes a cair sobre as outras que estavam deitadas em um coma profundo. Fez muita força para que se abaixasse e aos poucos ela foi sentando no chão. Agarrada a seus braços, ria sem parar. Zias segurava um dos seus pulsos para evitar que ela batesse nele em um dos espasmos incontroláveis, e pôde sentir seus batimentos acelerados. Com a mão livre, ela agarrou Zias pela nuca também, trazendo-o para perto do seu rosto. Entre uma risada e outra, disse Não me deixa morrer, Pai Zias. Zias sabia quem ela era. Dona Mirna. Passou por sua cabeça como um filme o dia em que ele a convenceu de que seria melhor tomar o remédio do que seguir deixando todos os seus créditos na Virtua. Ela quase não tinha mais nada em casa. Tinha perdido tudo para o vício no jogo. Ela relutou e no fim cedeu. Agora estava ali olhando dentro dos seus olhos com o sorriso desesperado estampado no rosto.

Riu até esvaziar os pulmões e então inspirou alto, fazendo um som grave muito triste que reverberou pela igreja. Zias a deitou de lado, se levantou e foi saindo pela porta que ela havia deixado aberta. Andou pelo corredor cheio de lixo jogado no chão, cheio de gotas de sangue na parede, as marcas de luta, as mãos vermelhas sobre o cimento. Um fluxo muito grande de homens, mulheres e crianças, andando para cima e para baixo atrás de um litro de água, de uma cesta básica. Todos ali tinham perdido alguém. Ninguém ali tinha tempo para chorar seus mortos. A prefeitura estava enviando comida e água na velocidade do seu espírito cristão. Só no terceiro dia, alguns barcos oficiais começaram a chegar para levar os corpos e trazer mantimentos. Eram poucas equipes porque o protocolo era o mesmo de uma pandemia. No cordão de isolamento, a Cidade Seca ficava protegida até das ameaças que não existiam e eles ficavam com os mortos, com a fome e com a sede. Amém.

Zias foi subindo os andares um por um. Ainda se podia ouvir as pessoas dentro dos apartamentos. Uma voz berrava até perder o ar em um único e longo grito que terminava em um silêncio mortal. Ao lado do corpo, pelo menos dois frascos vazios do Cálice. Eram as mortes mais rápidas e indolores.

Para quem escutava era aterrorizante.

A sinfonia de gritos que começou no dia da morte de Az, e que ainda não havia cessado, fez muita gente pular no mar por puro medo de enlouquecer. Zias cerrou os olhos até que o grito que ecoava pelo corredor morresse. Escutou outro mais ao longe. Alguns garotos gritavam de volta, como a resposta de uma tribo amaldiçoada. Zias passava a mão nos cabelos, olhava ao redor e seguia no mesmo passo lento de quem sabe que nunca chegará.

Quantos serão? Cem? Duzentos? Mais, Zias. Muito mais. Quantos? Quantas? Quantos gritos desses aconteceram por minha culpa? Minha culpa. Sua culpa, Zias, dizia para si como se olhasse seu corpo de fora. Saltaria sobre o próprio pescoço se pudesse. Sentia o choro asfixiá-lo. Parou um pouco. A mão apoiada na parede. Mais gritos ao longe. Subiu até o primeiro terraço sobre a laje do edifício, logo depois do primeiro andar de barracos. Buscou o horizonte. Os barcos lá embaixo indo e vindo. Alguns tentando furar os bloqueios da polícia. Os tiros que os impediam. Os sons das ambulâncias navegando para todos os lados. Pareciam muito distantes. Como se ele estivesse em um lugar muito profundo dentro de si. Muito longe dos seus próprios olhos e ouvidos. Como se fosse um menino que caiu sem querer em um poço. Era seu peito o poço.

Subiu mais alguns lances de escada e, quando se deu conta, seguia novamente em direção ao Super onde Az foi morto.

Desviou.

Sentia que todos os caminhos estavam proibidos, agora. Tentou pensar o que diria seu pai. Você que já viu tanta guerra e tanta morte, meu pai. O que você teria pra me dizer? Será que o senhor ia me perdoar? O senhor que lutou para libertar os pretos, que lutou para libertar os viciados, que lutou para libertar os pecadores e os covardes. Para redimir os reacionários. O que você diria quando visse o que eu fiz contigo, meu pai? Com o teu nome e com a tua igreja? Com a tua luta. Pai. Será que isso é uma oração? Como pode existir inferno depois do que eu fiz? Pra onde vai quem faz o que eu fiz, meu pai? Zias foi, sem saber que estava indo, e só percebeu quando chegou.

A laje de Dona Maria.

Saltou sem pensar e sentou-se com as pernas pendentes para o mar. Olhou para o céu e lá ia um avião. Voltou para Portugal. Voltou no tempo. Voltou para sua mãe que dizia desde o infinito de sua ausência: Eu avisei, meu filho. Eu avisei. As lágrimas distorceram o avião e ele abaixou o rosto para que elas pingassem no mar lá embaixo. Ao sal voltaremos. Olhou para a porta fechada do barraco. Quis bater. Onde andaria Dona Maria? Será que o seu Jesus me perdoaria? Em sua infinita bondade? É isso que a senhora me diria? Que se eu me arrependesse ele me perdoaria na mesma hora e me daria todo o amor da sua graça? Eu não perdoaria, se fosse ele. E Deus? O que será que Deus me diria, Dona Maria? Enfiou a mão no bolso e pegou o pequeno frasco. Será que o senhor derramaria sobre mim a sua ira? Me mandaria de volta pra cá, pra eu pagar os meus pecados? E não importaria quantas vezes eu morresse, ia voltar pra cá de novo e de novo e de novo pra ouvir os gritos por toda a eternidade.

O sol começou a nascer e o calor com ele. Deixou-se banhar naquele sol, não saiu. O frasco apertado na mão suada. Fechou os olhos e sentiu arder o rosto. Segurou o frasco contra o sol. O líquido reluzia, vivo como sangue.

Dona Maria... O que Deus diria de tudo isso?

Este livro foi publicado em outubro de 2022 pela Editora Nacional.
Impressão e acabamento pela Gráfica Corprint.